JN261198

クロード・マルタン

アンドレ・ジッド

吉井亮雄訳

九州大学出版会

アンドレ・ジッド（1936年）

アンドレ・ジッド／目次

出典略号一覧

Asi André GIDE, *Ainsi soit-il ou Les Jeux sont faits*, in *SV*.

AW André GIDE, *Les Cahiers et les Poésies d'André Walter*, éd. Claude Martin, Paris : Gallimard, coll. «Poésie», 1986.

CCla Paul CLAUDEL - André GIDE, *Correspondance 1899-1926*, éd. Robert Mallet, Paris : Gallimard, 1949.

CJam Francis JAMMES - André GIDE, *Correspondance 1893-1938*, éd. Robert Mallet, Paris : Gallimard, 1948.

CMau André GIDE - François MAURIAC, *Correspondance 1912-1950*, éd. Jacqueline Morton, Paris : Gallimard (*Cahiers André Gide, 2*), 1971.

CMèr André GIDE, *Correspondance avec sa mère 1880-1895*, éd. Claude Martin, Paris : Gallimard, 1988.

CMG André GIDE - Roger MARTIN DU GARD, *Correspondance 1913-1951*, éd. Jean Delay, Paris : Gallimard, 2 vol., 1968.

Cor André GIDE, *Corydon*, Paris : Gallimard, 1924.

CRiv André GIDE - Jacques RIVIÈRE, *Correspondance 1909-1925*, éd. Pierre de Gaulmyn et Alain Rivière, Paris : Gallimard, 1998.

CRou André GIDE - André ROUVEYRE, *Correspondance 1909-1951*, éd. Claude Martin, Paris : Mercure de France, 1967.

CRuy André GIDE - André RUYTERS, *Correspondance 1895-1950*, éd. Claude Martin et Victor Martin-Schmets, Lyon : Presses Universitaires de Lyon, 2 vol., 1990.

CV André GIDE, *Les Caves du Vatican*, in *RRS*.

CVal André GIDE - Paul VALÉRY, *Correspondance 1890-1942*, éd. Robert Mallet, Paris : Gallimard, 1955.

Dost André GIDE, *Dostoïevski*, in *Ec*.

Ec André GIDE, *Essais critiques*, éd. Pierre Masson, Paris : Gallimard, coll. «Bibliothèque de la Pléiade», 1999.

EN André GIDE, *Et nunc manet in te, suivi de Journal intime*, in *SV*.

FM André GIDE, *Les Faux-Monnayeurs*, in *RRS*.

Im André GIDE, *L'Immoraliste*, in *RRS*.

JI, *JII* André GIDE, *Journal, I (1887-1925)* ; *II (1926-1950)*, éd. Éric Marty et Martine Sagaert, Paris : Gallimard, coll. «Bibliothèque de la Pléiade», 2 vol., 1996-97.

JFM André GIDE, *Journal des Faux-Monnayeurs*, Paris : Gallimard, 1927.

NN André GIDE, *Les Nouvelles Nourritures*, in *RRS*.

Nt André GIDE, *Les Nourritures terrestres*, in *RRS*.

ŒC André GIDE, *Œuvres complètes*, Paris : Éd. de la N.R.F., 15 vol., 1932-39.

Œd André GIDE, *Œdipe*, in *TH*.

OW André GIDE, *Oscar Wilde*, in *Ec*.

Pal André GIDE, *Paludes*, in *RRS*.

Pé André GIDE, *La Porte étroite*, in *RRS*.

Pro André GIDE, *Le Prométhée mal enchaîné*, in *RRS*.

Rep André GIDE, *Le Retour de l'Enfant prodigue*, in *RRS*.

Rob André GIDE, *Robert*, in *RRS*.

RRS André GIDE, *Romans, récits et soties, œuvres lyriques*, Paris : Gallimard, coll. «Bibliothèque de la Pléiade», 1958.

S André GIDE, *Saül*, in *TH*.

Sgm André GIDE, *Si le grain ne meurt*, in *SV*.

SV André GIDE, *Souvenirs et voyages*, éd. Pierre Masson, Paris : Gallimard, coll. «Bibliothèque de la Pléiade», 2001.

TA André GIDE, *La Tentative amoureuse*, in *RRS*.

TH André GIDE, *Théâtre (Saül, Le Roi Candaule, Œdipe, Perséphone, Le Treizième Arbre)*, Paris : Gallimard, 1942.

Th André GIDE, *Thésée*, in *RRS*.

Urss André GIDE, *Retour de l'U.R.S.S.*, in *SV*.

VC André GIDE, *Voyage au Congo*, in *SV*.

VU André GIDE, *Le Voyage d'Urien*, in *RRS*.

DEL Jean DELAY, *La Jeunesse d'André Gide*, Paris : Gallimard, 2 vol., 1956-57.

MAS Henri MASSIS, *André Gide*, Lyon : Lardanchet, 1948.

SCH Jean SCHLUMBERGER, *Madeleine et André Gide*, Paris : Gallimard, 1956.

アンドレ・ジッド

第一章　息子

私は一八六九年の十一月二十二日に生まれた。当時、両親はメディシス通りにあるアパルトマンの五階か六階に住んでいたが、数年後には転居してしまったので、この家は私の記憶にない。だが私には今でもあの家のバルコニーが目に浮かぶ。見下ろした広場と、そこにある池の噴水、もっと正確に言うならば、今でも私の目には見えるのだ。父が切り抜いてくれたいくつもの紙のドラゴンが、このバルコニーの上から二人の手で投げ放たれ、風に運ばれて池の上を越え、リュクサンブール公園まで飛んでいってマロニエの高い枝にとまるのが。

また私にはかなり大きなテーブルが一つ見えてくる。たぶん食堂のだろうと思うが、床にまで引きずりそうな掛布に被われていて、私は管理人の息子でときどき遊びに来る同じ年かさの子と一緒によくその下にもぐりこんだものだ。

「そんなところでいったい何をしているんです?」と、我が家の女中が叫ぶ。

「なんでもない。遊んでるだけだよ」

こう言いながら私たちはあらかじめ見せかけに持ちこんでいた玩具の類を騒々しく動かして見

せるのだが、実は他のことをして楽しんでいたのだ。さすがに二人してではなかったが、互いに身を寄せ、「悪癖」と呼ばれているのを後になって知るにいたったあの行為にふけっていたのだ。〔Sgm, 81〕

厚顔《シニスム》か、はたまた勇気か。この「告白録」の書出しは何を意図したものなのだろう……。

私たち二人のうち、どちらがどちらにそれを教えたのか。また教えたほうはそもそも誰から伝授されたのか。私にはわからない。どうやら子供がときとして独りでに考えつくこともあるのだと認めねばなるまい。私の場合も、あの慰みをだれかに教えられたのか、あるいはどうやって自ら発見したのかは明言できないが、記憶の及ぶかぎり遠い過去にさかのぼってみても、それはちゃんと存在するのである。

このようなこと、またそれに続く部分を語ることによって私がどんな損を被るかは十二分に承知しているし、人々が私を糾弾する材料になりそうだということも分かっている。だが私の物語の存在理由といえば、それが真実であるということ以外にはない。こうして書くのは、いわば贖罪のためなのだと言ってもいいだろう。

魂のすみずみまでが透明さと優しさと清らかさ以外の何ものでもない、と誰もが主張するあの無邪気な年ごろの自分のうちに、私は暗さと醜悪さと陰険さを見るばかりなのだ。〔Sgm, 81-2〕

だが、以下の出来事はさらに「奇妙」である――

それはユゼスでの出来事だった。私たちは年に一度、父方の祖母や、そのほか幾人かの親戚たち、とりわけ市の中心部に古い庭付きの邸宅を構えるド・フロー家の従兄姉たちに会いに行くのだった。事件はその邸で起こった。私の従姉はたいへんな美人で、自分でもそのことを意識していた。真ん中から分けた彼女の漆黒の髪が、カメオに彫られたような横顔（改めて彼女の写真を確かめてみた）と、まばゆいばかりの肌をひきたたせていた。この肌の輝きははっきりと覚えている。私が彼女に引き合わされたその日、従姉は襟刳りの深いドレスを着ていたので、よけいにはっきりと記憶に残っているのだ。

「さあ早く従姉のお姉さまにキスしておあげなさい」。私が客間へ入ると、母がこう言った。（私は四歳になるかならぬかだったろう、五歳だったかもしれない。）私は進み出た。ド・フローの従姉が身をかがめて私を引きよせると、その肩があらわになった。この肌の輝きにどういう眩惑が起きたものか、私はさしだされた頬に唇をあてるかわりに、まばゆい肩に目がくらんで、がぶりとそこに歯を立ててしまったのだ。従姉は痛みに叫びをあげ、私のほうも恐ろしくなって叫びをあげた。そして嫌悪感をおぼえて、ぺっと唾を吐いた。私は大急ぎで連れ出されたが、思うに大人たちは呆然自失のあまり罰を与えるのすら忘れる始末であった。

手もとにある当時の写真の一枚には、滑稽にも短い格子縞の幼児服を着せられ、病的で聞き分けの悪そうな様子で、やぶにらみしながら母のスカートの陰に隠れた私が写っている。〔*Sgm*, 82〕

この写真は今も残っており、子細にこれを眺めれば、有り体に言って当人が写真についてしてみせる説明にはほとんど修正の要がない。五十歳代のアンドレ・ジッドが「回想録」を書きながら顧みていたのはそうした幼児の自分であり、読者にもまたそのように見てほしかったのだ。というのも『一粒の麦もし死なずば』の巻頭におかれた（「まるで玄関のマットについた犬の糞《ふん》のように」と、反響を呼んだある書評のなかでポール・スーデーは書いている[1]）この二ページが与える挑発的な印象は後続部分でもいっこうに薄まることはなく、子供時代のかなり陰鬱な画幅が作りあげられていくのだから。より厳密に言って、幼少期の思い出にたいするジッドの色づけには一貫して紛れもない軽侮の念が含まれており、「鈍い少年」だった自分について何度となく語りながらジッドは、「幼稚さがいつまでも抜けやらずにいた暗夜」〔*Sgm*, 100〕の叙述に倦んで「少年時代の闇黒を早く終えてしまいたい」〔*Sgm*, 156〕と嘆息するのである……。しかも、このまるで好意に欠けた印象を五十男の歪められた回想と見なすわけにもいかない。ずっと前から彼は同じような考えをもっており、二十一歳のときの『日記』には「私はあえて率直に認めなければならない。私をこのとおりの人間にしたのは孤独で不機嫌な私の少年時代なのだ」〔*JI*, 131〕とある。ジッド自身の手で描かれたものとはいえ、むしろ文学批評が留保なしに飛びつき、人物と作家を説明するために用いたことによって一般に浸透したイメージ、すなわち子供にしてすでに「異常なる」アンドレ・ジッドというイメージはここに由来するのである。

ところで、あたかも挑発するかのように自慰と悪意と攻撃性がひしめき合うこの冒頭部、『一粒の麦もし死なずば』における告白の数々がジッドの人と作品とを理解するのにきわめて重要なことは言をまたない。とはいえ、そうした印象には自伝作家本人の語るところによって歯止めをかけておく必要がある。じっさい奇妙なことに、この率直な物語を読むかぎり、ジッドの少年時代はちっとも「孤独で不機嫌な」ものではない。何か際だった個性が限度をこえて現れてこないかぎり、そこに認められるのは、好奇心が旺盛で直情的、楽しみに夢中になり、ノルマンディーやセヴェンヌでの休暇では光と幸福に酔いしれる遊び好きなジッドの姿、要するに「普通の」子供の姿なのである。状況によって、つまり環境と教育をまって初めて多くのありふれた性質が独自の調子、劇的な様相を帯びただけのことなのだ。ジッドは生まれながらにしてジッドだったのではない、ジッドになったのである。

裕福にしてプロテスタント

アンドレ・ジッドの両親は一八七四年にメディシス通りを去って、彼らの社会的地位に見あうもっと広く贅沢な住まいに転居していた。「トゥールノン通り二番地の三階にある私たちの新しいアパルトマンは、サン＝シュルピス通りと交差する一角にあり、父の書斎の窓はこの通りのほうに面していた」〔*Sgm*, 82-3〕。ブルジョワで金持ちの一家、ジッド親子の豪奢な住まい……。じじつ、裕福な家庭に生まれたジッドは、相当な資産を管理するという気苦労は別として何ひとつ金銭面の心配をしたことはなかった。友人のひとりで小説家のシャルル＝ルイ・フィリップがある日、ヴィシーの温泉源を相続した大富豪のヴァレリー・ラルボーについて語りながら、皮肉をこめて次のように言ったほどだ（ジッドはその文句を一九〇八年の『日記』に書きとめている）。「横に並べばさしものジッドも貧乏に見えてくるような人間に出会う、こいつはいつだって愉快なことだ」〔*JI*, 602〕……。

このようにアンドレ・ジッドが裕福であった事実に留意しておくのは無意味なことではない。「貧困のもの珍しさ《エグゾティスム》」〔*Sgm*, 200〕にいかに敏感であったにせよ、またこの世の恵まれぬ人々にいかに大きな共感を寄せたにせよ、資産家のブルジョワであるジッドは、遊び半分でとはいわないまでも、しょせんは証言者としてしか同時代の大きな社会闘争に加わることはないのであり、六十歳をすぎてから試みた「アンガージュマン」が彼にとって「大失敗」に終わった主因もおそらくはそこにあるのだ。

ジッド家は裕福であり、プロテスタントだった……。モーリヤックがジロンド県の司祭たちのなかで育ったように、ジッドは改革宗教の牧師たちにかこまれて大きくなった。両親の結婚はロベルティ牧師が話をまとめたものであったし、アレグレ牧師は長いあいだ、一家が夏に滞在したラ・ロック＝ベニャールの館の常連だった。アンドレ・ジッド本人も幼少時の自らを描いて「嬉々として遊び戯れる子供だが、その彼を退屈させるプロテスタントの牧師の要素もあわせもつ」〔*JI*, 576〕と述べていたではないか……。母方、父方の二つの家系のうち、後者は間違いなくプロテスタンティズムが最も深く根をおろした家系であり、『一粒の麦もし死なずば』から判断すると、ジッドはユゼスの古老《メガテリウム》たちの集まりのことをきわめて鮮明に記憶していた。そこでは、「信仰にもとづく祭式が万一露見すれば生命にかかわることになりかねなかった昔に、藪原《ガリーグ》の秘密の隠れ場で炎天下におこなわれていた礼拝を偲んで、〔…〕神を親称で呼んだ世代の最後の代表者たちが大きなフェルト帽をかぶったままで礼拝に参列するのを今なお目にする」〔*Sgm*, 106〕ことができたのである。とはいえ、ユゼスのこの古めかしい集まりとの接触について彼が心にとどめたのはただ一つ、簡素さと厳格さに彩られたいくばくかの絵画的イメージにすぎないように思われる。かたや母方のプロテスタンティズムが彼のうちに残した刻印はこれとはまったく違うものだった。

ジッドは父母それぞれの先祖の対照を完璧なものとするために、「回想録」のなかでロンドー家に流れるカトリックの伝統をことさら強調する。この伝統はあるにはあったが、実際には彼が生まれる百年も前に途絶えていたものである。一七九二年にはルーアンの市長職にあり、フリーメーソン会員でもあった曾祖父シャルル・ロンドー（「ド・モンブレー」を付して呼ばれた）、実業家で宗教にはとんと無関心だった祖父エドゥアール・ロンドーは、いずれもが熱心かつ厳格なプロテスタントの女性を娶っていたし、作家の母となるジュリエットをふくめ、エドゥアール・ロンドーの五人の子らはカルヴィニズムの厳格このうえない信仰と生活習慣のなかで敬虔に育てられた。かくてジッドの母方の家はかつてカトリックだったときよりもはるかに信仰の堅いプロテスタントになっていたのである。

ジュリエット・ロンドーの信仰に認められるのはプロテスタンティズムの基本特性であり、とりたてて奇異なものではない。しかしその特性がおそらくは社会や道徳に順応しようとするブルジョワ的な配慮のために、硬化し頑なものに変じていた。メディシス通り、ついでトゥールノン通り、ラ・ロックあるいはキュヴェルヴィルでの暮らしぶりは常に厳格で「良識的」であった。ポール・ジッド夫人は、まことに責任感つよき女主人として家庭をとりしきった。戒律の権威を重んじ、法の一言一句をおろそかにせず、こと義務や禁止事項となると自由検証をおこなうにはひどく臆病であったから、この点では宗教改革の伝統にむしろ相反していたことになる。息子ジッドはこの道徳的な律法主義が深くしみ込んだ家庭教育をさずかったのである。「私ははっきり覚えている」と『一粒の麦もし死なずば』のなかで彼は述べている。「母が当時、子供の私をイスラエルの民になぞらえて、聖寵によって生きるに先だち、まず法のもとに生きることが賢明なのだと主張していたのを」〔*Sgm*, 86〕。こうしてジッドはなかんずく宗教について、その束縛的な側面と、またプロテスタンティズムにあってはかなり逆説的なことだが、権威への従属という原則を身をもって知ったのである。この道徳的教条主義のただなかにあって、謹厳なポール・ジッド夫人は理の当然として、最も狭義での性的純潔を何にも勝るものと考えていた。それればかりか、なべて肉体にまつわることがらをとりわけ罪深い領域と見なすこのプロテスタント的道徳観が、アンドレ・ジッドの成長においてどれほど大きな役割を果たしたかは後に見るとおりである。

二つの順応主義――ブルジョワ的な富の順応主義とピューリタニズムの順応主義と――にさらされながらも、個としてのジッドは従姉マドレーヌのうちに認めて愛した「ユグノー的な抵抗の美徳」をおそらくは自らのなかにも認めていた。じっさい、彼がある種の社会的な孤立感にさほど悩み苦しむことなく、むしろ財産が保証してくれる自由を喜んで享受したという一面があるにせよ、幼年期のプロテスタント的な環境こそがジッドの抱えた諸々の葛藤の原因だったのであり、表面に現れようと潜在していようと、意識的であろうと抑圧されていようと、これらの葛藤が彼の心性を決定づけたのである。そしてその闘争の核心にあるのは常に母のイメージであった……。

ポール・ジッド夫妻

母のイメージであって、父のそれではない。とはいえジッドは『一粒の麦もし死なずば』の初めの数章では、彼らのいずれもが姿かたちあるようにと願って、念入りに対照を際立たせた二つの肖像を描いた。

「顎髭を四角に刈り、ウエーブのかかる黒い髪を長めに伸ばした」〔*Sgm*, 85〕姿の写る一枚の写真がなければ、父の容貌を記憶してはいなかっただろう、とジッドは打ち明けている。大学人として賛嘆と尊敬の的であり、優れた人物であったが、家庭での権限を妻に委ねていたことは疑う余地がない。家にあってはほとんど存在感のない父だったのである――

父は一日の大半を薄暗い大きな書斎に閉じこもってすごしていたが、私は呼ばれないかぎりそこに入ることは許されていなかった。〔…〕私はまるで聖堂へでも入るかのようにそこに入っていくのだった。暗がりのなかに書庫の聖櫃がそびえており、濃く渋い色合いの厚い絨毯が私の足音を消した。二つある窓の一方のそばには書見台が置かれており、部屋の中央には本や書類に被われた巨大な机があった。〔Sgm, 85〕

厳格で勤勉な法学者だった父について、息子ジッドはそのかぎりない優しさをとりわけ記憶にとどめている。彼らのあいだには溢れるような真情の吐露はなかったが、男どうしの共犯関係のようなものがあった。二人でした散歩のなかで、また「坊や」にしてやった話や読んで聞かせた本（『オデュッセイア』『千一夜物語』やモリエール、はたまた『ヨブ記』など）、いっしょになって戯れた遊びのなかで、ポール・ジッドは息子のうちに不思議で夢のような優しい印象を芽生えさせる術を心得ていたようだ。アンドレ・ジッドが『一粒の麦もし死なずば』のために記憶を呼びさまし活写してみせる挿話的小景には、彼の子供時代を「魅惑した」あの「新奇で厳粛な、いくぶんか神秘的な感じ」が宿っているが、そんな子供の頃、彼はリュクサンブール界隈の散歩からもどった夜には「影と睡魔と不可思議に酔ったように」〔Sgm, 87〕眠りについたものだった……。通常の生活を二重化し、いわばそこに厚みを加えるこの神秘の感覚、「第二の現実」〔Sgm, 93〕という感覚は、それが後年いや増すことから考えるに、おそらくは少年が生まれながらに持っていたものだが、こうした感覚が発達するのにさいし父子関係の性質は少なくともその促進役を務めたのである。善良さ、知性、心の気高さや教養において秀でた人物であったポール・ジッド教授は、また教育にかんしても「きわめて特殊な考えをもっていた」と息子は述べている。「その考えに母は同意していなかった。私は、幼児の頭脳にどんな栄養物を与えるかについて二人が議論しているのをたびたび耳にしたものだ。服従にかんしても、これと似たような議論が起こった。子供は了解しようとする必要などなく、ただ服従すべきだというのが母の意見だったが、父のほうは何ごとも私に説明するという主義だった」〔*Sgm*, 85-6〕。アンドレ・ジッドはこの優しく控えめな父を十一歳になる直前に喪うが、いうならば遥か遠くから甘美な思慕の念を抱いて、夢に見るかのように彼を愛しつづけたのである……。

夢みること、推察するにそれはポール・ジッド夫人の好むところではなかった。そんな母を息子は亡父の生けるアンチテーゼとして念を入れて描いたのである。ジャン・ドレー教授は『一粒の麦もし死なずば』に描かれた二人の肖像から受ける印象をいみじくも次のように要約している——「一方には魅力、快活、寛大さ、知的教養があり、もう一方にはやや重苦しい真面目さ、厳格、道徳崇拝が見られる」〔DEL, I, 72〕。

ジッド夫人の家ではすべてが整理整頓され、秩序立てられていた。彼女は申し分ないほど家政上の美徳を身につけていた。何にかんしても厳格と清潔の気配りをし、そのためサロンの家具にはすべて「鮮やかな赤の細縞が入った白木綿のカバー」〔*Sgm*, 186〕が被せられ、それが外されるのは彼女が人を招く水曜日だけであった。彼女は家族の生活、そのスケジュールや出費が規則正しく管理され、不測の事態がまったくないことを強く望んだ。だがこの堅苦しさはおそらく生来のものではなかった。息子はそこに、彼女の性格にたいする絶えざる束縛、ある種の仮面、自分に自信のない人が身にまとう鎧を見てとっていた。「私の母」と題され、後に『秋の断想』におさめられた一九四二年の小文のなかで彼は書いている——「私は母のうちにあった自然なものをすべて愛していた。しかし世間のしきたりと、ブルジョワ的教育があまりにもしばしば刻みつける習慣とのせいで、彼女の心の躍動は制止されることがあった。〔…〕とりわけ彼女は過度に心配性で自信を欠いていた〔…〕。彼女は他人のことや人からどう思われるかを気にかけてばかりいた。そして常に最善を欲していたが、それは世間の規範による〈最善〉なのだった。その〈最善〉に至ろうと絶えず努力する彼女であったが、自分のなかの最善なるものとは、彼女がいささかの努力もなしに身につけているものにほかならない、などとは思ってもみなかったのであろう（ましてそれを認めるにはあまりに謙虚な人物だった）。過度に心配性で自信に欠ける母であった」〔SV, 895-6〕。まさしくここに、逸脱を怖れ、何においても伝統と世間のしきたりに従うことを好んだこの女性の性格を解き明かす鍵があるに違いない。ピアノはほとんど連弾以外では弾こうとせず、過度に表現豊かに弾いたり自分の気持ちを押し出すのを嫌い、曲の初めから終わりまで大きな声で拍子をとった。読書にかんしては、最も古典的なものにとどめ、作品よりは批評を、詩よりは散文を好んだ。絵の展覧会を見にゆくときには、「記事の載っている新聞を携帯しないことはけっしてなかった。そして、誤った感心の仕方をしたり、感心のし忘れがあったりするのをひどく怖れて、かならず会場で評論家の批評を読みかえすのだった」〔*Sgm*, 189〕。自然発生的なものを怖れ、束縛を求めるこうした態度がいたるところに認められたが、アンドレ・ジッドの母にとっては、いわばそれこそが自らの全行為の道徳的価値を保証してくれるものだったのである……。

「この絶えず努めて何か善きもの、何かさらに善きものにむかって進んだ〈善意の人〉（私はこの語をきわめて福音書的な意味で使っている）」〔*Sgm*, 188〕にあって、その母性愛には当然ながら鋭利峻厳な責任感・義務感が刻み込まれていた。彼女はジェニトリクス（一人息子への過度の母性愛を題材にしたモーリヤックの同名小説の女性主人公）のような独占欲の勝った愛情で息子を縛りつけることはなかったが、「心配するがゆえの気遣い」〔*Sgm*, 117〕で世話を焼き、それがやがては彼をいらだたせることになる。息子のスケジュールや健康管理、服装、出費の実に細かなところにまで気を配り、亡くなる一八九五年までうるさく助言しては彼を悩ませたが、ついにこの年、二十五歳のアンドレ・ジッドはアルジェリア滞在中に、母との手紙のやりとりのなかで怒りを爆発させる。息子の性的生活を二度にわたって決定づけたあまりにピューリタン的で厳格な教育方針についてはすでに触れたが、それに加うるに、母の手紙を埋め尽くす数かぎりない非難や叱責、無駄遣いだといって息子から奪い去った子供らしい無邪気な楽しみ（たとえば仮装の楽しみ）、息子のために選んだ衣類（「私は衣服にかんしてきわめて気難しいたちで、自分がいつもおそろしくみっともない身なりをしているのがひどくつらかった」〔*Sgm*, 133〕）などの要因……。彼は十九歳まで一人旅を許されなかったが、そのときポール・ジッド夫人がスイスにお行きなさいと言うのに反し、ブルターニュ行きを認めさせたのが最初の勝利であった。「母は結局は折れたが、ただし少なくとも私のあとからついてくることを望んだ。私たちは二日か三日ごとに落ち合うことで話がまとまった」〔*Sgm*, 241〕……。おそらくこの『一粒の麦もし死なずば』の回想にもまして重要なのは、彼が一八九五年三月十一日にビスクラから母に宛てた手紙であろう。そこには、この危機的時期の精神状態と、彼にとってこの反抗がもっていた重大な意味とが読みとれる――

あなたの忠告は、僕の歩く道を照らすというよりは、操行を変えさせようとするものであるだけに、僕には我慢ができません。そのため僕はときおり次のように考えてしまう。人生にたい
するあなたの理解は僕の理解とはあまりにもかけ離れているので、こういう忠告に耳を傾けるのはほとんど無益である、と。そして耳を傾けるにしても敬意を払ってではない、それほど僕には、あなたが忠告の内容を明確に意識するに先だち、最も重要なことを、つまり私たちの行為を決定

する動機や情熱というものを考慮には入れていないのが、聞かないうちからはっきりと分かっているのです。

人生のすばらしさは必ずしもそれがどれだけ良識にかなっているか否かによって加減するわけではありません。僕があなたの忠告するような人生を送ろうと心がけるならば、その人生は常に僕の思想を偽るものになってしまいます。他者の行為のなかに割って入りたいというあなたの気持ちほど僕を苛立たせるものはありません。なるほどそれによってその人の行為はいくぶんかは分別を増すでしょうが、まったく値打ちのないものになってしまいます。なぜならばその行為は本人からというよりはあなたから発するものとなり、そのオリジナリティー(この語をその語源的な意味以外にはとらないでください)はすっかり失われてしまうからです。こういった問題はどれもが宗教、倫理あるいは哲学の最も重要な問題だと僕には思われるのです……。[2]

こうした母の影響は多大にして決定的なものであったが、ただし必ずしも好ましからざる反動的な結果ばかりを生じたわけではない。芸術上の規範や節制にたいするきわめてジッド的な好みの根源はまさにそこにあるのではないだろうか。彼自身がそう考えていたことは、没後発表の『若き作家への助言』(「新フランス評論」誌、一九五六年八月号)に一風変わったかたちで証されている。彼は次のように述べているのだ——「母は私に、食卓を立つまえには必ずシードルのグラスを飲み干すこと、パンは自分が食べられると思う分しかとらないことを教えたものだった。おそらくはこの倹約の観念のいくばくかが、〔芸術上の〕節度にたいして私が感じる強い欲求のなかに今もなお残っている」[3]……。

父の影響は、いかに母のそれとは異なるものだったにせよ、重要度においてははるかに劣り、また期間も短いものだったので、『一粒の麦もし死なずば』では魅力的なアンチテーゼを提示するという明らかな意図のもと、過大な描かれ方をしたように思われる。ジッドが悦に入って、セヴェンヌに居を構えるジッド家のプロテスタンティズムを、ノルマンディーに住むロンドー家のカトリシズムと対比させるのはすでに見たとおりである。まったく作為的な対照ではあるが、しかしここには彼にとって大切な心性上の主要観念の一つが関わっているのである。ジッドは自らを二つの種族、二つの宗派、二つの伝統が交わった結実であり、内的対話や葛藤・分裂に傾きがちな、あるいはむしろそう宿命づけられた二重にして両義的な結実であると考えていたし、またそうありたいと望んでいた。たしかにポール・ジッドとジュリエット・ロンドーとの相違がある程度までは彼の考え方に論拠を与えはした。しかしそれがすべてだったわけではない。

　一八九七年に『根こそぎにされた人々』が出版されるや、ジッドは個々人が「自らの土地に先祖たちにまじって」根づくというバレスの主張に反駁する機会を得た。だが「父はユゼスの生まれ、母はノルマンディーの生まれ、そしてパリで生まれた私は、バレス氏よ、どこに根づけばよいのでしょうか。それで私は旅をすることにしたのです」〔*Ec*, 4〕という有名な頓呼法の意味は以後しばしば誤った理解をされている。旅をするとは、ジッドが自らの二重の根《ルーツ》やその重要性を否認したということではなかったのだ。仮に否認したとすれば、「回想録」のなかで自分の社会環境や家庭環境を描くのにあれほどの紙幅を割くことはなかったであろう。もともとジッドは、広い意味での自身の遺伝継承を考慮して、テーヌやバレスのような人たちの考え方ときわめて類似した考え方から出発していた。彼が反バレス主義者、社会の枠組みや既成の観念・習慣への反抗を説く理論家になったのは、個としての人間は持って生まれた繋がりにたいしなんらかの態度選択をせざるをえないからのことであって、実のところ、ジッド自身の歩む道は『根こそぎにされた人々』についてなされた絶対的な非定着《デラシヌマン》の擁護とはまるで別物でさえあった。彼自身としては、二重性そのものを利用することで、二重の遺伝継承を拒まずにすんだのである……。彼がジッド家とロンドー家の違いをあれほど強調したのも、そうすることでより上手く、いずれかの家に帰属することを拒絶し、独自性を生む対話・葛藤・分裂を自らのうちに受け入れ「確立する」ことができたからなのだ。六十歳を越えたジッドは、自分の誕生日の十一月二十一日が星座と星座との移り目にあたることに注意をうながしている[4]――「このとき地球は蠍座の影響を脱して射手座の影響下に入る」。そして嬉々として語るのだ――「あなたの信じる神が特別の思し召しで、二つの血、二つの地方、二つの宗派の結実として、私を二つの星のあいだに生まれさせたもうたからといって、それが私のせいだろうか」(『日記』、一九二九年十二月二日〔*JII*, 172〕)。

「こんなふうに自己が分裂していたら……」

ジッドは自らの社会的・家系的ルーツの両義性――この語はまさしく語源的な意味で用いられている――をことさらに強調している。しかしこの両義性には実質的な精神の錯綜・分裂が付帯していた。それは彼の神経質な性格に起因するもので、自然の成りゆきとして、幼少年期から青年期にかけ本人の自覚に伴って大きく増幅していったのだ。

これを「虚弱神経症者」と呼ばずして何と言おうか。蒲柳の質を両親が心配したため、ずいぶん早くから「この不規則で規矩《きまり》のない生活ととぎれとぎれの教育」を始める羽目になったのであるが、当人は「すっかりこれが気に入ってしまった」〔*Sgm*, 140〕。だがこういった生活スタイルは、生来の虚弱にたいする自覚をひたすら強める結果になり、そのため彼は早くから落ち着かず不安な精神状態に入ってしまい、しかもそれが持続した。コクトーにならってフォントネルの有名な言葉を借りるならば、「存在することの困難」、ジッドの場合には「涙と嗚咽をともなう一種の重苦しい窒息感」〔*Sgm*, 208〕のかたちをとるのだが、それはまぎれもない苦悶の発作へと変わっていったのである——「僕のなかにある見知らぬ海の特別な水門が急に開いて、波が心のなかにおびただしく流れ込んでくるかのようだった」〔*Sgm*, 166〕。〈戦慄 *Schaudern*〉と彼が呼んだもの（「フランス語にはこれとまったく同義の単語はないと思う」〔*Ec*, 818〕と一九四七年にも『ラミエル』序文のなかで書いている）、それは『一粒の麦もし死なずば』で描かれているように、過剰に充溢する多感の脱抑圧として、またときには自らの劣等性、生命力不足への漠然たる意識を補填するためのリビドー放出としてまずは現れる。十歳〔一八八〇年の夏〕のおりに遭遇した従弟エミール・ヴィドメルの死が彼の感受性を根底から揺さぶった最初のできごとであった。もっとも彼はこの四歳児のことはほとんど知らなかったし、「特別な親しみ」を抱いていたわけでもない。にもかかわらずその死こそが幼いアンドレにとっては「名状しがたい苦悶」〔*Sgm*, 165〕、自分でも不可解な神経の極度な興奮を示す発作の引鉄《ひきがね》となる事件だったのである。

この神経症は、プロテスタント教育に培われた内省と自己洞察とに傾きがちな性格によって、少しずつ拗《こじ》れ悪化していく。不安にかられた少年は、身のまわりにおこる災厄を自分のせいだと思うようになり、そしてこの罪悪感がさらにいっそう彼の心を引き裂いたのである。

ジッドはエミール・ヴィドメル少年の死を契機とする〈戦慄〉からほどなくしてわが身にふりかかった父の死にどんな思いを抱いたか、『一粒の麦もし死なずば』にはほとんど何も記していない。「この喪のせいで学友たちの目に自分が威信のようなものをまとって映ったことにとりわけ心を動かされた」ことを回想し、また彼が「あまりにも強い精神的衝撃」を受けないようにと、母がそのとき示してくれた優しい心配りを書きとめてはいる——「たちまち僕は以後もひたすら僕に注がれつづけることになるこの愛に全身を包まれていると感じた」〔*Sgm*, 138〕。しかしながら——この点については後でも詳しく述べることになろうが——自己について語ることの多かった作家たちの大半がそうであるように、ジッドの場合にも「回想録」や『日記』、あるいはさまざまな自伝的著作よりも、虚構作品こそがその最も内奥の秘密を明かしてくれる。アンドレ・ジッドの不安な心理にとって父の死がいかに重いものであったか、それについての否認しがたい証言が見出されるのは『贋金つかい』の文中なのだ。小説の登場人物のひとり、ボリス・ラ・ペルーズ少年がちょうどジッド少年と同様に父親を亡くすのであるが、彼もまた神経質な、自己分裂傾向の子どもで、その「悪癖」を見つけた母からの叱責によって顕在化した罪悪感から来る苦悩に心を苛まれているのだ——「母親は叱ったり、口説いたり、お説教をしたのだろうと思います。そこへ父親の急死という事態がおこったわけでしょう。秘密のいたずらは罪深い行いだと言い聞かされていたボリスは、その罰を受けたのだと思いこんでしまったのです。父親の死は、自分に責任があるのだと考えました。自分は罪人だ、呪われた者だと思いこんだのです」〔*FM*, 1098-9〕……。小説のなか、とりわけボリスという登場人物のなかには作者の内面的な事実の反映とおぼしき要素があまりにも多く、彼とジッド少年とに見られる少年期の次のような類似点を前にすれば、逡巡の余地はなくなってしまう。各自のはっきりしない性格、自慰の習慣、母親のピューリタニズム、「悪徳」の露見や父の死の年代的な一致（ポール・ジッドの亡くなる二年ほど前、ジッド少年は「悪癖」のためにアルザス学院を停学になり、両親に連れられて行った医師のブルーアルデル博士のもとで、去勢するぞと芝居がかった脅しを受けて怯え、心に深い傷を負う）……。

同様にその二年後、伯母エミール・ロンドー夫人（『狭き門』のリュシル・ビュコラン）の不行跡を知った彼の心を揺さぶる〈戦慄〉が、いかにその罪悪感を増幅させたかは見てのとおりで、彼には罪深い自分が、従姉マドレーヌの天使のごとき愛には値しない人間に思えてしまったのである。

この「存在することの困難」、この絶えず募る心理的不安は相反する結果をもたらすことになる。まず第一の自然な回避策としてナルシス的な内向があった。己《おの》が姿に恋する神話の主人公の姿勢がどれほど若き日のジッドを魅了したかは周知のとおりだが、彼がマドレーヌ・ロンドーに抱いた愛、アンドレ・ワルテルのエマニュエルへの愛、その大半はナルシスがエコーにむけた愛と同じものだったのである。それはすなわち融合と統一という失楽園への回帰を可能にしてくれる想像上の分身、瓜二つの心の伴侶を創りだすことによって自己の内面の分裂を否認する行為であった。

ナルシスの姿勢とは反対の、だがこれに劣らず自然な身の処し方として、他者のほうへの逃避、他者の内への逃避もあったが、これはジッドの子供の頃から一貫した特徴であった。『一粒の麦もし死なずば』の第一章に出てくる、リュクサンブール公園の遊び仲間で失明した少年（「白い羊毛のハーフ・コートを着ているので、私たちは彼のことを〈羊〉と呼んでいた」〔*Sgm*, 84〕）の逸話がすでにこの特徴をよく示している。ジッドは〈羊〉が今や障害に苦しんでいると知ったときの悲しみを回想して、次のように語るのだ――「私は自分の部屋に行って泣いた。そして数日のあいだ、長時間にわたって眼を閉じつづけたり、眼をあけずに歩いたり、〈羊〉が感じることをなんとか自分でも感じようとする練習をした」〔*Sgm*, 85〕。刺激好きな子供の単なる遊びなのか。おそらくはそうであろう。だがそれにしても、すでにしてなんたる共感能力の例証なのだろう。この能力によって、彼はまさに自分自身から抜け出て、他者のなかに自己投影し、同情にもまして「感情移入《アンパティ》」（ジャン・ドレーの表現）によって生き、かくして自らの矛盾から解放されたのだ。『贋金つかい』の作中作家エドゥアールの次の考察に、〈羊〉

の苦痛を自らも感じようとする少年ジッドの姿を見出せないだろうか――「私の心臓は共感の力だけで鼓動している。私はもっぱら他者によって生きている。他者にかわって、あるいは他者と一心同体となって、と言ってもいい。自己から逃れてだれか他の人になるときほど強烈な生命感を味わうことはないのだ」〔*FM*, 987〕。そしてジッドが幼少年期の熱烈な友情について語るところを読むと、どこかそこには自分自身から逃れ、他の存在に取って代わられたいという欲求――エドゥアールが「叙情精神《リリスム》、すなわち甘んじて神に打ち負かされ、霊感や歓喜にとらわれる精神状態」〔*FM*, 1185〕と呼ぶものへの傾向――が感じられる。こういった感性の動きは神秘主義的な様相を帯び、そのために「理性は眠り心が目ざめた」法悦状態とある意味で類似したところがあるのだ……。あえて専門分野の術語をもちいて言えば、すでに少年ジッドにとっての問題は、自我意識のずれ、対自の矛盾と分裂を否認して、調和ある即自の十全を回復することだったのである。

自らの本質的不安から逃れるいま一つの方法として、ありふれたことには相違ないが、少年ジッドは夢や想像の世界に逃避した。心身の脆弱や現実への不適応を意識するがゆえに、外的世界を切り捨ててナルシス的に自己の内に閉じこもったり、あるいは逆にこの外的世界を広く深く複雑化させ、そうすることで神秘の領域を拡大し、自らはこれまた神秘的な万物照応の網のなかに身をおいてその存在を確認したのである――

現実の世界、日常的な世界、認証された世界と並行してもう一つの世界が存在するのだという漠然とした表現しがたい信念が、長年のあいだ私の心に宿っていた〔と、彼は言う〕。〔…〕それは、妖精や吸血鬼、魔法使いなどが登場するおとぎ話とも、またホフマンやアンデルセンの物語とさえも、なんら共通するところのない世界だった。いや、むしろそこには、生に深みを与えようとする不器用な欲求――後年、宗教が巧みにも満足させることになるあの欲求――、そしてまた人に知られぬ世界を想定しようとする性向があったのだと私は思う。〔*Sgm*, 93-4〕

やはり『一粒の麦もし死なずば』においてだが、次のような記述も出てくる――

自分に不慣れな空間や時間はすべて神秘で満たしたいという、私の精神の子供っぽい欲求についてはすでに明かした。私は自らの背後でおこることにひどく心ひかれ、どうかすると私が速やかにふりかえれば、そこに何か不可思議な世界が見えるような気さえしたものだ。〔*Sgm*, 159〕

もっと適切な言い方をすれば、神秘を感知するに長けていたというよりも、むしろジッドには「ある種の現実感」が欠けていたのだと思われる。『日記』の一風変わったページに記されているとおりである――

私は外的世界にたいしきわめて敏感にはなれるのに、それを完全に信じこむことはどうしてもできないのだ。〔…〕この外的世界にたいする感覚は、動物の種類によって非常に違うような気もする。ここにアパルトマンに住みついた一匹の猫がいる。だが、この食堂から出て、廊下のかわりに原始林を見出したとしても、猫は大して驚かないだろう。〔…〕私にしても同じことだと思う……。この扉を開いて、突然……たとえば海のまえに出たとする……そうだ！こいつは不思議だ！　と私は言うだろう。なぜならそこにそんなものがあるはずはないことを知っているから。だがこれこそ合理的な推理というものだ。私は事物がこのとおりここにあるという一種の驚きを払いのけることができない。しかしそれが急に別物に変わったとしてもそれにはさほどまで驚かないような気がする。現実の世界は私にとって常にいくらか幻想的なものに思われるのだ。（『日記』、一九二四年十二月二十日〔*JI*, 1269〕）

一八八九年夏のブルターニュ旅行のさいに身にふりかかったある事件を物語ることでこのことを例証しながら、彼は次のように指摘する――

私はそのときの自分がおかれた異様な状態を今も思い出す。それは私自身についての一種の啓示であった。私はいささかの感動も覚えなかった。ただ単に非常に興味をひかれた（「おもしろく感じた」というほうがより正確かもしれない）だけで、そのうえこの椿事を収めるだけの能力があり、適切なとっさの対応なども可能だった……。私はこうした一切の出来事を、何か「現実ばなれした」見せ物でも見るような気持ちで眺めていたのだ。〔*JI*, 1270〕

役者と観客というジッド的人格の二重性が認められる例は枚挙にいとまがない。そしてその場でこそ両義性の戯れが、絶えず激化し微妙な様相を深めながら無限に続いてゆくのであり、この戯れのなかではやがて主体が消失し、もはやその実体と外見とは識別できなくなるのだ――

この僕が何を言おうが〔と、『贋金つかい』の登場人物アルマン・ヴデルは語っている〕、何をしようが、いつも僕の一部が後ろに控えていて、もう一人の自分が危ないことをするのを眺め、観察し、嘲弄し、やじり、あるいは喝采したりするんだ。こんなふうに自己が分裂していたら、どうして真面目でなんかいられるものか。真面目という言葉がどういう意味なのかさえ、もう僕には分からなくなっているんだ。〔*FM*, 1229〕

「役者、そうかもしれない……」

ポール・ジッド夫人と息子は一八八一年から八二年にかけての一冬をモンペリエですごしたが、住居となったのは「シャルル叔父さん」〔ポールの十五歳年少の弟。兄と同じく法律学教授資格者であり、当地で政治経済学を講じていた。後には斯界の大家として名を馳せる〕の家ではなく、そこからさほど遠くない大広場《エスプラナード》のそばに借りた「みすぼらしい」家具付きの「狭く汚く、むさくるしい」アパルトマンであった。そしてジッド少年はその近くの古いリセの第六学級〔一年次〕に入学したのである――「このリセがラブレーの時代からこのかた、さほど変わったかどうか疑わしい」〔*Sgm*, 146-7〕……。このモンペリエ滞在は不幸な体験であり、ジッド的両義性の進展においておそらくは決定的な危機を示すものなので、しばしここにとどまるとしよう。

リセにおいてジッドは入学当初から、プロテスタントとカトリックの二派に分かれた生徒間の敵対関係や彼らの粗暴な遊戯に否応なく晒された。そしてその日がやってくる。アルザス学院で朗読の手ほどきを受けていた彼は、詩句を早口で抑揚をつけずに唱え、意味を欠いた語の平板なマグマにしてしまうという現地の流儀に反して「ほぼ正しく朗唱」〔*Sgm*, 149〕してしまったのである。彼は「十点満点」を獲得する。だが「朗唱のへまな成功、それにつづいて定まった生意気な奴だという評判が級友たちの反感をあおった。初めは私を取り巻いていた連中までが私を見捨てた。私に加勢がないと見てとるや、他の連中は急に強気になり、私は嘲られ、殴られ、追いつめられた。〔…〕日によっては、哀れにも服は破れ、泥にまみれ、鼻血を出し、歯の根も合わぬ取り乱した様子で帰宅することもあった。かわいそうに母は途方に暮れていた。そしてとうとう私は重い病気になり、おかげでこの生き地獄も終わりになった。医者に往診してもらったところ、天然痘にかかっていたのだ。これで助かった！」〔*Sgm*, 151〕。ほんの仮初めの救済。じきに病が癒えるや、またも同じ地獄落ちの苦悩が生じるのだ。そうした時――

思うにそれは次のようにして始まった。起床を許された最初の日、三週間も床についていたあとなら当然のことだが、少々目眩がして私はふらついた。私は考えた、この目眩がもう少し激しかったらどんなことが起こるか想像できるかしらと。たぶん想像できる、頭が背後へのけぞるような気がして、膝ががくりとなり（私はそのとき自室から母の部屋へつづく狭い廊下にいた）、不意にくずれ落ちるように仰向けに倒れるはずだ。ああ！私は思った、想像したとおりに真似をしてみるんだ！こうして想像を働かせているあいだに、神経の招くがままに身をゆだねることができたら、どれほど楽で、どれほど安らぐことかと予感した。倒れてもそんなに痛くない場所かどうか確かめるために背後を一瞥する……。〔*Sgm*, 152〕

この芝居について、ジッドがその結末をどれほど皮肉っぽく距離をおいて描いているかにご留意いただきたい――

隣室で誰かが叫ぶのが聞こえた。〔女中の〕マリーだった。彼女は駆けつけてきた。母が外出していることは分かっていた。恥ずかしいような、すまないような気持ちから、母の前ではまだ遠慮があったが、あとで何もかも母に伝えられることは確信できた。この小手しらべの後、初めはまさかうまくいくとはと驚くくらいだったのが、急に大胆になってもっと器用にもっと気を入れてやるようになり、ほかの動作をためしてみるまでになった。ときには荒っぽく急激な動作をしてみたり、ときには逆にゆっくりと、ダンスのように調子をつけて反復したりしたのだ。やがてずいぶんと熟達し、実にさまざまな仕草を演じわけられるようになった。〔…〕

その後たびたび私は、母の見ている前でよくもあんな芝居をする気になったものだと自分にたいして憤った。しかし率直なところ、この憤りは今となってはさほど正当なものとは思われない。私がした動作は、たとえ自覚はあったにせよ、ほとんど意図的なものではなかった。すなわち、せいぜいのところ少しは抑えることができたかもしれぬというくらいのものだったのだ。だがこういった行為は私には大きな慰安だったのである。ああ！　その後長いあいだ、神経を患った私はいくど嘆いたであろう、もはや跳ね踊りなどでまぎらわしうる年齢ではなくなってしまったことを……。〔*idem*〕

この振る舞いのなかにいくぶんかは意図が、したがって擬態と演技とが介入していることは間違いない。だがそれは自己解放と自己肯定の行為なのであり、ゆえにこれをただ単に虚偽だと決めてかかることは許されない。行われていたのはむしろ高次の誠実《サンセリテ》、真の「カタルシス」なのであり、それによって主体は自らの存在を抑圧・制止するものから解放されるのだ。彼は自己の内部で、その真正なる投影、個としての真実に生命を吹き込むのである。さらに後の作家ジッドにとって小説の登場人物の創造とはやはり、自らの内に共存し、往々にして相反する多様な存在を解き放つことにほかならぬであろう。そこにいたるまでにもすでに『アンドレ・ワルテルの手記』の青年は、モンペリエの悪餓鬼どもの餌食ほどに痛めつけられてはいないにせよ、こういった意図的な態度――矛盾をはらむだけに保ちえない、あるいはもとから可能ならざる第一の誠実に代わって、まさにその場で誠実なものへと変転生成する演技的態度――の必要性を認識し、見事な表現でそれを定義することになる。「役者？そうかもしれない……しかし私が演じるのは私自身なのだ」〔AW, 68〕。

だが次第に何もかも厄介なことになっていく。自分は両義的な存在だという痛ましい意識は、ジッドを引き裂き、また同時に魅惑するものだったが、そのために彼はさらに新たな矛盾に追い込まれることになる。意図的な調和・一体性を己に課して自身の多様性を否認すべきなのか、あるいはまたプロテウスたることを受容し、その時どきの変幻自在で捕らえがたい誠実のかたちをとるべきなのか……。二役をかわるがわる演じるのは気分のよいものではない。しかし二十二歳を越えてもなお彼は選択していなかった――「道徳的であるということと、誠実であるということのジレンマに悩まされる〔と、一八九二年一月十一日の『日記』には書かれている〕。道徳は自然の存在（神の創造した最初の人間）の代わりに望ましい人工的な存在をつくろうとする。だがそうすると、人間はもはや誠実ではなくなる。神の創造した最初の人間、それは誠実な人間なのだ」〔JI, 151〕。

二十歳の総決算たる『アンドレ・ワルテル』にもとづいて、いずれ状況を総括してみることにしよう。しかしドラマは早くも一八八二年の危機においてすでにはっきりとしたかたちで生じていたのである。すなわち一方には病的な多感、これがどっちつかずの性格をさらに複雑なものにし、自己表出の欲求をかき立てるとともに、内省傾向によっていや増す不安から逃避するようにと促す。また他方にはピューリタン的教育による束縛があり、少年期の自慰行為で定着し、真摯な自己表現を抑制する真の罪悪感がこれによって助長されるのだ。そこからは一つの不均衡が生ずる。後年のジッドは芸術創造のなかでその解決策を見出すことになるが、モンペリエの病んだ少年にとってはこの不均衡は悲痛なまでの危機的な段階にあったのである……。天然痘、神経症の芝居、ラマルーでの湯治やジェラルメでの水浴療法につづいて彼は、ポール・ジッド夫人が選んだ医師「リザール先生」の薬を大量に飲み下さねばならない。この医師は「ブロンドの愚直温厚な人で、なだめすかすような声、優しい眼差し、なよなよした身振り、とまず見かけは害がなさそうなのだが、馬鹿ほど怖いものはない。〔…〕私が神経の高ぶりを感じたり訴えたりすると、さっそく鎮静剤だ。少しでも眠れないと、いきなりクロラールだ。やっとできあがりつつある脳にたいする処方がこれなのだ!」〔*Sgm*, 157〕。

この嘆かわしい薬責めによっては何も解決しなかった——「どうやってそんな状態から抜け出ることができたのかいまだに分からない。まちがいなく悪魔が私を狙っていた。私は闇にすっかり操られてしまい、どこから光が射してきて私に触れうるのかなど思いもよらなかった。そのときだ、次に語るような、私を悪の手から救い出してくれる天使のわざとも思える出来事が起こったのは」〔*idem*〕。

陰と光

この「天使のわざとも思える出来事」とは、従姉マドレーヌ・ロンドー(『アンドレ・ワルテルの手記』

や『日記』のエマニュエル、『狭き門』のアリサ）にたいする愛の発見であった——「私はこのとき不意に自分の一生の新たな行く手を見出したのだ……」〔*Sgm*, 161〕。しかしながら青少年期のまこと重要なこの転機を本人とともに迎えるに先だち、強調しておかねばならぬのは、ジッドの子供時代について我々がこれまで描いてきたのはもっぱらその陰鬱で劇的な側面だったという点である。だが、いかに彼が「闇に操られて」いたにせよ、彼が知った鮮やかな光の領域、それを回想することで『一粒の麦もし死なずば』の最も美しい箇所のいくつかが綴られたあの幸福なバカンスの時期についても、併せて提示しておくべきだろう……。

一家が所有するラ・ロック＝ベニャールの館ですごしたバカンス、最も幼い時期のバカンス、不思議の国、失われた楽園……。出入り口の上部に刻まれたラテン語の銘は、フランソワ・ラベイ・ド・ラ・ロック卿が一五七七年にこの大邸宅を建造させたが、一七九二年「暴戾《ぼうれい》なる革命の徒党によりて *sceleste tumultuantium turba*」〔*Sgm*, 122〕大半が破壊され、一八〇三年になって再建された旨を謳っていた……

いずれにせよ母屋の大部分がずっと後になって建てられたものであるのは一目瞭然で、その壁面を被うフジのほかはなんの面白味もなかった。これに反して厨房の建物と出入り口は、小さいながら上品に均整がとれたもので、昔の様式にしたがって煉瓦と繋ぎの石材を美しく交互に配している。十分な幅と深さの掘割が建物全体を囲み、川から引いた水がそのなかを流れ満たしていた。ワスレナグサの咲く小さな流れが川から分かれてきて滝となって落ちていた。自分の部屋がその滝のそばにあるというので、アンナはこれを「私の滝」と呼んでいた。(5) あらゆるものは、それを楽しむことを知る者の持ちものとなるのだ。

滝の歌声に、川のさざめきと、泉の絶え間ないささやきとが混じりあっていた。泉は隠し扉の前にあり、島の外に向かって水が湧き出していた。この泉からは食事用に、まるで氷水のような、夏には水差しが汗をかくほど冷たい水が汲まれていた。

ツバメの一群が絶えず家の周囲を飛びまわっていた。粘土でできた巣が屋根の縁の窓口にあるので、そこから雛鳥たちを窺うことができた。ラ・ロックの別荘のことを思うとき、まず初めに私の耳に聞こえてくるのはツバメたちの鳴き声だ。彼らが通ると、まるで青空が破れるかのようだった。〔*Sgm*, 122-3〕

子供時代の自然の楽園……

島、小さな島、しかも逃げ出したいときにはいつでも逃げ出すことのできる小さな島に住む少年の喜びをだれがよく伝えうるだろうか？ 胸壁がわりの煉瓦塀が建物各部をつなぎ島全体をとりまいていた。塀の内側は厚いキヅタで被われ、壁は上を渡り歩いても危なくないほど十分に厚かった。だが釣りをするときには、そこに立ったのでは魚にこちらの姿が見えすぎるので、ただ寄りかかって塀越しに糸を垂れるほうが具合がよかった。外壁の水に浸かっている部分は、あちこちに壁草やカノコソウ、イチゴ、ユキノシタなどの類を宿らせていた。ときには小藪になったところさえあり、これは壁を傷めるので母から目の敵にされていたが、シジュウカラがそこに巣をつくっているという理由で、アンナの希望を容れて刈り取らずに残されていた。〔*Sgm*, 123-4〕

どこか『グラン・モーヌ』の舞台ソローニュを思わせる、翳りを帯びたこの田園風景ほどには神秘的でも夢想的でもないが、ユゼスの風景描写のほうには悦びと陽光とがあふれている——

ニーム経由だと〔…〕道ははるかに美しかった。その道は、聖ニコラ橋のところでガルドン河をよこぎっていた。向こう岸はまるでパレスチナかユダヤかと思われる景色だった。紫や白のゴジアオイの花束が、ラベンダーの匂う藪原のあちらこちらを飾っていた。その上を乾いた風がうなりをあげて吹きすさび、道は掃いたようにきれいになったが、周辺は埃だらけになるのだった。私たちの乗った馬車が大きなイナゴの群を飛び立たせた。イナゴは青や赤、灰色の羽根を急にひるがえし、しばらくは軽やかな蝶のように飛ぶが、やがて少し先に落ちると色鮮やかさは消え、茂みと石の間にまぎれて見分けがつかなくなった。

ガルドン河の岸にはツルボランが生え、また水が涸れてほぼ全面があらわになった河床には亜熱帯植物が生えていた……。〔…〕太陽の光を反射する嶮しい断崖の下の奥まった場所は、草花があまりに繁茂しているので通り抜けにくいほどだった。アンナは目新しい植物に驚嘆したが、なかには彼女が自生しているのを見るのは初めてというものもあった。自生しているというより勝手気ままに生育していると言いたいところだった。俗に「ジェリコのラッパ」と呼ばれる、あの誇らしい姿のチョウセンアサガオは、セイヨウキョウチクトウのそばに咲いていたその美しさと風変わりなところが私の記憶に深く刻まれているが、これもアンナにとっては初めて見る植物の一つだった。大半は無害な種類とはいえ蛇がいるので私たちは注意深く歩いた。数匹が逃げて

いくのが見えた。父はあちこち歩きまわり、あらゆるものに興じた。〔Sgm, 101〕

そうしてみると、このような生きる喜び、惜しみなくその秘密、その美を与えてくれる自然にたいして広く解き放たれた幸福な少年期がジッドにもあったことを忘れてはならない。「不機嫌な」と彼の言う少年期にも事欠かなかった遊びの数々についてもまた然り（シャルル・デュ・ボスがある日、遊びなどかつて一度もしたことがないと語ったのにたいし、ジッドは一九三〇年の『日記』に「非常に大きな欠陥の真の理由はこれだ」〔JII, 179〕と記す）。ビー玉、万華鏡、トランプ占い、写し絵《デカルコマニー》、魚釣り……、これらは独りでの遊びだが、仲間との遊びもあった。ルーアンのエミール伯父宅を訪れたとき、伯父所有のウールムの綿布工場で、運搬車に乗って従姉妹のジャンヌやヴァランチーヌ（『一粒の麦もし死なずば』のシュザンヌとルイーズ）とした「熱のこもった競争」（ちなみにマドレーヌは加わらなかった、「というのは、運搬車は三つしかなかったし、彼女は冒険を好まず、とりわけこんな遊びをしてよいのかどうか確信がもてなかったので」〔Sgm, 143〕）……。昆虫学や植物採集、化学実験（ある日、爆発事故が起こったためにやや熱が冷めたが）に熱中することもあった……。要するにあらゆる子供に共通した娯楽に興じていたのであり、このことからも「陰鬱」とは言いがたい彼の気質が立証される。つまりは、すでに我々がその発端を見た心理的抑圧のドラマが悪化・亢進していくにあたって、環境の、とりわけ母親による教育の果たした役割がそれほどに大きかったということになるのだ。

第二章　マドレーヌ

マドレーヌ・ジッドについては是非とも語っておかねばならない……。しかしながら文学史家は、一方でアンドレ・ジッドの道程において彼女が果たした役割の重要性、また他方では作家が書き残したその肖像が不正確であること、この二点を今日どれほど認識しえたとしても、直接に彼女を識ることがなかったゆえに躊躇してしまう。あらゆる証言が気高さ、繊細さ、そして慎ましさの化身であったと口を揃えるこの女性の思い出についてあえて重い筆をとることをためらうのである。できることならばジャン・シュランベルジェの優れた著書『マドレーヌとアンドレ・ジッド』（そこではマドレーヌの肖像が過度に理想化され美化されているのは疑えないにせよ）を全文引用することで責任を回避したいと考えてしまうほどだ……。だがここはひとつ思いきって筆をとり、『アンドレ・ワルテルの手記』から『今や彼女は汝のなかにあり』にいたる作品に点在する諸特徴を手がかりに総体的なイメージを再構成したうえで、エマニュエルやエリス、マルスリーヌ、アリサたちを通じて、実際のマドレーヌとはどんな存在だったのか、また何ゆえにそういった人物像がジッドの生にもとづく「ドラマ」のなかでは変質しているのか、探ってみなければならない。

彼女は幼児期からすでにジッドと結ばれていた。それは、ジッドがルーアンのルカ通り〔のロンドー家〕で、彼女がひざまずき泣いているのを見つけた一八八二年十二月のあの晩から五十六年を経てなお、次のように書きえたほどであった——「私が自分の存在を意識し、真に存在し始めたのは、彼女への愛によって目覚めさせられたからにほかならぬように思われる」〔*EN*, 940〕。彼女はジッドより三歳近く年長であるが、年齢差以上に大人びて分別があり控えめな子だった。従弟のアンドレや、弟のエドゥアールにジョルジュ、活発で陽気なジャンヌと気まぐれ屋のヴァランチーヌという妹らの遊びに加わるのも、よくよく考えてからのことだった。遊びが騒々しくなってくると「彼女は本を手にしてひとり離れていった。まるで逃げ出すかのようだった。いくら呼んでももはや彼女の耳には届かなかった。彼女にとっては外界が存在しなくなるのだった。場所の観念を失ってしまい、急に椅子から落ちるようなことさえあった。彼女はけっして人を咎めることがなかった。自分の順番や席や取り分を他人に譲るのがいかにも自然で、いかにもにこやかな態度でなされるために、彼女がそうするのは美徳のなせるわざというよりむしろ自分の趣味だからなのではないか、こうしなければ彼女はかえって気持ちが悪いのではないかと思われるほどだった」〔*Sgm*, 139〕。年下の従弟ジッドにとって彼女は、優雅、穏和、直観的な知性、善良さそのものだった。周囲の者たちの幸せを第一に気づかった彼女は、光を放つがごとく彼らに心の平安、内奥の調和を分かち与えた。その調和が苦悩する少年アンドレ・ジッドを魅了することになるのだ。

しかしながらこの均衡には一つの欠落があった。彼女は極端なまでの謙虚さのために「絶えず自分を、自分の美しさを、自分の長所を、自分を輝かせ価値あるものとなすすべてのものを疑った」〔*EN*, 938〕が、この謙虚さは『今や彼女は汝のなかにあり』の著者の証言によれば、生を前にしての怯え、己の弱さにたいする強い意識を特に映し出すものであったようだ。ジッド当人がその原因を、すでに我々が言及した、あの一八八二年十二月の事件に遡って求めている。二人の愛が芽生えることになった事件である――

情愛深い魂の持ち主はみなそうだが、信頼は彼女にとって生来のものだった。だが彼女が生まれながらに持っていた信頼はやがて畏怖と結びつくことになった。というのは、完全に純粋でないものにたいして彼女が特異な炯眼を持ちあわせていたからだ。一種の鋭敏な直観の働きで、声の抑揚、ちょっとした身振り、ごく些細なことからそれがちゃんと分かるのだった。それゆえ、まだ少女にすぎなかった彼女が家族のなかで真っ先に母親の不品行に気がついたのだ。とりあえず、そして長きにわたって自分の胸一つにしまっておかねばならなかったこの秘密の苦悩は、一生涯にわたり彼女に消しがたい烙印を押したのであろう。その後の生涯を通じて彼女は恐れおののく子供のようだった。残念なことに、私はさほど彼女を安心させることができるような性質ではなかった……。当時の彼女が写っている、今ではもう半ばぼやけてしまった小さな写真を見ると、彼女の顔の上に、また異様に儚《はかな》い眉の線のなかに、人生のとば口にある者が抱く一種の疑問や懸念、不安げな驚きといったものが読みとれる。〔*EN*, 941〕

愛の芽生え

少年の日のアンドレ・ジッドが不意に「自分の一生の新たな行く手」〔*Sgm*, 161〕を見出し、その両の眼が「あたかもキリストが手を触れた生まれながらの盲人の目のように」〔*Sgm*, 159〕開いた、一八八三年の年明けも近いこの冬の晩については、二つの物語が残されている。すなわち『一粒の麦もし死なずば』のまさに自伝的な物語と、ジッドが『狭き門』の第一章にすえたいわゆる小説化した物語である。ここでは第二の話のほうを選んで読むことにしよう。というのは逆説を好んでのことではなく、こちらもまた「回想録」の話とまったく同様に事実を曲げずに書かれているうえ、青年の感情面での反応、事件が彼にもたらした宗教的な要素を明確に語っているからだ。

小説の冒頭部では、ジェロームは自分が従姉アリサにひかれる真の理由をいまだ知らずにいる――

アリサ・ビュコランが美しいということに私はまだ気づいていなかった。私は単なる美とはちがう魅力によって彼女に惹きつけられ縛られていた。なるほど彼女はとても母親似だった。しかし目の表情がまるで違っていたので、二人が似通っていることにはずっとあとまで気がつかないほどだった。私はどうも容貌をうまく描きだすことができない。人の顔立ちが記憶に残らず、目の色まで忘れてしまうほどなのだ。いま瞼に浮かぶのは、その頃から早くも憂いの色を帯びていた微笑と、目もとから大きな弧を描いて異様なまでに持ちあがった眉の線だけである。こんな眉はどこにも見たことがない……いや、ダンテの時代のフィレンツェの小さい彫像にこれと同じものがあった。幼いベアトリーチェも、おそらくこんなに大きく弧を描いた眉を持っていた、好んで私はそう想像する。この眉が彼女の眼差しに、また体全体に、おぼつかなげな、それでいて頼りきっているような物問いたげな表情を与えていた――そうだ、熱情的な問いかけの表情だ。彼女にあっては、すべてが問いかけであり、期待にほかならなかった……。〔*Pé*, 501〕

ビュコラン伯父の家で夕食をとり、ル・アーブル（ここはルーアンと置き換えて読もう）の波止場をぶらぶら歩いたある晩、ふとジェロームはさきほど別れてきた従姉のもとに戻ってみたいという気持ちになる……。かけ足で街を横切り、管理人のおばさんの制止を振りきって家に飛びこむ――

アリサの部屋は四階にある。二階にはサロンと食堂があり、三階に伯母の部屋があって、話し声がかまびすしく聞こえてくる。部屋のドアは開いており、その前を通らざるをえない。一筋の光が部屋から洩れて階段の踊り場をよぎっている。見られはしないかと思って、私は一瞬ためらい身を隠す。そして次のような情景を目にして呆然とする。カーテンを閉じてはいるが、二つの燭台の蝋燭が陽気な光を放っている部屋のまんなかで、伯母は長椅子に寝そべり、その足もとにはロベールとジュリエットが、その背後には中尉の軍服を着た見知らぬ青年がいる。二人の子供がそんなところにいるとは今にして思えばとんでもないことだが、当時の無邪気だった私には、それがむしろ安心を与えてくれたのだった。子供たちは笑いながら、その見知らぬ男をじっと見ている。彼は、柔らかく澄んだ声で、こんな言葉をくり返している。

「ビュコラン！ビュコラン！……僕に羊がいたら、きっとビュコランと名づけるでしょうね」

伯母もまた笑いこけている。見ていると、伯母は青年に煙草を一本差し出し、青年に火をつけてもらい、二、三服ふかす。煙草が床に落ちる。すると青年はそれを拾おうとして飛んでゆき、ショールに足をとられたようなふりをして、伯母の前にひざまずく……。こうした茶番劇のおかげで、私は見つからずにそこを通り抜ける。〔*Pé*, 503〕

はたして彼は事情を察したのか? だが重要なのはそのことではない――

私はアリサの部屋のドアの前にいる。しばし待つ。笑い声や賑やかな話し声が階下から聞こえてくる。おそらくそれが私のノックの音をかき消したのだろう、返事は聞こえない。ドアを押すと、音もなく開く。部屋はすでに真っ暗で、すぐにはアリサの姿を見分けられない。彼女は、薄れ日のさしこんでくる窓に背を向けて、ベッドの枕もとにひざまずいている。私が近づくと振り向いて、しかし立ちあがろうとはせずに、こうつぶやく。

「あら! ジェローム、なぜ戻ってきたの?」

私は彼女にキスしようと身をかがめる。彼女の顔は涙に濡れている……。〔*idem*〕

空想の産物などではない永遠のひととき――

この瞬間が私の生涯を決定したのだった。その時のことを思い出すと今でも胸苦しくなる。なるほど私はおぼろげにしかアリサの悲嘆の原因を理解していなかったが、この悲嘆があのわないている小さな魂には、嗚咽にふるえているあのか弱い肉体には、あまりに強烈なものであることをひしひしと感じていた。

ひざまずいたままの彼女のそばに私は立ちつくしていた。心にわき起こったこの興奮をどう表現したらいいか分からなかったが、私は彼女の頭をわが胸に押しあて、彼女の額にわが唇を押しあてた。すると唇から私の魂が流れ出るのだった。愛情と憐憫に酔いしれ、熱狂や自己犠牲、徳行が定かならず入りまじった感情に酔いしれて、私は力のかぎり神に訴え己を捧げて、自分の一生の目的は、この少女を恐怖や不幸や世の荒波から守ってやることをおいてほかにないと考えた。ついに心は祈りに満たされ、私はひざまずき、彼女をかばうように胸に抱きしめる。彼女がこんなことを言っているのが、ぼんやりと耳に入る。

「ジェローム！　あの人たちに見つからなかったわね？　さあ！　早く行ってちょうだい！　見つかるといけないから」

それから、さらに声をひそめて、

「ジェローム、だれにも話さないでね……かわいそうなパパは何にもご存じないの……」〔*Pé*, 503-4〕

従姉のアリサ＝マドレーヌより年下のジェローム＝ジッドが彼女にたいし兄のような庇護者的役割を果たしたとは考えにくいが、かくのごとく性質の似かよった二人のあいだに愛が芽生えたのは自然なことであった。彼らが互いに惹かれあったのは、二人に相通じる心根や、二人を駆りたてる純粋さへの渇望、熱情のゆえであった。彼女のほうは、ルーアンのブルジョワ社会の空気のなかでは生の躍動を妨げられていると感じ、青年の早熟な滾《たぎ》るがごとき内面に心惹かれたのであろう。彼のほうでもまた、マドレーヌの心のうちに不意に見出したものが、自らの弱小感にたいする一種の釣合として幼少期より彼を動かしつづけていた、弱き者や抑圧された者、悩み苦しむ者へのあの共感をかき立てたのである。さらに上述のごとく彼は〈悪〉の存在に心を苛まれており、自身の罪が従姉を打ちひしぐ不当な苦悩の原因とまでは考えなかったにせよ、少なくともこの悪を償うべく、しごく当然なこととして自らを捧げたのだ。やがて彼らは、あらゆる機会をとらえて互いに身を寄せ、共に考え、感動を分かちあうようになった――「子供のころ一緒にした遊び、眺めた風景、長時間の会話や読書……、他の者にとってはとるに足らぬことだが、いずれもが未知のことがらで、それらを二人して発見するたび私たちは少しずつ作り育てられていき、そのため私たちはかくも似通うことになったのだ……」〔*AW*, 63〕。彼らが読むものは共通しており、熱中の対象も同様であった。ギリシア詩人すなわちホメロスと悲劇作家たち、イギリスの小説家やロシアの文豪……。ジッドは、読んでいる本のなかに二人の注意に値すると思われる文章を認めるたび、欄外にマドレーヌのイニシャルを記入した。彼女のほうでは、ある日、私的な手帳に次のように書きとめている――「アンドレ、どれほど多くの美しい本をあなたと離れひとりで読んだことか。そしてそれは私にとってなんと大きな喪失であることか」〔SCH, 48〕。一八八五年の夏のあいだジッドは、『一粒の麦もし死なずば』のなかでリオネル・ド・Rと呼ばれる少年（ルイ＝フィリップ帝政期の大臣ギゾーの孫にあたるフランソワ・ド・ヴィット＝ギゾーのこと）と「熱烈な」〔*Sgm*, 193〕友情で結ばれていたが、彼とともにボシュエやフェヌロン、パスカルなどの宗教的著作を読むことに熱中したときにも、やはりそれをマドレーヌと分かちあわずにはいなかった。これに続いて生じた高揚感をジッドは努めて禁欲生活に従うことで保ったが（「苦行のため私は床の上に寝た。夜半に起きあがり、またも祈りのために跪いたが、これは苦行のためというよりは、むしろ歓喜を待ちきれなかったからだ。そのとき私にはわが身が幸福の絶頂にあるように思われた」〔*Sgm*, 223〕）、その高揚感のなかで彼は一種の純粋な愛を目ざしていた――「ともすると従姉にたいする私の愛は〔と、彼は『一粒の麦もし死なずば』のなかで示唆している〕、神の愛に倣って、不在にたいしあまりにもたやすく満たされていた」〔*idem*〕。しかしながら彼らの神秘的な心の躍動は、もはや姉弟のそれとは違う愛情とまざりあい融合する。二人のあいだには規則的な手紙のやりとりが始まっていた――

もはや彼女なしには人生は私にとって無であった。そして彼女がいたるところ私に連れ添っているように夢想した。ちょうど夏にラ・ロックで朝の散歩に彼女を誘い出し森を歩いたときのように。私たちは家中がまだ眠っているあいだに家を出たものだ。草の葉には露が重かった。空気は清涼だった。東雲《しののめ》の薔薇色はすでにだいぶ前から色褪せてはいたが、まだ横ざまの日ざしは愛すべき溌剌さで私たちに笑いかけていた。私たちは手をとりあって歩いた。道が狭くなると私が数歩先に進んだ。足どり軽く、口数少なく私たちは歩いた。どんな神さまをも、またリスや野ウサギや牡鹿などの野禽獣をも驚かさないためだ。彼らはこの無垢な時刻に身をまかせ、快活に鼻息を立てて戯れ、人間のまだ目覚めぬうち、日のまだ微睡《まどろ》み始めぬうちに、日ごとエデンの楽園を蘇らせているのだ。純粋な眩惑よ、どうか私のいまわの際《きわ》に、そなたの思い出が闇に打ち勝ってくれんことを！　私の魂は、いくたび日盛りの激しい暑さに喘いで、そなたの露に喉を潤したことか……。〔*Sgm*, 219〕

そして少年は自らの「罪」、抑圧的な性格を帯びたあの孤独な習慣と闘っていた。この習慣は『アンドレ・ワルテルの手記』のなかに、さらにその三十五年後、『贋金つかい』の登場人物ボリスのなかに明確に描かれることになる。この少年もまた「魔法を使う」という誘惑に抗い、純潔への確かな渇望と結局は常に破れ屈してしまう悪魔とのあいだで引き裂かれ、悪戦苦闘して疲れ果てる。自らを罰し自らに逆らい、ついにはいっそう殻に閉じこもってしまう。彼は自分を清純なブローニャにはふさわしくない存在だと考える――「ブローニャ、君は悪い子じゃない、だから君には天使が見えるんだ。僕のほうはいつまでも悪い子だろう」〔*FM*, 1072〕。年若きアンドレ・ジッドの場合には、マドレーヌに捧げる愛や敬虔さのゆえに、罪深き青年の苦悩から解き放たれることがない。彼は従姉にたいし自分の純潔な部分だけを捧げようとするのだが、「残りのすべて」〔*Nt*, 183〕を取り除くことはできなかったのである。

この愛は次第に純化され理想化されていくとはいえ、ジッドは肉の騒擾が鎮まるのを感じることはなかった。だがこの肉の騒擾にしても、本能にも勝る強い力に拘束されているだけに、それが対象はなお漠としたままであった。十歳の頃のように「肉の行為についてまだ完全に無知で、好奇心さえなかった」〔*Sgm*, 116〕状態を脱するやいなや、彼の無関心は嫌悪、あるいはむしろ「怖れ」へと変わった。自分のなかにボードレール的な天上と地獄への二つの請願が共存することを感じていたにせよ、女性にはこのような葛藤はありえないものと彼には思えたのである。女性とは、子供のころ周囲にいた貞淑な婦人たちすべてのように聖女であるか、悪魔の手先、「硫酸魔と同じほどの恐怖」を与えたあの「街娼たち」の類であるか、そのどちらかでしかありえなかったのだ。もちろんそこには、ピューリタン的な教育から必然的に生じた二項対立と、そういった教育がなべて肉体にかかわる事柄に覆い被せた悪魔的な陰影を見てとることができる。ジッドはこの二元性を容認した。また「外部からの挑発」に鈍感で、性衝動に屈するとしてもそれは自慰行為であった――「もし私が身ぶり一つで〔挑発に応え〕女性の秘密のすべてを発見できたとしても、私はあえてそういう身ぶりはしなかっただろう」〔*Sgm*, 209-10〕。

マドレーヌへの愛が芽生え膨らんでも、こうした精神状態が変化することはなかった。第一に、子供の頃から互いに身近であった彼らは、あたかも弟と姉のようだったのではあるまいか。またマドレーヌの早熟で大人びた気高い顔立ちは、アンドレが女性にたいして抱くイメージにただちに応えるものであり、彼の神秘的なものへの傾倒を助長することにさえなった……。それにもかかわらず彼がいかにして結婚を企てるのか、我々はそれを『アンドレ・ワルテル』について見てみることになろう。だが、この『手記』によって彼の性行動が以後どう進展していくのかが微妙ながら決定的に明かされる前に、早くも彼は二重の道に足を踏み入れていたのだ。すなわち、その純粋な炎がナルシスの凝視を充足させもする、肉欲を超えた神秘的な愛の道と、彼を「二十三の年まで完全に純潔だが退廃」（『日記』、一八九三年三月〔*JI*, 159〕）させていた、罪深く恥ずべき、だが抗しがたく強迫的な性的要請を容認する道である。周知のように、『今や彼女は汝のなかにあり』が「盲目」「錯乱」「恐るべき無意識」〔*EN*, 942〕と名づける、この精神と官能の分離は四十五歳前後まで、アンドレ・ジッドの主義とは言わぬまでも、内面生活の基本方位の一つであった……。この天使的愛の根源と、母がそれにたいし果たした役割はすでに見たところである。ジッドは幼年期以来、自身の生命の本能と母への愛——これもまた本能的ではあるが、彼の性の抑圧、あるいはむしろその断罪、「罪悪視」の意味をはらむ母への愛——との二者択一の前に晒されていたのである。ジャン・ドレーはいみじくも次のように述べている——「したがって彼は罪悪感に穢された正当ならざる満足と、フラストレーションに苛立った偽善的従属との妥協のなかで生きていたのである」〔DEL, I, 273〕。かくして自らを引き裂くこの悲痛なかたちの愛を見出し（男性の生における、母にたいする情動資本の最初にして自然な固着のもつ重要性はよく知られている）、ジッドは多くの点で母親に似た娘を愛するにあたって、彼女に肉体的な基盤を欠く天使的愛を捧げることになるのだ。

マドレーヌの拒絶

結婚という考えを意識した当初は寡黙であったマドレーヌだが、やがてはっきりとそれを拒絶する。しかしながら彼女が従弟を愛していたことは疑いない。拒絶の理由は複雑で、彼女がそのすべてを明らかにしたとはとても言えないが、まずは家族の反対、とりわけ彼女が母のように尊敬していた叔母ポール・ジッド夫人——彼女の心のなかでは夫人は決定的に実母にとってかわっており、罪深き妻だった実母のことを彼女はなんとしても忘れ去ろうとした——がはっきりと口にした反対の意が挙げられる。自分の息子と、両親を失い（エミール・ロンドーは一八九〇年三月一日に死去。法的別居にもとづき八八年には妻の家庭離脱が確認されていた）、ほとんど自分の養女となった娘の幸福を案じて、ポール・ジッド夫人が彼ら二人に、おそらくはまだ子供時代の優しい気持ちにすぎないものを大人の愛と見なすことの危険を説いたのは、なるほどもっともなことであった。じっさいマドレーヌは叔母の言い分をよく理解していた。またアンドレ・ジッドもそれを軽視してはおらず、『アンドレ・ワルテルの手記』の冒頭に、むろんフィクションではあるが一つの場面を設けて、結婚の計画をめぐってなされたはずのやりとりを示唆している。アンドレ・ワルテルは母の最期を次のように回想するのだ——

安らかにおやすみください、お母さん。私はお言葉に従いました。〔…〕あなたは私ひとりにお話しになるために人払いをなさった。——それは臨終のほんの数時間前のことでした。「アンドレ」とあなたはおっしゃった。「私はね、安らかに死にたいのです」。私はすでにあなたがおっしゃるであろうことを察し、精神を集中させていました。憔悴が激しいため、あなたは話を急がれました。「お前はエマニュエルから離れたほうがいいのよ……お前たちの愛情は姉と弟の愛情なのよ、――思いちがいをしないでちょうだい。……いっしょに暮らしていると、いつのまにかそんな気持ちが生まれるものです。あの娘《こ》はわたしの姪で、孤児になってからはいわば養女のように育ててきたけれど、それが私の後悔の種にならないようにしておくれ。――お前たち二人を自由に放っておいたら、二人とも不幸になりはしないかと心配なのです。――なぜだかお分かりね。エマニュエルは悩み苦しみました。だからそれだけに、あの娘を幸せにしてやりたいのだよ。お前もほんとうにあの娘を愛しているのなら、自分の幸福よりもあの娘の幸福のほうを願うでしょう?」〔AW, 38-9〕

後に見るように、ポール・ジッド夫人の最期の願いはこのようなものではなかった。そうではなく臨終の直前、彼女は矛を収めて、二人の若者に懸念を示すのを止めたのである。二人は、実際に問題となっている事柄、すなわち計画中の婚姻関係がやがては自分たちに促すことになる性的関係をちゃんと見すえていたのだろうか。ジッドは、早くも『手記』のなかで（結婚の数週間前にある医師――その藪医者ぶりは惨憺たるものだったが――の診察を受けに行って最後の瞬間に自らの「正常化」を試みるのを覚悟のうえで）、答えを用意している。「私は君を欲していない。君の肉体は私をとまどわせ、肉の所有は私を怖じ気づかせる」〔AW, 70〕。そしてこの怖れについては……「彼女の純潔をかき乱さないように、私は一切の愛撫を慎もう――彼女の魂に不安を与えないために――いちばん穢れのない行為、手を取りあうことさえも慎もう……その後で彼女がさらに多くを望むようになり、それを彼女に与えてやれないといけないから、……そして私は彼女の目から視線をそらすだろう、彼女が私の視線がもっと近寄ることを望み、わが意に反して接吻するはめになってはいけないから」〔AW, 81〕。マドレーヌのほうは、この純潔主義《アンジェリスム》を甘受するにはほど遠かった。そのことは彼女の私的な手帳が証している――「私のアンドレにたいする愛は恋愛なのだろうか？――ちがう――自分自身に真正直に言って。恋愛には欲望が……（彼のなかにも私のなかにも）存在していない燃えるような情熱的な何かが含まれているように私には思える。私は彼のことを、まるで子供どうしのように――いかなる変化もなく――あらゆる事柄、あらゆる感情において驚くばかりの調和をもって、今も昔も愛しつづけているのだ。〈彼は昔からそうだった、私もそうだったのだ〉」〔SCH, 61-2〕。こういうわけで彼女はためらい、そして不安をもたらす「諾《ウイ》」から心を引き裂く「否《ノン》」へと傾いていく。一八九一年の初頭に『アンドレ・ワルテルの手記』を読んだときにも、彼女の気持ちは落ち着かず、決心がつくこともないのだ……。

　いかにマドレーヌが愛していようと、結婚そのもの以上に従弟の個性が彼女を怖れさせた。彼女は、そのときどきの誠実さでくるくると変わる気まぐれな性格を怖れたのである。彼女の目にはそれが不確かなものと映ったにちがいない――「ご存じかしら〈と、彼女はジッドの二十歳の誕生日に彼に宛てて書いている〉、どのようにしてあなたが次々にルイ〈ピエール・ルイス〉になり、アンドレ・ワルクネル（ジッドの病弱な友人）になり、マドレーヌ等々になれるのか――彼らの趣味や好みを代わるがわる共有できるのか、しかも、すべて同じ誠実さをもって！　それをとてもうまく説明してくださったとき、おかげで私はすっかり考えこんでしまったのです。こんなふうにあらゆる色彩を容易に反映できるとは少しひどすぎます……これではまるでカメレオンです。このように際限なく満遍なく他人を受け入れていては、あなた自身の趣味はどこにあるのでしょう、私にはよく分かりません。おそらくあなたは自分の融通性を広げに広げて、しまいには自分の見識を無にしてしまうのです。――あなたが他人にたいして抱く賛嘆の念は大きな隊商宿のようなもので、そこには誰もが入ってきて、みな一様に微笑で迎えられる。かたや私のは小さな聖堂で、選ばれた者しか入れないのです」〔SCH, 27-8〕。そして『手記』の出版は、いかにこの本をマドレーヌが「物憂げで奥深い魅力を感じながら」読むことがあったにせよ、彼女を傷つけた——「そこではすべてが私たちであり、私たちに関係している。〔…〕アンドレ、あなたにはこの本を書く権利はなかった……。そしてこの最初の試みは——〈芸術〉の観点からは非常に有望なものでしょうが——〈良心〉に照らすならば過ちです」〔SCH, 44-5〕。彼女はそこに自分を不安にさせる性格的特徴がすべてはっきりと現れているのを目のあたりにしただけでなく、アンドレ・ジッドの歩む道が今や自らのそれといかに隔たっているかを感じとった。親を失った四人の弟妹たちにかんして責任があるという長姉の務めをおそらくは盾にとり、一八九一年一月のある晩アルカションで彼女は憤激して決定的な拒絶に出る。「美しき魔法の糸は切れた」〔SCH, 47〕、そう彼女が『手帳』に記すのにたいし、ジッドのほうはヴェルレーヌの一節（『雅な宴』中の詩篇「感傷的な対話」から）を書き写している——「希望は破れて、黒き空に逃げ行けり」〔JI, 126〕……。

後年『狭き門』を執筆するにあたりジッドは、そのなかにマドレーヌの手記や書簡から多くの文章を形をかえず転写することになる。そして炯眼な読者は、すでにこの作品を天使のごときヒロインの感動的かつ教訓的な賛美ではなく（今日なお往々にそう言われたり書かれたりしているが……）、残酷なほど皮肉のこもった書物だと見なせるようになっているので、仮に作品の草稿を捲ってみる機会をえたとしても、アリサ用にマドレーヌから借りたいくつかの文章の欄外に、ジッドが太い青鉛筆で「詭弁《ソフィスム》」という語をくり返し書きつけているのを目にして驚くことはあるまい[1]……。

いずれにせよ、この処女作、二十歳の「大全」たる『手記』の第一の目的がマドレーヌを説得し、なんとしても彼女に二人の互いの関係――「彼が考えるところの」互いの関係――を認めさせることだったという事実に変わりはない……。「私は彼女の拒絶を決定的なものだとは思わないこと、待ってもよいこと、どんなことがあっても諦めることはできないことを告げて反論した」〔*Sgm*, 250〕。じっさい、ほぼ五年後にアンドレ・ワルテル〔ジッド〕はエマニュエル〔マドレーヌ〕と結婚する。だが、すでにそのとき彼はもうアンドレ・ワルテルではなくなっており、彼女のほうはまだエマニュエルにもアリサにもなっていなかったのである……。

アンドレ・ワルテルの生成

処女作……。語り伝えられるところでは、あるときジッドはポール・ヴァレリーに次のように言ったという――「ものを書かないのだったら、僕は自殺してしまうだろう」。じっさい彼の天性は若くして現れたように思われる。分析と内省にたいする彼の好みが、文学表現を促すきっかけとなったのは明らかだ。叙情詩であれ日記であれ、あるいは著者個人の内面的蓄積に多くを負う小説作品であれ、いずれの場合にも明敏な観察眼の鍛錬が結果として、一方では著者がより深い理解のもとに葛藤状況を掌握するのを助け、また一方では主体に真の自己精神分析をさせる役目をはたしたのである。ある意味でまさにこの作家は、「生に深みを与えようとする欲求」〔*Sgm*, 94〕により、一つの世界を自分の好みにあわせて創りあげたあの夢想的な少年をただそのまま大人にしたようなものだった。

十五歳のアンドレ・ジッドにとって詩人たちの作品を読むことは、決定的な衝撃、恵み豊かな刺激であった。とりわけユゴー、この最も修辞に秀でた詩人。より現代に近い詩人のなかではジャン・リシュパン、またより「退廃派」の詩人のなかでは、『神経症』のモーリス・ロリナ。一八八三年から八六年にかけての家庭教師だった、もの柔らかでとても思いやりのある「リシャール先生」から、この『神経症』をパッシーの小さなオレンジ温室で朗読してもらったジッドは「ヴァイオリンのようにわなないた」〔*Sgm*, 176〕。こういった体験は、少年の病んだ神経には荒療治ではあったが、また同時に詩にたいする渇きを癒すものであり、後になると彼はこの渇きをもっと高尚な読書で満たすことになる。ポール・ジッド夫人が甥アルベール・デマレの説得に折れて、亡夫の「ガラス扉つきの小さな本箱」〔*Sgm*, 214〕に近づくのを息子に許すや、彼はこれを奪うように我が物にしたのである。アンリ・ボーエル（「リシャール先生」の実名）はまたジッドに散文作品も読ませた。「回想録」には熱をこめて記されてはいないが、この読書体験は内向的な若者にとって重要な発見となった。H＝F・アミエルのことである。内面に謎を秘めたこのジュネーヴ人教授は一八八一年に没していたが、二年後にはその『日記』断章の刊行がはじまり大変な評判をとっていた。先生にすすめられてジッドは、むろん反発を覚えることがなくはなかったが、「気どった道徳観から生まれる曖昧な魅力に心を動かされ」〔*Sgm*, 205〕、また精神的血縁を感じとったであろう著者に否応なく惹かれて、この作品を貪り読んだのである。一八八四年の初出発表後『現代心理学試論』の巻末に収録され、ジッドも読んだにちがいない論文のなかで、ポール・ブールジェはアミエルについて語っているが、総じて稀有な洞察力に支えられたその評言は『アンドレ・ワルテル』の著者にも完璧にあてはまる――「元祖と同じように躊躇逡巡と痛ましいまでの細心さとに病んだ、このプロテスタントのハムレット……」[2]。あらゆる状況から見てアンドレ・ジッドが彼自身の『日記』をつけ始めるのはアミエル発見後まもなくのことであり、この日記の「多くのページ」は『アンドレ・ワルテルの手記』にそのまま転写されることになる。「物語」や「偶然事」〔*Sgm*, 228〕を軽蔑し、無数雑多の対話に苛まれる精神の運動のみを顧慮した、真に内面の日記。
かくして作家が誕生した。彼はナルシスのごとく身をかがめ己《おの》が姿に見入るが、また非論理的なことにヴァレリーのナルシスのように「語り」、耳を傾けられることを望み、作家としての務めをきわめて高く評価する。この青年期のジッドにたいし芸術に一意専心する生き方の魅惑的な模範例を示したと思われる芸術家が二人いる。ひとりは彼が一八九一年二月に面識をえたマラルメ、いまひとりは、すでにその四年前に知り合っていた、ルコント・ド・リールの従弟で、時おり「一種のリリシズムと熱情に刺激され」「そうすると真に美しく見えた」ピアノ教師マルク・ド・ラ・ニュックスである——「私は彼にたいして一種畏敬の念、尊敬と畏怖を含んだ親愛の念をいだいていた。それはもう少し後になってマラルメにたいして感じたものと似ており、この二人以外の人には一度も感じたことのないものだった。私から見れば、二人は共に聖性なるものをその最も稀有なかたちで現示していた」〔*Sgm*, 238〕。文学という天職の誘いに応じたときジッドが我が身にと切望したのは、こうした芸術家としての聖性だったのである。

この天職の選択においては、一つの出会いが決定的なものとなった。それはアルザス学院でのひとりの同級生との出会いであり、ジッドが病気がちな健康状態に応じて次々とちがう家庭教師についていた七年近い休学期間ののち、一八八七年十月に修辞学級に復学したときのことだった。ピエール・ルイス（彼は文筆活動においては姓を本来の Louis に代えて Louÿs と綴った）は彼よりも一歳年下だった。才能豊かな生徒、磊落で自信にみちた耽美主義者であり、「実にあけっぴろげの性格」で、フランス語の作文ではいつも一番だった。ただこれだけの事実をもってしても、かたや同じ生徒とはいえ「悲しいほどに内気」〔*Sgm*, 224〕なうえに感傷的で恋に身を焦がしていたジッドが、彼とほとんど言葉を交わすことがなかったのは当然であった。だが一八八八年二月のあの日、フランス語のディーツ先生が宿題を返しはじめるや真っ先に「一番、ジッド！」と呼んだのである……。それがあってルイスはこのライバルに関心をいだき、休み時間に中庭でハイネの『歌の本』を読んでいた彼に突然声をかける。こうして文学にたいする共通の熱情をもとに友情が始まった。ジッドは自分が「あまりにも重要視しすぎていた」さまざまな思念を、稚拙ながら「シュリ・プリュドム風の韻文に翻案」〔*Sgm*, 227〕しようと腐心していた。ピエール・ルイスの詩的霊感はもっと自在で、この一八八八年には数千行にも及ぶ詩を生み出していた。同年から翌年にかけての哲学級の学年に（この学年をルイスはジャンソン・ド・サイイ校で、ジッドはアンリ四世校、ついでクリスマス以後はひとりリヨン教師の個人指導のもとですごした）二人は再会するが、共に今までになく文学的成功を求めており、ヌヴェール出身の学生で、のちに『地の糧』を献じられる別の友人モーリス・キヨの創刊した滑稽な隔週刊誌「ポタッシュ＝ルヴュ」にまずは寄稿することとなった。またモーリス・ルグラン（後年の作家フラン＝ノアン）や、のちにジッドの義弟となるマルセル・ドルーアンら、ジャンソン校の他の「哲学級学生《フィロゾーフ》」が作るグループにも加わった。そのかたわら他の友情も芽ばえる。ジッドはアンリ四世校では、のちに「ラ・ルヴュ・ブランシュ」誌を主宰することになる「知性が勝ちすぎて、やや個性に欠ける」ユダヤ人青年、レオン・ブルムと知り合っていた。のちの『アフロディーテ』の作者ルイスにたいするジッドの友愛の念は、最初のうちは相手の豊かで華々しい個性に賛嘆を覚え、ややもすると圧倒されがちでさえあったが、やがてあまりにも異なる二人の気質を敏感に意識するようになる。ルイスが発する助言や賛辞はしばしば不実で、まじめなアンドレ・ワルテルの自尊心と気難しい性格を何かにつけて辛辣な言葉で嘲弄した。そして『手記』の五年後には絶縁とあいなるわけだが、それでも二人はあくまでもスタート時点においては熱情を分かちあいながら栄光にむけて歩み出していたのである。

ジッドが修辞学級の年には早くも計画を立て、当初は『アラン』と題していた大作はもはやピエール・ルイスの気質とも美学的趣味とも遠いものではありえないが、ルイスはこの作品の長い懐胎期の証人にして助言者、おそらくは彼のジッド宛書簡からうかがわれる以上に慧眼な証人だったのである。だがこの書簡のなかでは、彼のおふざけ趣味と作家のたまごに特有の嫉妬心がしばしばその友愛の念とジッドの文才への信頼を隠してしまうのだ。たとえば一八九〇年三月のある晩には、ブールジェの『残酷な謎』を「ただちに」買って読むようにと書きおくるが、ご丁寧にもこの作品と、アンドレ・ワルテル〔ジッド〕がきわめて根源的な独創と自認するプランとの類似をことさらに言いたてる。[3] また別の手紙では、なんの悪気もなく「時期尚早の自伝」[4]を蔑視し非難する。あるいはまた、たしかに名声を「激しく」望んではいたが「普通に転がりこんでくるような、不純な模倣にすぎぬ成功」〔*Sgm*, 246〕を軽蔑していたジッドにたいし、彼用の「自己売り込み」[5]の処方を事細かに述べる、など。そもそも作品にかんしてルイスに負うところは皆無に近いが、その代わりに、ジッドが当時の文壇に招き入れられたのも、出版したばかりの『手記』を彼が思いきってエレディアに献呈できたのも、ルイスのおかげであった――「私はコーチを必要としていた。ルイスがいなかったら、マラルメのところにもエレディアのところにも顔を出す勇気はなかっただろうと思う」〔*SV*, 899〕。

修辞学級の年、ジッドはこれまたルイスの導きによってゲーテを発見する。その後四十四年を経てもなお彼の耳には、あの一八八八年の春、『ファウスト第二部』のケンタウロスとの対話を初めて彼に読んで聞かせてくれた「感嘆と哀惜の涙に濡れたルイスの声」〔*Ec*, 707〕が響いていた。『アンドレ・ワルテル』を執筆中の苦悩する若きピューリタンにとって、この「歓喜にあふれる自然のただなかで目覚めたファウストの独白」はなんたる啓示でありえたことか――「この詩には外界の参与が実に活発に現れていたので、恥ずかしいことにそのときまで（私は十八歳だった）私は神にたいし自分の心ひとつを開いていただけだったことをたちまち理解した。神は私の感覚を通して私に語りかけることもおできになるということが分かったのだ」〔*Ec*, 708〕。『地の糧』の未来の著者は、いまだきわめて厳格な倫理の要請と格闘する神秘主義的な青年にすぎなかったが、ゲーテにひとりの解放者を、感覚世界と調和した「反神秘主義者」〔*idem*〕を見出したのである。

ジッドはそこから活力と自信を、また「均衡」の倫理をひきだした。というのも彼は「波乱も及ばぬ高みに身をおいて超然と微笑をたたえた」〔*Ec*, 709〕静謐なゲーテ、といったイメージを容認するどころか、ゲーテの裡に対話の人、といっても自己涵養の秘訣を身につけた対話の人を見出したからである――

……私は好んでゲーテの全生涯のなかにこの対立を見出そうとした。それこそが賢明にも彼が自らのうちに保持したものであり、これがゆえに彼は闘争のなかだけに充足を見出し、休息を求めず、死の休息の他にはどのような休息も認めなかったのである。そして彼が人生においても芸術においても、至高の超人的な山頂よりも、小麦やブドウなど人間を養い酔いを与えうるものが育つ日当たりのよい山腹のほうを好んだのもまた、

なべて山頂にのみ憩いあり

と心得ていたからであり、休息ではなく闘争を求めたからなのだ。〔…〕彼があたうるかぎり箇

素に生きようという以外に、何か他の目的をもつとすれば、それは自らを耕すことであって幸福を求めることではないのである。〔*idem*〕

一九四二年、七十代のジッドが「プレイアッド叢書」のために『ゲーテ戯曲集』の序文を書くさいには、「恩寵にまったく頼ることなく人間が自らの意志で獲得しうるものの、晴れやかにして荘重なこの上なくすばらしい例」〔*Ec*, 766〕を示してくれたことをゲーテに感謝し、不安も熱情も、またいかなる超越性も帯びないその人間中心主義《ユマニスム》をかつてないほどに強調することが肝要と考えるようになった。だがその半世紀前の時点では、彼がピエール・ルイスとともに『ファウスト第二部』および『トルクァート・タッソ』のなかにいち早く見出したのは、内的ダイナミズムを解放し世界に身を任すべし、それによって自己の認識と把握を推進せよという誘いだったのである。

この意味でゲーテとの出会いは、『一粒の麦もし死なずば』には語られていないが、ジッドのその後の進展に最も顕著な影響を及ぼしただけに、哲学級（一八八八―八九年）のときのショーペンハウアーとの出会い以上に重要なものであった。とはいえ彼は後者の「『意志と表象としての世界』をいわく言いがたい感激をもって」「端から端まで」読み通した。たしかにジッドに哲学的な手ほどきをしてくれたのはショーペンハウアー「ただひとり」〔*Sgm*, 240〕である。だが彼の著作を読むことは、未来への刺激である以上に、自分の過去、自分の感性にかんしての啓示であり例証だった。ジッドが少年期の〈戦慄〉について用語やその意味を知ったのはショーペンハウアーにおいてであり（ゲーテにおいてもまた然りではあったが）、外界を非現実化し、自らが詩人であるだけになおさら物語を軽蔑する己《おの》が性向を説明・正当化したのも同人によってのことであった。『アンドレ・ワルテルの手記』のなかでいち早く古びてしまうのも、このショーペンハウアーの影響に依存する部分なのではあるが……。
しかしながら彼こそが一八八八―八九年に「哲学級学生」であった青年が自分のために選んだ思想的指導者であった。くわえてジッドは、ジャン・ドレー教授が綿密に調査した読書ノートが証するように、(6)こちらはもっぱら文学関係だが、広範囲に及ぶその他の読書に没頭した。すなわちフローベール（ジッドは『新感情教育』を書こうとさえした。その断章は一九三二年に『全集』第一巻の巻頭を飾ることになる）、バルザック、ゴンクール兄弟、ゾラ、バレス……。ジッドは七月の試験では不合格になったが、十月に哲学のバカロレアに受かり、「すぐさま文学者の道に」進もうと決心する。「私はこのときから係累もなければ金銭的な苦労もない奇妙に自由な気持ちになっていた――あの年頃には生活の資を得なければならないということがどんなことか想像できなかったのだ」〔Sgm, 240〕。かくして、何の束縛もなく自由な彼は『アラン』執筆に専念することができた。またルイスの範にならってすでにパリの文学サロンにも出入りしていた。一八三〇年の戦う青年ロマン主義者たちのように、彼は自分流の態度、一風変わった優美さ、「大方をぞっと」させる「とっぴな髪型」、また一八八九年に彼の肖像画を描いた従兄アルベール・デマレが彼にリクエストしたあの「苦悶する」〔Sgm, 230〕ヴァイオリン奏者の風情をこころがけた。ピンダロスの格言にしたがって、自らの実体だと深く信ずるものの外観を身にまとうことで実際にそう生成しようと望んだのである。しかしいかに彼が誠実であったにせよ、自分の役柄を演じるという行為のゆえに、ジッドは役者だという評判になってしまった――

アルベールのためにモデルをつとめて以来（彼は私の肖像を描きあげたところだった）私は自分の身なりや容貌に注意するようになっていた。真に私が自分はかくありと信じるもの、またかくありたいと願うもの、すなわち芸術家らしく他人に見えるようにしたいという関心の度が強すぎて、かえって芸術家になりえず、いわゆる気どり屋になってしまった。母が私の部屋に入れてくれたので私が仕事机にしたアンナの形見の小さな書きもの机についている鏡のなかで、私は自分の姿に見とれ、俳優のように飽かずに表情を研究したり訓練したりした。そして自分の唇の上や、眼差しのなかに自分が味わってみたいと願うあらゆる熱情の表情を探したりした。とりわけ私はひとから愛されたかった。そのためなら代償として自分の魂を投げだしさえした。当時の私には、あの鏡の前以外では書くことができない、いやそれどころか考えることさえもできないように思われた。自分の感動、自分の考えを知るにはまず自分の目のなかにそれを読まなければ不可能であるような気がしたのだ。ナルシスのように私は自分の鏡像の上に身をかがめていた。当時私が書いた文章はどれもみな多少なりともこの心境に影響されている。〔*Sgm*, 235〕

後年になっての厳しい自己評価だが、セナークルやサロンのメンバーたち大方の見方は明らかにこれとはずいぶん異なるものであった。ジッドは徐々に、そしてとりわけ『手記』出版後は、マラルメ（バレスが一八九一年二月にジッドと引き合わせたが、かつての「ユゴー崇拝者」にとっては今や詩的理想の完璧な体現者となっていた）やエレディア、ロベール・ド・ボニエール、ブーレ夫人、ウルソフ公爵夫人などのセナークルやサロンで重きをなした。この世紀末の文学環境がいかなる詩的熱狂に沸いていたのかを想像してみれば、また概ねは短命であるが、ユゴーやボードレールの遺産から生まれた無数の作品や、「ル・フィガロ」紙が気前よく毎週のように掲載していた革新的芸術マニフェストを思いおこすならば、ひとりの青年の芸術的霊感にとってそれがどれほど刺激的でありえたかが分かるだろう。

ルイスのおかげで始まり、およそ五十年後ただ死によってのみ終焉をむかえたもう一つの貴重な友情——それは当時モンペリエで兵役についていた十九歳の青年とのあいだに結ばれた。ルイスは一八九〇年五月二十日、モンペリエ大学の創立六百年祭を機にこの青年と出会うや直ちに「深い友情」をおぼえ、ジッドにたいし彼を次のように紹介する——「ポール・ヴァレリー、これはモンペリエの少年で、僕に『誘惑』（フローベール『聖アントワーヌの誘惑』）やユイスマンス、ヴェルレーヌ、マラルメのことを語ったんだが、その言葉づかいといったら……。いいかい、僕はこいつを君に推薦するよ」(7)。『アンドレ・ワルテルの手記』の印刷がまさに終わらんとしていた十二月半ば、ジッドはモンペリエを訪れ、すでに半年前からルイスとの往復書簡中きわめて大きな位置を占める人物となっていたポール＝アンブロワーズ・ヴァレリーとついに知り合うが、それは両者にとって均しく熱狂的な出会いとなった——「友よ、僕は君の友人ジッドに心を奪われ夢中になっている」と、ヴァレリーはルイスに書き送っている。「なんと絶妙な、なんと稀有な精神なのだろう！ 美しい韻と純粋な観念にたいするなんという熱狂！」(8)。彼らは忘れがたい時をすごす。ヴァレリーが「仕事を口実に大量のタバコを」吸っていた「むさ苦しい物置のような」部屋で、あるいは「壁沿いに草がはえ、夜には近くでお告げの鐘《アンジェラス》が響きわたる、田舎じみて黴くさい」カスティヨン通りの汚いホテルにジッドがとった部屋で……、はたまたル・ペイルー（モンペリエ市の公園）に面した古い大聖堂のまわりを散歩しながら（その甘美な思い出は『地の糧』第三書に蘇ることになる）(9)……。ジッドがクリスマスの頃モンペリエを去り、アルカションで数日を母とマドレーヌ（彼女には特別に唐紙で刷られた『手記』を献じた）のそばで過ごしたのちパリにもどると、ヴァレリーとのあいだに手紙のやりとりがはじまる。ジッドはこれを他のどの往復書簡にもまして魅力あるものにしたかった。ジッドが自分の発見した「優しい友との、生まれつつある親しい交わりを育む」〔*CVal*,

42〕ために初めて書いた手紙は、二人の感情の繊細なニュアンスを定義しようとするものであった。これは一個の歴史的資料にさえなるものであり、一種のデ・ゼッサントあるいはバレス的な「魂の愛好者」を想起させつつ、退廃派的ディレッタンティズムすれすれの極度に洗練された象徴主義的感性を示している――

できることなら〈僕たちの文通が終わるのは君が首尾よくパリに出て来られる場合だけとするなら〉――できることなら、僕たちの往復書簡がある種の一貫性、ある種の地色、ある種の安定した個性というものを持ち、それならではの味わいのあるものになってくれたら、と思います。君とは他の連中と語れないことを話したいと思いますし、君のほうでもそうしてもらいたいのです。たとえば、これは君もお望みのように思いますが、手紙の一つひとつを何がしかの魂の細やかな風景とでもいうべきものにして、細かく震えたつ半濃淡と、ちょうど木霊《こだま》のように倍音の振動に目覚め応える微妙な類似《アナロジー》とに満ちたものにする――何か夢幻のような映像、それを追って僕たちの夢の結論が静かに流れ出る、というぐあいに。そしてこの種の打ち明け話によってこのような繊細な映像が相手のなかでどのように結びついているかが明らかになり、僕たちは一風変わった味わい深いかたちでお互いに知り合うことになるでしょう……。〔*CVal*, 42-3〕

成年期をむかえてもジッドとヴァレリーの友情が損なわれることはなく、若者特有の感傷的な気取りもとれていくが、それでも次第に両者のあいだには大きな相違があるのが明らかになっていく。そして一八九二年十月のある晩、ジェノヴァでヴァレリーが〈明証《エヴィダンス》〉の啓示を受け、それによって文学放擲の力をえた後はとりわけ、二人の使命の対照性があらわになる……。しかし『手記』の頃には両者の熱情は同一であり、互いにまざり溶け合っている。ヴァレリーとの友情はおそらくジッドにとって、滾るがごときこの時期の最も力強い励ましであり、最も大きな活力源だったのである。

しかしながら一八九〇年の春、ついに「小説」を書きあげるべき時の到来を感じたさいには、ジッドはたとえそれが文学的な喧噪であれ、パリの喧噪を逃れたいと望んでいた。そしてアヌシー湖畔のマントン＝サン＝ベルナールにある三部屋ばかりの小屋に籠もりに行く。彼には、すべての状況があいまって自らの内に〈書物〉を産み出すのに必要な機運が高まっていくように思えた。すなわち厳しく壮大な風景、孤独という苦行、彼の心をかき乱す二つの近隣――彼はこの二カ所、イポリット・テーヌの家とグランド・シャルトルーズとを知りたいと思ったが、内気のゆえに、また断念がもたらす洗練された感情を楽しむべく、これを思いとどまったのである……。またアンドレ・ワルテルの「黒い手記」に次のようなページを読むならば、ジッドの心理および美学の基本的特徴の一つをすでにこの処女作のなかに見出せる方もおられよう――

私が初めてグランド・シャルトルーズを見にいったとき――そのすぐ近く、サン＝ローランからサン＝ピエールにいたる路上を長い時間さまよった。私は谷間の襞、僧院がそのなかに埋もれ隠れているはずの谷間の襞に絶えず目をやっていた――だが、あんなに長いあいだ心中にはぐくんできた夢が色あせはしないかと心配で僧院には近づかなかった。夕方ふたたび道を下ったが、甘美な悲しみに胸はふたぎ、かつてない夢見心地で帰途についた。

おお！ 手を触れさえすればいいものを――それをやり過ごすときの感情……。

さまよえるユダヤ人！〔…〕
おお！　知らないままでやり過ごした事がらへの哀惜の苦さはなんと快いことか！〔AW, 103-4〕

このように、避けようとした外部からの刺激さえもがジッドをつくっていく。あらゆるものが「大全」のなかに流入し、七月初めに彼がサヴォワを去ったとき、執筆は大いに捗っていた。というのも、この本は二カ月もせずにラ・ロックで完成するのである。パリに帰って原稿を従兄のデマレに読ませると、彼は修正とまではいかぬものの、少なくともいくつか削除を提案する――「アルベールは〔と、ジッドは『一粒の麦もし死なずば』のなかで語っている〕、私のプロテスタントらしからぬ放縦ぶりと、聖書からの引用が多いことにあきれていた。彼の忠告にしたがい三分の二を削った後になお、あれだけの引用が残っているのを見ても、最初はどれだけ夥しい数だったか察しがつこう」〔*Sgm*, 244〕。十月二十日、ジッドは本を『自由人』（バレス『自我礼拝』三部作の第二篇、一八八九年刊）の版元ペランに渡し、一月後には校正刷に手を入れる。サクソン人の父とブルトン人の母とのあいだに生まれ十九歳で死んだ詩人の作品と称して発表されたこの手記について、すでにピエール・ルイスは死後出版の体裁を与える短い解題を書き、それに「P・C」（ピエール・クリシス）と署名していた。

「小説とは一つの定理である」

したがって『アンドレ・ワルテル』には、ジッドの文学的な野心と、内面の問題にたいする解決策の探求とが合流していた。この処女作は「長い愛の宣言・告白（私はこれがいかにも純潔な、いかにも悲痛な、いかにも厳然たる宣言・告白だと夢想していたので、それが出版されれば、もはや私たちの親が反対することも、エマニュエルが拒絶することもできなくなると考えた）」〔*Sgm*, 240-1〕であると同時に、彼の考えでは「時代の要請に、読者の明確な求めに応える重要な作品だったので、だれか他の者が私より先に書いて出版しなかったのを不思議に思ったほどである」〔*Sgm*, 245〕。だがそれはまったくの当てはずれであった。売れ行きは無に等しく、ラール・アンデパンダン書店から出た豪華版一九〇部で一九二五年の重版までこと足りたのである（ペラン書店の普及版は誤植だらけで著者自身によってほとんどすべてが廃棄された）。エリートたちには称賛されるがさっぱり売れない作家だという、先の長いジッドの経歴がこうして始まったのである……。

「回想録」でも、一九三〇年に『アンドレ・ワルテルの手記および詩』再版のために書いた序文でも、ジッドは「苦痛にくわえ屈辱感さえ覚えずには」再読できないこの本にひどく厳しい評価を下している。その文体が彼には耐えられないのだ――「私は言葉をねじまげようとしていた。自分を言葉にたいして曲げるほうがどれだけ学ぶところが多いかを〔…〕私はまだ理解していなかった」〔*AW*, 29〕。たしかに『手記』の文体を細かく点検してみると、一見したところは弛緩し不明確で「甘く」〔*AW*, 30〕、無意識の十二音詩句《アレクサンドラン》と曖昧な抽象形複数を多用した青臭い詩的散文と思えるが、そこには将来フランス語の最も美しい散文の一つとなるものの片鱗がすでに現れている。またこの本の全体的構想そのものも不鮮明で一貫性に欠けるが、まさしくジッドが望んでいたのは、明晰への欲求を逆説にまで転じた、緩やかな構成の作品だったのである――

　どうしても偶然的たらざるをえない実在論の真実ではなく、理論的な、（少なくとも人間的に）絶対の真実。観念的な、そう！　テーヌが定義したように、観念的とは、つまり〈観念〉が完全な純粋状態で現れることだ。こういう観念が作品からきわだつようにしなければならない。それは一つの表示である。したがって単純ないくつかの線――図式的な配列。すべてを〈本質的なもの〉にまで還元すること。厳密に規定された筋の運び。〔…〕スピノザの『倫理学《エチカ》』における布置結構を〈小説〉のなかに転置すること！　幾何学的な線。小説とは一つの定理である。〔AW, 92〕

アンドレ・ワルテルを描いたこの「小説」は現に科学実験のごとき厳密なプランにしたがって展開しており、その輪郭が不明瞭なのはただ見せかけにすぎないのである。

アンドレ・ワルテルとエマニュエルの関係はあらゆる点でアンドレ・ジッドとマドレーヌ・ロンドーとの現実の恋愛関係に類似しているのだから、二人の結婚にたいするポール・ジッド夫人の反対――「お前たちの愛情は姉と弟の愛情なのよ」〔AW, 39〕という、臨終の床でワルテルの母の口から劇的に発せられる説得――による障害を受容することがこの「実験」の前提的仮説となる。これを仮定すれば、状況は化学反応と同じく、「必然的演繹のように、前提がいったん仮定されれば、そこから導き出される結論のように」〔AW, 92〕それ自体の論理にしたがって展開する。アンドレ・ワルテルは、説得にしたがいエマニュエルとの結婚を諦める、それがゆえに不可避的に狂気へ、そして死へと導かれる――証明終了。これが生の流れと合致した作品の構造なのだ。すなわち、まずは母の死やエマニュエルのT***との結婚に先立つ時期のワルテルの回想や日記からなる「白い手記」、これに続いて迫りくる狂気を反映した、悲壮感いや増す「黒い手記」。しかしながら、骨のまわりに肉があるように、定理の論証のまわりには、ジッドが直面していたあらゆる秘密、あらゆる苦悩、あらゆる疑問が押し寄せ熱く息づいていた……。アンドレ・ワルテルは、エマニュエルを諦めることで、その愛を最も純粋に実現できると信じている。だが、この純潔主義の記述はマドレーヌの不安をかき立てずにはおかなかった。なぜならばジッドは、その命題を展開しながら、肉体への嫌悪、かくもおぞましい「肉の所有」への嫌悪が自分にどのような結果をもたらすのかを予見していたからだ。全篇が一八九〇年の春に高揚感のなかで書き上げられた「黒い手記」において、純潔は実現不可能なもの、人を欺くものであることが明らかになる——「春がこれほど私をかき乱すとすれば、主よ、いったい私はどうなるのでしょうか?」〔AW, 97〕。彼の肉体は動揺する、そして「それは〈塵埃となって *quod pulvis est*〉天使の飛翔をさまたげる唯一の重力となる」〔AW, 93〕。

「すべての輪郭がはっきりしてくる。

自分を同じように愛してくれる一つの魂を、魂だけで愛すること、そして二つの魂は少しずつ教育し合い、ひどく似通ってきて、互いの認識を深めつつ一つに融合するまでにいたる。これらの魂は、初めは暗黙の一つの言語しか必要としないだろう。肉体は他の欲望を持つがゆえに、むしろこれら二つの魂を気づまりにするだろう。〔…〕

〈活かすものは霊なり、肉は益するところなし〉

Τὸ πνεῦμά ἐστιν τὸ ζωοποιοῦν, ἡ σάρξ οὐχ ὠφελεῖ οὐδέν.★

彼女は死ぬ、だからこそ彼は彼女を所有する……たしかにそうだが、アランはまだ生きている。彼は人間を超えたものを求めるが、肉体が復讐するだろう。彼の魂は一段と緊密な融合を求めるが、肉

★ジッドは「ヨハネによる福音書」（第六章六十三節）からこの一節を引き、次いでギリシア語テクストを書き写している。

体は苛立たしい抱擁の欲求によって魂を悲しませる――そして魂が崇高なものに向かって飛翔すればするほど、肉体は魂を引きずりおろそうとする」〔AW, 118-9〕。これら「その他の欲望」の性質を、『手記』の時期のジッドはまだ知らないでいた。そしてその代わりとなるものについても、明示するにはほど遠い状態であった――

私が受けたピューリタン的な教育は肉の欲求をおぞましいものと教えていた。だからあの当時どうして理解しえたであろう、私のピューリタニズムが許さぬばかりか、それと同じくらい私自身の性質があの最も一般的に許容されている解決法を拒んでいたのだということを。だが貞潔の状態はやはり油断がならず、不安定なことを認めざるをえなかった。あらゆる逃げ道をふさがれて、私はふたたび少年時代の悪癖に陥った。そしてそれに陥るたびに新たな絶望におそわれた。恋愛や音楽、哲学、詩といったものが目立つが、それらと並んでこれこそが私の本の主題だったのである。〔*Sgm*, 243〕

ジッドは内面を明かしていた。その「大全」のなかにすべてを盛り込みながら、問題の「前提」は初めに考えていたほど単純ではないこと、また子細に検討してみれば、論証が何の証明にもなっていないことを示していたのである。というのも、アンドレ・ワルテルがエマニュエルを諦めたために狂死するのならば、もし彼女を娶っていたとしたら彼はどうなっていただろうか。肉体の不安が治まることはなく、エマニュエルにたいする彼の欲望がそのぶん増すということもなかったろう。魂の恍惚と肉体の情熱とは相変わらず分裂し乖離したままであったろう。そのうえ二年後に「空しき欲望」についてジッドが書く作品も、やはりもう一つの定理の論証、『アンドレ・ワルテル』の補足以外の何ものでもない。この『愛の試み』のカップルのほうは霊肉一致の愛を経験する。リュックは花を摘んでいるラシェルに出会った。彼は自分が見つけた「森に咲く暗い花」を彼女に与え、そして二人は手をつないでいっしょに帰路についた……。「戯れや遊びのうちに」一日を過ごしたのち、「リュックは一晩中ラシェルを欲した。朝がくると彼女のもとに駆けつけた」。

「リラの小径が彼女の住居に通じていた。その先は低い柵に囲まれ、バラがいっぱいに咲き乱れた庭だった。そこへ近づくともうリュックの耳にはラシェルの歌声が聞こえてきた。彼は夕方までとどまり、翌日もまたやってきた。――彼は毎日やってきた。朝、目を覚ますと出かけていった。ラシェルが庭でにっこりと笑って待っていた。

数日が過ぎた。リュックはあえて何も手出しをしなかった。ラシェルのほうから先に身を任せてきたのだ。ある朝、いつもの生垣の下に彼女の姿が見あたらなかったので、リュックは思いきって彼女の部屋に上がっていった。ラシェルはベッドに腰を下ろしていたが、髪は乱れたまま裸も同然の姿で、身にまとっているものといえば一枚のショールだけであり、それさえもほとんどずり落ちていた。たしかに彼女は待っていたのである。リュックは近づき、顔を赤らめ微笑んだ、――しかし、たいそう華奢な美しいその脚を見て、こわれ物のような感じがした。彼女の前にひざまずき、そのほっそりした脚に接吻し、ショールの端を引き寄せた。

リュックは情事を望んでいたが、こと肉の所有となると、まるで傷《いた》んだ物を手にするかのように怖じ気づいてしまうのだった。輝かしく澄みきった逸楽であるのに、私たちの受けた情けない教育がそれを悲しく痛ましいもの、あるいは陰気で人目をはばかるものと予感させたのである。私たちはもはや、我が身を幸福まで導き高めたまえと神に願うこともないだろう。――それから、いや！ リュックはそんな人間ではなかったのだ。自分が創り出す人物を常に自分に似せようとするのは、嗤うべき偏執である。――そこでリュックはこの女を我がものとしたのである。

いま私は彼らの喜びをどのように述べればいいのか。それには、彼らの周りの自然、彼らに似て歓びに満ち、歓びに加わっている自然を語る以外にない。彼らの思念はもはや重要ではなくなっていた。幸福であることのみに熱中していたので、彼らの問いかけは願望であり、その返答は願望の充足であった。彼らは肉の打ち明け話を覚え、彼らの睦まじさは日一日と密やかになっていった」〔TA, 73-5〕。いかに繊細きわまりなく描かれてはいても、この歓びが永続することはなく、ただ「マダム」とだけ呼ぶ女性への弁明を書きつづる著者は彼女にこの「体験」の結末を述べる――

これはあなたに聞かせるための物語だ。私はこの物語のなかで愛がもたらすものが何であるかを探ってみた。倦怠しか見出せなかったのは私の罪である。あなたが私に幸福であることを忘れるようにしむけたのだ。〔…〕因果なことにリュックとラシェルは愛し合った。物語をまとまりよくするための措置であったが、彼らは他のことは何ひとつしなかったくらいだ。彼らが体験した倦怠はただ幸福の倦怠だけであった。〔…〕彼らはさらに先をと追い求めて、欲望を斥けることをせず、待つ間のやるせなさもろくに味わいはしなかった。ああ！ マダム、肉の所有を恐れ、悲壮なものを愛するがゆえに私たちがしたような、抱擁したいと欲するまさにそのものを斥ける所作を彼らは知らなかったのだ。〔TA, 77〕

このきわめて象徴主義的な短編は、かくのごとく『アンドレ・ワルテル』の教訓を補足するものである点ばかりか、また次の点でも興味深い。すなわちそれは、初めての北アフリカ旅行の数週間前に書かれたものだけに、これまでよりも自信にあふれ、より明晰な意識をもって自分の天使的選択を堅持するジッドの姿を示しているのだ。

しかし、恋人たちの遠慮のない言葉のやりとり——「あなたは私の生命のすべてじゃなくって？」と問うラシェルに、リュックは「でもラシェル、君のほうは僕の生命のすべてじゃない」〔*TN*, 81-2〕とあえて答える——にもかかわらず、また「地の糧」への屈託ない求めにもかかわらず、アンドレにとってマドレーヌは一生の真の行く手でありつづけ、結婚の計画が断念されることはなかった。だがそれはどんな結婚だというのか。彼はすでに『手記』のなかで、プラトニックラブの有名な例として特にダンテを引き合いに出し、「上や周りに花を撒き散らしつつ *fior gittando di sopra e d'intorno*」[10]マドレーヌをベアトリーチェになぞらえ讃えていた。ジッドはトルバドゥールや宮廷風恋愛、トリスタンの継承者と見なすことができる。彼自身、ドニ・ド・ルージュモンの優れた著書『恋愛と西洋』を読んだことがいかに啓示となったかを何人かに打ち明けて、そのような見方を誘っていた。トルバドゥールの詩に登場する恋人は、意中の貴婦人を恋するにまして、自分の恋心に恋している。恋愛の「成就」よりも、満たされず、いつまでも待ちつづけ、絶えず障害が発生するほうを好むのだ。クロード・フォーリエル（十九世紀の歴史家・批評家）が「現実味を帯びてくれば、もはや恋ではない」と述べた所以である。ところで、もちろんジッドは自分の愛が邪魔だてされるほうを「選択」していたわけではないが、愛が肉体的に「現実化」することは拒否していた。情熱がこれにもまして強かっただけになおさらそうであった。彼は、ヴァラン夫人やソフィー・ドゥドトを前にしたジャン＝ジャック・ルソーや、愛する女性たちを傍らに置いたスタンダールがそうであったように、性的活動においては、まさに恋愛感情の精神的側面が強力であるがゆえに抑圧されてしまうのである。スタンダールがその恋愛論の「性的不能《フィアスコ》」の章で次のように書いたのはアンドレ・ワルテルのためなのだと思えるほどだ――「男が夢中に恋していればいるほど、女になれなれしく手を触れて怒らせるかもしれない危険をおかすのには大きな努力を必要とする。女は彼にとって神にも似て、極度の愛と同時に極度の畏敬の念をも生ぜしめるからだ」〔『恋愛論』補遺〕。かくして我々は、ジッドの不能をこえて、その原因にまで遡ることになる。すなわち肉体を罪と同一視し、欲望の対象でありえたものが愛や精神的関心の対象にもなった、そのとたんに発現する抑圧の元凶、ピューリタン的教育である。じじつジッドの不能はけっして絶対的なものではなかった、それとはまったく逆なのである。『今や彼女は汝のなかにあり』に曰く、「一方で私は、自分が衝動（私が言っているのは生殖の衝動のことだ）を持ちえぬわけではないことをちゃんと証明できた。ただし知的なもの、あるいは感情的なものがまったく混じらないことが条件だった」〔EN, 943〕。控えめで暗示的な打ち明け話ではある。しかし一九二一年五月のある日、ジッドがロジェ・マルタン・デュ・ガールにして聞かせ、ただちに後者がその『日記』（一九九三年刊）に事細かく記録した話のほうはもっとはっきりした内容だ――「今は時間がないので〔と、マルタン・デュ・ガールは書いている〕、彼が極度に恥ずかしがりながらその性的特異性を私に説明するために使ったそのままの言葉づかいを再現することはできない。だから直截な表現で記録しておこう。ジッドは精液を完全に使い果たさずにはいられず、またそのためには五、六回、あるいは八回も連続で射精しなければならなかった。言うまでもないことだが、この告白には大言壮語のかげりさえなく、彼はこういった生理現象を自らの性質の〈天晴《あっぱ》れなところ〉ではなく〈奇怪さ〉と見なしているのだ。〔…〕

彼が同一の相手で三回をこえて射精することは稀である。状況が許すときは、二人目の相手を奮発し、四回目またしばしば五回目の射精をする。その後の彼は、これら二人の相手には新たな欲望を感じられなくなるが、同時に、精液を完全に使い果たして平安に達するためにさらに射精したい欲求を抑えがたいという、非常に特殊な状態になる。そしてほとんど常に彼は自慰をすることでようやくこの最終地点に到達するのである。傍らで引きつづき射精の欲求を充たしきれるほど相手が彼を存分に満足させてくれることは異例である（これまでの人生で十回ばかりはあったが）。〔…〕私は彼にいくつか細かな質問をした。私が知りたかったのは、この連続的な快楽はただ単に一つの快楽がいくつかに分割されて小出しに味わわれたものにすぎぬのではないか、ということだった。とんでもない。どの射精でも精液の量は通常の射精と変わらないのだ。〔…〕これまでずっと疑問に思っていたが依然として説明がつかないままだ、とジッドは私に語った」[11]。

生の原則たる精神と官能の分離は結果の一つにすぎなかった。さらに二番目の結果として、もっぱら少年愛に限定された性行動がやがて姿を現してくる。女性を愛し崇拝したとしても、それは彼の欲望を掻き立てるよりはむしろ萎えさせた。こうして官能は生理的充足を他所に求めることになる。また、これまでしばしば書かれたような、ジッドはナルシス的自体愛《オートエロチスム》の小児段階をけっして超えることがなかったという断定は明らかに誤りであるとしても、少年愛の名のもとに彼がおこなった行為がむしろ相互自慰であったことはやはり明白である。だが次のことは興味深い事実として、すでに今から注目しておくに価しよう。すなわち幼少年期に〈女性〉と天使的純潔とを同一視してしまったために、ジッドが少なくとも生涯に一度自分の愛する存在を性行為の対象となしうるときが来ても、相手はマルク・アレグレなる青年だという点である。こうしたことがすべてジッドの「例証的な」初期作品、『手記』や『愛の試み』のなかに萌芽として存在していたのだ……。

悪魔祓い

『愛の試み』には二組のカップルが登場することにすでにお気づきであろう。リュックとラシェルのカップルと、もう一組、作者と「マダム」、すなわちラシェルとリュックの物語の語り手と聞き手とのカップルである(そしてリュックもまたラシェルに象徴的な物語をいくつか語る)。同様に、ジッドはアンドレ・ワルテルに自分のドラマを生きさせ、ワルテルもまた、体験の内部での体験として、自分自身の小説の主人公アランを自らの前に押し立てていた。もちろん一八九三年作のこの小さな「論《トレテ》」には、文学創造という機能の微妙な姿を見ることができる。だがそれだけではないのだ。

「アンドレ・ワルテル的傾向」、この「プロテスタントのハムレット」の劇的苦悩は不快な精神状態である。処女作構想中の時期にはジッドはまだそこからの脱出を断念することができた――

私はこの本〔『アンドレ・ワルテルの手記』〕のことを作家活動の門出の作品だとは考えられず、唯一の作品と考えて、その先のことはまるで想像もできなかった。この本が私の生命を使い果たすと思われたのだ。そのあとは、私は主人公とともに、死、発狂、なんだか得体の知れぬ空虚で恐ろしいものに向かって突っ走っていた。やがて私には、この主人公と私のうち、どちらが相手を先導しているのか分からなくなっていた。というのは、彼に備わっているもので、まず私自身が予感し自分のなかでいわば試してみなかったものは皆無だったとしても、またしばしば私は、この分身を先におしたて、彼の後を追って危険をおかしていたからである。こうして私は彼の狂気

のうちに我が身を滅ぼすつもりでいたのだ。〔Sgm, 228〕

まったく違う。この分身の創出によって、病んだアンドレ・ワルテル自らによる病からの解放、「悪魔祓い」が始まったのである。被嚢した欲望のように、あるいはひそかに亢進する狂気のように、自分の内にただ潜在的に存在するものを他者に実体験させることで、彼はそれを厄介払いする。まさにワルテルは死んだのである。ジッドは「読者を無傷にしておくような本は失敗作」〔AW, 31〕と呼んだ。しかしはたして作者はどうなのか。彼もまたそこから無傷で出てくることはなく、自らもそう実感していた。なぜなら彼は一八九三年九月、(12)『愛の試み』を完成したラ・ロックで次のように書いているからだ――

私はこの『愛の試み』のなかで、作品がそれを書く人に、書いている最中に及ぼす影響を示したいと思った。というのも、作品は我々から生まれるものだが、同時に我々を変え、我々の生の歩みを変えるからだ。〔…〕我々の行為は我々自身に遡及作用を及ぼす。「我々の行為は、我々が行為に作用すると同じように、我々に作用する」とジョージ・エリオットが言っている。〔…〕

リュックとラシェルもまた彼らの欲望を実現しようとする。しかし私が自分の欲望を書くことで、それを観念において達成したのにたいし、彼らは鉄柵しか見えなかったあの公園にあこがれ、実際にそこに入ってみたいと思う。だが入ってみると何の歓びも感じない。私は芸術作品のなかで、その作品の主題そのものがこんなふうに作中人物のレベルへと移しかえられ反復されているのが好きなのだ。〔…〕私が『手記』や『ナルシス論』や『愛の試み』で試みたことをもっとうまく説明してくれると思われるのは、一つの紋章のなかにさらにもう一つの紋章を「中心紋」として入れるあの技法との比較である。〔JI, 170-1〕

というのも、『手記』の翌年に執筆されたこの『ナルシス論』もまたアンドレ・ワルテルを表現・解明し、それによってワルテル自身を変化させるものだからである。ジッドはマントンに引き籠もる前からすでにこの作品の計画を立てており、一八九〇年十二月にはヴァレリーにもその話をしていた。この新たな友人とモンペリエの植物園で、アーサー・ヤングの娘のものと伝えられる（二人はそこに「ナルキッサの鎮魂のために *Placandis Narcissæ Manibus*」という銘を読んだ）、「糸杉に囲まれた古い墓の上に腰をおろして」夢想したときのことである。そしてジッドは『ナルシス論』をヴァレリーに献ずることになる。

『ナルシス論』は二重の意味で重要である。一方で、『手記』が著者を狂気から解放したのと同様に、この物語は「審美的な」解決策を講ずることで、ワルテルがかかえていた倫理的な問題から「劇的要素を排除する」。また他方、それは『手記』にひどく奇妙な色調を与えていた「分身」の概念を神話によって説明しているのだ。ジッドが象徴派の規範書たらしめんとしたのももっともだと思える作品であるが、そのような性格を帯びたのは文学史の潮流とはまったく別個の理由による。すなわち、この「象徴の理論」（それが副題である）はあくまで個人的状況から逃れ出るための方策だったのである。時間の流れのなかを過ぎゆくあいも変わらぬ形象を眺め飽きたナルシスのように、また自分を認識するため、自分の力を知るため、ついに認識の樹「イグドラジルの小枝を驕慢の指のあいだに」〔TN, 6〕捉えて手折るアダムのように、自己愛を強いられ、悲痛にも現実感を奪われた青年ワルテルは、詩的

「創造」に自己肯定の手段を見出す。彼は自らを明示するのだ――

〈詩人〉は敬虔に凝視する。詩人は象徴に身をかがめ、黙々と事物の核心に深く降りていく。――そして彼は幻視者として、不完全な形象を支える〈イデア〉を、すなわちその〈存在〉が奏でる内密で妙なる〈階調〉を知覚したときにはこれを捉え、ついで彼は、時間のなかでそれを覆っていた仮象を顧慮することなく、ふたたび〈イデア〉に永遠の形を、真の宿命的な――楽園のごとくまた水晶のような――それ本来の〈形《フォルム》〉を与えることができるのだ。〔*TN*, 9-10〕

したがってワルテルの関心事はもはや誠実《サンセリテ》ではなく、芸術家としての真実であり、彼にとっては美的形象への配慮が失楽園を回復する手段となるのである。同様に、ジッドが見直し手をくわえた神話からは、彼の純潔主義のなかにあるエデンへの郷愁のような要素がうかがわれる。エコーがおらずナルシスだけが存在するエデン、イヴが創られ、彼女のとり返しのつかない行為がアダムのなかに新たな不安を掻き立てる前の、アダムだけが存在するエデン――「分裂した男女両性の人間は、愕然として苦悩と恐怖の涙を流し、新しい性とともに、ほとんど相似た自分の半身への不安な欲望が己のなかに湧きおこるのを感じた。彼は突如としてそこに姿を現したこの女性を抱きしめ、ふたたび我がものにしようとする」〔*TN*, 6〕……。彼が求めるのは、楽園を追われたこの自分自身の半身――まったく相似た存在、我が身に溶け込む分身――であり、彼の愛とは一体性・完全性への渇望なのである。

『ユリアンの旅』執筆と同じ夏（一八九二年）[13]に書かれた小詩集『アンドレ・ワルテルの詩』はやはりワルテル的傾向を排するが、その過程はまったく異なる。悪魔祓いは二重の形をとるのだ。一つはワルテルの病の「表現」という肯定的な形、もう一つはそれにたいする「皮肉」という否定的な形である。処女作完成につづく数カ月にジッドは、その後の文学活動にとって重要な発見をする。すなわち、好んで自分自身に向けられた（『詩』の作者は本当に『手記』の作者と同一人物なのかと疑いうるほどに）「皮肉」の発見である。『手記』の読者にとって、同作品の憂愁とロマン派的神秘主義を茶化す、そっけなく冷ややかでぞんざいなこれらの詩を読むことは、何にもまして意外であり不愉快でさえあった。初めてジッドは、「一冊の本を書き上げると、（平衡を保つためでもあるのだが）いきなり自分の正反対の部分へと向かい、前作によって獲得していた読者に最も受けそうにないものをわざわざ書こうとするあの気まぐれ」〔*Sgm*, 246-7〕を表明したのである。まさしく「捕らえがたきプロテウス」に特有の原則、つまり交互性にくわえて矛盾、自己批判、「対話」……。

そしてアルカションでのマドレーヌの拒絶につづいておこった、自分自身や、最も愛しかったものにたいするこの皮肉や無関心は「恨みつらみ」の顕れなのではあるまいか。美学的に抑制が利いているとはいえ、以下に引く『詩』の冒頭の一節にはなにがしかの辛辣さが込められてはいまいか（ワルテルならば、エマニュエルに呼びかけるさいに、このように「愛しき人よ《マ・シェール》」という言い方をしただろうか）……

愛しき人よ、今年は春がなかった、
花陰に歌もなく、かろやかな花もなかった、
四月もなく、笑いもなく、また変貌もなかった、
私たちがバラの花飾りを編むこともなかった。〔AW, 165〕

あるいは詩集の掉尾を飾る次の詩節――

君は言った、
「私たちは誰か他の人の夢のなかで生きているように思うわ。
だからこそ私たちはこんなに従順なのよ」
こんなことが、いつまでもこんなぐあいに続くはずはない。

「私たちがなすべき最善のこと
それはもう一度眠ろうと努めることよ」〔AW, 180〕

茶化すような棘を含んだ調子で己《おの》が魂の光景を描くのも、明らかにそれを断ち切ろうとする試みなのである――

埋立地

うらぶれた野辺を
一匹の子羊がさまよっている
灰色の空、緑なす泥、
そして緑青《ろくしょう》色の草。

虹彩を発する水辺で、
羊たちが寂しげに草を食《は》む。

色あせた太陽が、
萎れた地平線に落ちかかる。
こうした見慣れぬ風景に、
私たちの悲哀は泣き濡れる。

まどろむ水は滴りながら、
おのれの流れる音に耳を立てる。
羊が一匹、緑の泥の州のはざまで
うなだれたまま草を食む…… 〔AW, 177〕

『詩』のなかの恋するアンドレ・ワルテルは現在の自分に居心地の悪さを覚え、その「哀れな魂」は快く幸福だった子供時代——青年期の分裂・分化（「ああ！ なぜ私はなりえないのか、自分の影を売ることのできたあの男に」[14]〔AW, 172〕）にいたる前のあの子供時代——への郷愁をかかえて道に迷う。もはや神秘主義にたいする好みや、自分のいる「祈り」や「涙」の地への愛着は失せ去る。彼が渇望するのは他の風景であり、そしてそこに身をおけば皮肉は姿を消してしまうのである——

山よ！ お前の頂からは見えた
碧い光を浴びた遠き山々が、
私たちが行くこともない亜麻色の平野、
さては光り輝く田畑、青く澄んだ土地の全景が。

私たちが歩むこともない亜麻色の平野よ！
祈りの地に、疾風《はやて》吹く私たちの涙の地に
ふたたび降りていくまえに、私たちの眼は恍惚として
お前の天国のような光明を浴びるだろう。〔AW, 177〕

『パリュード』風の「ソチ」にかなり近い『ユリアンの旅』は、一段と皮肉の色彩が強いが、またそれだけに重要度もいっそう高い。これは『オデュッセイア』であると同時に『聖杯探索』であり、きわめて象徴的な旅の形をとった解放の物語であるが、三つの段階を経て展開していく。第一は、誘惑や見せかけの「欲望」の形象である〈悲愴洋〉とそこに浮かぶ架空の島々を巡る航海。第二は、「くすんで緑青色の、いつまでも同じような岸」〔VU, 43〕がつづくサルガッソー海。これは空しい〈倦怠〉の形象であるが、ユリアンのほんの少し風変わりな恋人エリスは、厳格な哲学者たちの著作を読むことで、これを知らずにすんでいるようだ。そして最後は、イヌイトたちのいる「氷海への旅」。彼らは醜い顔をし背が低く、愛情に欠け快楽も知らず、「その歓びは神学的である」。ここはピューリタン的倫理の暗く冷たい世界であり、「彼らは小さな点が三つもあれば、もうそれで一つの形而上学

を演繹してしまうのだ」。そしてユリアンは語る――「我々は温暖な島々ではペストを、沼地の近くでは無気力症を見た。今や逸楽の不在そのものから一つの病が生じていた」〔VU, 56〕。「前奏曲」に登場した十九人のうち、ユリアンと七人の仲間だけが旅の最終地に辿り着くと、一つの屍が、「ここに絶望せるものあり *HIC DESPERATVS*」〔VU, 63〕と刻んだ厚い氷の壁に閉じこめられて横たわっている。手には一枚の紙片が握られているが、その紙片は真っ白なのだ……。こうして「無の旅」が終わる……。「我々が見に来たものが最初からこれだと分かっていたら、おそらく旅に出かけはしなかったろう。だからこそ我々は神にたいし、目標を隠しておいてくださったこと、目標をここまで後退させて、そこに到達するための努力から唯一確実な何らかの歓びがすでに我々にもたらされるようにしてくださったことを感謝した。〔…〕自尊心を満足させ、運命の成就はもはや自分の意志でどうこうなるものではないと感じていた我々は、今や周囲の事象がいくらか忠実さを増してくれることを期待していたのである。そして我々はなおも跪いたまま、暗い氷の上に〈私〉が夢見ている天の反映を探し求めた」〔VU, 64-5〕。

かくして『ユリアンの旅』は、実際の旅に一年以上先立ち、旅を象徴的技法をもちいて揶揄することで、長期間の努力によるアンドレ・ワルテル的傾向の排除、幼年期いらい解消不能だった葛藤からの脱出を予示しているのである。

エマニュエル、エリス……

ジッドは『アンドレ・ワルテルの手記』初版のうち数部には、エマニュエルに代えてマドレーヌの名前を印刷させていた。現実にそうだったとは言わないまでも、この青年の精神においてはエマニュエルはまさにマドレーヌの忠実な似姿であった。だが『ユリアンの旅』の女主人公、次第に姿を消していくエリスの場合はそうではなく、この穏やかな戯画をやがてはアンドレ・ジッドの妻となる女性と同一視することはできない。

とはいえ、『アンドレ・ワルテルの手記』のエマニュエルから『詩』のエマニュエルへ、ついで『ユリアンの旅』のエリスへと進展していくのは同一の人物なのである。事態はすべて、あたかもマドレーヌのイメージが創作者の精神のなかで特定の生から発したのち次第にその原型から遠ざかるかのように進んでいくのだ。

『アンドレ・ワルテルの手記』に描かれた最愛の女性は二重の性格を持っていた。一方でジッドは、「己が創り出す人物を常に己に似せようとする嗤うべき偏執」〔*TA*, 74〕と自らが『愛の試み』のなかで呼んだ傾向に屈して、従姉を、『狭き門』のアリサがその完璧な姿を示したような天使的かつ神秘主義的な恋人に仕立てていた。★ しかし他方では、彼のうちに抑えがたい欲望が芽生え育っていく反面、『手記』や『詩』のエマニュエル、そしてエリス、さらには『愛の試み』の聞き手の女性というように、複数の形象が相次いで登場し、冷ややかで不毛な純潔の象徴世界を現出させたのである。この一連の形象からなる人物は、むろん現実の若い娘〔マドレーヌ〕には認められない頑なさをその身に備えたのだ……。だが『手記』には女性が対象の夢が他にいくつも描かれており、読者としては、不吉で

★晩年になってジッドは次のような告白をしたことがジャン・ドレー教授によって報告されている——「いや、私は長いあいだ、彼女〔マドレーヌ〕はアリサだと思っていたが、彼女はアリサではなかった——アリサになったのだ」〔DEL, I, 502-3〕。

恐ろしくしかもグロテスクといった夢の性格や、そうした夢が「黒い手記」の終盤でいや増すことにただ驚くほかない。夢見の相手はあからさまにエマニュエルと名指されてはいないが、事の必然として、アンドレ・ワルテルにとって〈女性の観念〉の化身たる彼女の姿は歪曲されてしまう。主人公の狂気と、それに続く発作的な皮肉や無関心により変形されたエマニュエルの像が夢のなかに割り込んでいるのだ。そして、後続作品『ユリアンの旅』のエリスはなおもエマニュエルの純潔主義と冷たい非現実性を宿すが、この女性の登場にともない、実に興味ぶかい変容がまた新たに生じてくる。最も説得力あるジッド研究の一つに数えられ、ここに引用するのも喜ばしく思われる論考のなかでジェルメーヌ・ブレは、エリスが「ユリアン＝ジッドの、半ば滑稽で、半ば愁いを帯びた真の具現」であることを見事に示した――「そこにはすべてがある。いつも持ち歩く手帳、倫理学への傾倒、植物採集の趣味や不断の読書。さらに、スコットランド織りのショールや小さな旅行鞄、キクヂシャのサラダといったものによく表れ、桜桃色の日傘が強調するもののどこかそれとはそぐわない、ジッドの細心できちんとした面。忘我の境地にあってなお、髪を乱しつつも道徳を説く第二のエリス、彼女もまたピューリタン青年だったジッドの魂を大いに想起させる。似ても似つかぬ二人のエリスのことでユリアンが恐ろしい猜疑にかられ、両方とも厄介払いすること、それこそいまだ表面には出ないが皮肉たっぷりな反抗の第一歩なのである。ジッドはユリアンをとおして自分自身から離れ、他の〈自我〉に向かって進もうとするのだ」[15]。

アンドレ・ワルテルは完全に死んだ。願望と文学創造の次元でナルシスはその苦悩を解消した。このときまで有無を言わせぬ道徳上の掟を下界に向けて発し続けていたシナイ山の暗黒から抜け出し、今や解き放たれて「亜麻色の平野と光り輝く田畑」〔AW, 177〕を発見するのだ……。「ラール・リテレール」誌は一八九三年十一月号に、ジッドがアフリカ旅行に発つ数日前に書いた詩「バルコニー」を掲載する。そこには計画のすべてが書かれていた。象徴的なバルコニーから彼は「自らの欲望の庭に」一輪の穏やかな花が弱々しく育つのを眺めていたのだ……。

窓ごしに花が見える
そして私たちは朝を待ち
ついに偽りの塔を離れて
あの庭に降りていこう。

第三章　アフリカ

後になってジッドは、『アンドレ・ワルテルの手記』の完成から、「偽りの塔」を離れて庭に降りる決心をするまでの二年間を、「暗黒の原生林《セルバ》」で時間を無駄に失ったような、人生で最も混乱した時期と考える。「回想録」には次のように書かれている――「放心と不安の時期……。その時期の闇と比較しても次の時期が明るくならないようならば、よろこんで私はこの時期を一跳びに飛ばしてしまうだろう。同様に私は、それまで『手記』の執筆で精神的緊張が保たれていたということに、この放心にたいする説明と言い訳を多少とも見出す」〔*Sgm*, 250〕。しかし、この当然ともいえる神経弛緩の時期が過ぎ去るや、ジッドはサロンやパリ社交界、さらには『詩』で揶揄される書架や「厳めしい古書」〔*AW*, 166〕、背徳者ミシェルが言うような「生命から生まれて生命を殺す〈文化〉」〔*Im*, 424〕のなかで窒息感を覚えはじめる。これらはいずれも、そのさもしさが笑いを誘うような人工的な小世界にすぎず、その空気は汚染され瘴気を放っていた……。ジッドはこの世界に苦しみながら、後に発見することになるものを漠然とではあるが予感していた。初めての北アフリカ旅行から戻った彼が、地中海の向こうから持ち帰った「蘇生した人間の秘密」に先立ち急いで書こうとしたのは、この「各人の身振りが死の匂いを漂わせるサロンやセナークルの雰囲気」〔Sgm, 293〕の風刺であった。『パリュード』は、その「一種とっぴな感覚」〔idem〕が冒頭の文章のきっかけとはなったが、主人公ティティルが生きる小さな世界の虚栄、吐き気を催させるばかりの陰湿な軽佻浮薄や無力さの様式化された描写にほかならない。「『パリュード』、それは生を理解しなかった者、一事をもってこと足れりとはせず、そのため不安におびえ動揺する者の物語なのである」〔RRS, 1479〕。『パリュード』はまた最初の「ソチ」として、悲壮なまでに真剣で、マラルメの推察したように「魂の深みにまで掘り下げられた、婉曲だが恐るべき戯《おど》け」(1)であった。

これまた日記をつけ、『パリュード』と題する小説を書いているティティルは、戯画的なアンドレ・ワルテル、縮小され滑稽に描かれたジッドのようなものであり、北アフリカ旅行に出る前の本物のアンドレ・ジッドが抱えていたあらゆる心理的抑圧や問題を面白おかしく実体化したものである。まずはその純潔主義が戯画的に実体化された。二人のまったく清純な関係から発する「不毛の印象」というティティルの言葉を誤解したアンジェル（この名前に注目しよう！それは以後ジッドのお気に入りとなる）にたいし、ティティルは次のように答える——

おお！ それはだめだよ！ すぐそんなことを言う、それじゃもうこんな話はできないよ……それにあなただってそんなことをさほど望んでいるわけじゃないだろう。——はっきり言うが、あなたは脆弱だ。あなたのことを念頭において私があの文句を書いたのを覚えているだろう——「彼女は官能を恐れていた、何かあまりにも強すぎて自分を殺しかねないもののように」。誇張しているとあなたは断言した……でもそうじゃない、けっしてそうじゃない——官能なんて僕たちの邪魔になりかねない、僕はこれをテーマに詩を書いたほどだよ。

愛しい人よ、僕たちは
人の子を生み出すような
そんな柄じゃない。〔*Pal*, 141〕

ここでもまたやはりエマニュエルのイメージの進展が、皮肉なかたちでジッド自身の進展を明かしている。ティティルは、脆弱・不毛で生に苦しみ怯える人間、自意識の無限螺旋を辿ってぐるぐると巻きつき行動を麻痺させる思考に抑圧された人間である。この癒しがたい病は、かつてのワルテルの病であり、ティティルが書いている本の同名の主人公ティティルを苦しめ、「ヴァランタン・ノックス先生」用の症例となる病、「回顧病」〔*Pal*, 121〕である。

したがって漠然とではあるが、すでにティティルは、四年後に『鎖を離れたプロメテウス』が展開敷衍することになる無動機=無償《アクト・グラチュイ》の行為——意識がその芽を摘まないでいるうちに現実化してしまう予測不能な行為——の欲望・誘惑を知っている。しかし彼は何ひとつ罪を犯すことはなく、〈教会〉や〈医学〉の禁止事項を考慮して、食用に「四羽の黒鴨か小鴨」〔*Pal*, 91〕を殺すことさえしない。ティティルは沼のほとりに置かれた養魚鉢——気まぐれなニンフのアンジェルがいる狭い世界の象徴——のミミズを食べて満足することになるのだ。彼の精神状態からは、きわめて意味の明白な光景が生まれてくる——

何度私は息がつまりそうになり、いくばくかの空気を求めて窓を開ける動作をしようとしたことか——窓を開けてしまった以上は、もうどうしようもなく、その動作をやめた……

「風邪を引いたのでしょう？」とアンジェルが言った。

「……というのは、窓を開けてみると、窓が面しているのは中庭——でなければ丸天井の他の部屋に面しているのだが——陽も射さず風も通らない惨めな中庭にだと分かったからだ——それを見て、悲嘆のあまり僕は力のかぎり叫んだ。〈神さま！ 神さま！ 僕たちは救いようもなく閉じこめられています！〉——すると僕の声は丸天井からそのまま反響してきた。——アンジェル！ アンジェル！ このていたらくで僕たちは何をすればいいのだろう？ この息苦しい屍衣をとりのけようとなおも努めねばならないのか？——それとも、もはや満足に呼吸もできずにいることに——この墓のなかで生き永らえることに甘んじるのか？」〔*Pal*, 144〕

いや、一八九三年のジッドはこの墓のなかでの生活に甘んじ、そこで生き永らえることなど望んではいなかった。十月十八日、彼は友人の画家ポール＝アルベール・ローランスを連れマルセイユで乗船し、アフリカへと向かうのである。

アポロン
「アフリカ！ 私はこの神秘的な言葉をくり返した。私はこの言葉を、恐怖や、怖いもの見たさ、期待によって大きく膨らませていた。私の視線は、暑い夜のなか、閃光に包まれた胸迫る予兆にむかって狂おしく注がれていた」〔*Sgm*, 273〕。十月二十日、チュニス到着。詩人にとっても画家にとっても、千一夜物語の世界だ……。ついでザグワン、ケルワン、スースを経て最後はビスクラに着き、彼らはここに四カ月以上滞在する。アンドレ・ジッドとマグレブの地のあいだには深く親密な交わりが生まれ、そのためジッドは以後十年間でさらに五度も海を渡り、歓喜・魅惑の世界を再訪する（一八九六年、一八九九年、一九〇〇年および一九〇三年の、妻を同伴した三回目以降の旅行については、そのノートが魅力的な小型本『アミンタス』に収められた）。

アフリカに惹かれる秘密、それを彼はユゼスの田園ですごした幼少年期のバカンスの折りにすでに予感していた。彼の語るところでは、このバカンスでしばしば彼は「フォン・ディ・ビアウには足をとめず、走って藪原のほうへ出た。すでにこの当時から、無情で殺伐としたものにたいするあの奇妙な関心、かくも久しく私にオアシスよりも砂漠を愛させた好みが私をそこに導いたのだ。香しい乾いた強風と、剥き出しの岩肌に反射する目映い陽光とがワインのように人を酔わせる」〔*Sgm*, 112〕。

しかしそれはまさにはるか遠い思い出にすぎず、二十四歳にして突如ジッドは、驚異的で無尽蔵の「新しさ《ヌーヴェルテ》」が一瞬ごとに未知の渇きを生じさせ、またどんな期待をもこえてこの渇きを癒してくれる生を発見したのだ。この苛烈な大地、この並外れた気候、この過剰なまでの生命の熱狂、ジッドがそれらを完全に自由な状態で享受するために、過去の彼の存在はすべて消滅する。また彼の感動は、乗船の数日前の寒気からくる「陰険な感冒」で妙に息苦しく、その苦痛で感受性がいつにもまして異様なほど掻き立てられていただけにいっそう豊かなものになる……。初感染の症状が現れ、その回復期が翌夏まで続いてはいたが（ジッド自身、『地の糧』が一度は死を覚悟した回復期の病人の書いたものであることを強調していた）、ジッドは陶然として感覚の世界に身を投じていった——

私はそれまで一度もしたことがなかったかのように、ものを聞き、ものを見、呼吸した。こうして音と匂いと色彩とが私のなかで狂喜乱舞するかたわら、私は自分の無為な心が未知のアポロンにたいする崇拝に溶け込んでいくのを感じるのだった。私は叫んでいた。

「私を奪え！　私をことごとく奪い去れ。私はそなたのものだ。私はそなたに服従する。私は身を委ねる。私の内部がことごとく光明になるようにしてくれ。そうだ！　光明と軽快さだ。今日まで私はそなたにたいして空しい闘いを続けてきたが、今や私はそなたを認める。そなたの意のままにしてくれ。私はもう抵抗しない、そなたの意のままになる。私を奪いたまえ」

こうして私は、顔一面を涙で濡らしながら、笑いと新奇に満ちたすばらしい世界へと踏み入った。〔*Sgm*, 288〕

そしてジッドが早くも一八九六年の夏、「ル・サントール」誌創刊号に載せ、その後『地の糧』第四書に収めたのが、この来るべき熱狂手引書の最初期執筆分、「柘榴の輪舞曲《ロンド》」であった——

君たちはこれからも長いあいだ
魂のありえもしない幸福を探し求めることだろう。
肉の歓びと感覚の歓びよ
誰かが君たちを責めてくれるといい。
肉と官能の苦い歓びよ——
誰かが君たちを責めるがいい——私にはその気はないが

視覚——私たちの感覚のうち最も嘆かわしきもの……
触れえぬものはすべて私たちを嘆かせる。
私たちの目が欲するものを手がつかむよりも易々と
精神は思想をつかまえる。
おお！　ナタナエルよ、君の欲するものが手に触れうるものであればいい、
そして、さらに全き所有など求めてはならない。
私の感覚の最も心地よい歓びは
渇きが癒されることであった。〔*Nt*, 193〕

すべての感覚の象徴としての味覚——

だが果実——果実については——ナタナエルよ、君になんと語ろうか。
おお！　君が果実を知らなかったとは、
ナタナエルよ、それこそ残念至極なことだ。
果肉は傷つきやすく汁気がたっぷりで、
血の滴る肉のように風味があり、
傷口から流れ出る血のように赤い。
これらの果実なら、ナタナエルよ、特別な渇きなど要《い》りはしなかった。

それらは金の籠に盛られて供された。
無類の味のなさに、初めは胸が悪くなった。
地上のどんな果実にも似通わない味だった。
熟れすぎたグアバの実を思わせる味だった。
そして果肉はしなびた感じだった。
食べたあとでは口に渋みが残った。
口直しにもう一つ新たな果実を食べるほかなかった。
ほどなく、やっとのことでそれを味わう楽しさがわずかながら続くようになった。
果汁を味わう瞬間である……。〔Nt, 194〕

光の神の新たな改宗者としてジッドは、罪の意識を覚えることなく（「ナタナエル、私はもう罪を信じない」〔Nt, 171〕）、地上のあらゆる果実を味わった。不機嫌で硬直したピューリタンは完全なる快楽主義者に席を譲っていたのであり、この快楽主義者は、長い内省的習慣からまさに必要なものだけを残し、一八九〇年以来の愛読書で、『地の糧』の熱烈な誘いを粗描していた『自由人』が表明する有名な「ジャージー島の原則」を自らも適用・実践するのである。その原則とはすなわち、「第一原則――熱狂したときほど我々が幸福なことはない」と「第二原則――熱狂の歓びを増大する道は熱狂を分析することである」から導かれる、「分析を尽くして可能なかぎり感じなければならぬ」[2]という結論である。すでに見たように、ジッドが『手記』や『ユリアンの旅』以後なかば無意識に準備していたことの解放の企てについては、他のどれよりも大きな要因があった。まさにその要因、性の面での自己解放によって、過去の人生への反逆がはっきりと自覚され、決定的に、言うならば一つの教義として姿を現わすのである。

すでにワルテルの「黒い手記」には、裸で水浴びをし、「ほっそりした胴体や、日焼けした四肢」を川に浸す子供たちの漠とした、しかし魅惑的なシルエットが登場していた――〈アミンタスの肌が黒かろうと、それがどうだというのか？ *Quid tum si fuscus Amyntas ?*〉[3]。ワルテルは自分が、思うがままに生き、考え事なぞせぬ「彼らの仲間ではないこと、街道のいたずらっ子の一人でないこと」〔AW, 145〕に腹立たしさを覚えた。「私の目の前に、最初のうちはぼんやりと、浜辺で遊んでいる子供たちのしなやかな姿が揺れていた。その美しさが私につきまとい、できることなら私もまた彼らのそばで水に浸かり、日焼けした彼らの肌のなめらかさを手に感じたかった。しかし私は一人ぼっちだった。そのとき私はひどい悪寒におそわれ、夢が捕らえようもなく逃げ去っていくことに泣いたのだ……」〔AW, 146〕。

だがチュニスで船を下りるや、彼の夢は捕らえうるものに変わり、その数も増す。まずは十四歳の愛想のよい小さな案内人セシがいた。彼はローランスとジッドの市場《スーク》訪問の供をしてくれ、ジッドには目の前で半裸になって「ハイク（アラブ女性が頭から身を包む長方形の布）はどうやって着るのか」〔Sgm, 274〕を教えてくれたのである……。次いで十一月、スースではアリの陽気な好意に出会う。この少年を「ホテルの付近にのらくらしている悪ガキどものなかから」〔Sgm, 278〕目にとめていたジッドは、彼に促されるまま砂丘に入る。すると少年は砂の上に寝ころび、身を差しだす――短い中断（「〈罪悪〉と呼ばれるものの戸口まできて、私はなおも躊躇していたのだろうか？ いや、もしこの出来事が徳性――すでにこのころ私が軽んじ忌み嫌っていた徳性――の勝利に終わっていたら、私はひどく落胆したはずだ」〔Sgm, 279〕）に続いて……。

「……服が下に落ちた。彼は上着を遠くへ投げ捨て、神のような裸身で立ち上がった。しばらく彼はそのほっそりとした両腕を天のほうへ差し延べていたが、やがて私の上に倒れかかってきた。彼の体は熱気を帯びていたかもしれないが、私の手には日陰のように涼やかに感じられた。なんと砂の美しかったことか！ 夕暮れ時の愛すべき壮麗さのうちに、なんと美しい光線が私の歓喜を包んでいたことか！」〔*Sgm*, 280〕。

決定的体験の瞬間ではあるが、この瞬間を生きていた当人にとっては、まだきわめて強烈な快楽の発見による激しい高揚といったものにすぎず、その意味と広がりが明らかになるのはもう少し後のことである。たしかにこの出来事はジッドの意に反するものではなかったし、もはや彼は「〈罪悪〉と呼ばれるもの」を恐れてはいなかったが、それでもやはりこれを〈罪悪〉であると見なしてはいたのだ。そしてたぶん彼は、この砂丘へのエスケープについては誰にも、同行のポール＝アルベール・ローランスにさえも、ほとんど何も打ち明けようとはしなかった。そもそも彼自身、己をアラブの少年たちとの接触に駆り立てるもののなかに何を見ていたのか。彼らの輝くばかりの若さの魅力、ジッドが発熱し虚弱で喀血しがちだっただけにいっそう惹かれたにちがいない彼らのはち切れんばかりの健康の魅力である。バシルについて『背徳者』のなかでミシェルは語っている――「ああ！ この子はなんて健康なんだろう！ 私はこの健康に夢中になっていたのだ。この小さな肉体の健康は美しかった」〔*Im*, 382〕。だがジッドはそれを最終的な性の選択とは見ていなかった。翌月ビスクラで彼はローランスの計画によろこんで同意し、持参金をつくるためにほぼ慣例的に身体で商いをするあの娼婦たちウレッド・ナイルの一人、メリアム・ベン・アタラを訪ねる。「私の決心はいかなる現実的欲望によってなされたものでもなかった」〔*Sgm*, 284〕、と『一粒の麦もし死なずば』は強調している。いずれにせよ、一方でその純潔主義から、また他方でピューリタン的な排斥本能がスースでの体験に重圧をかけるのを感じて――「私の肉体的欲求は精神の同意なしには何ごともなしえなかった」〔*Sgm*, 269〕――依然として不安を拭いきれない彼は、つとめて自分の性的活動を「正常化」しようとしていたのである。ところでメリアムのそばで過ごしたこの夜、彼は雄々しくふるまい、事後には回復を喜ぶことさえできたにせよ（「ただの一度でメリアムは医師のどんな誘導剤よりも私に効いた」〔*Sgm*, 285〕）、規範に適おうとする試みはやはり失敗に終わった。じっさい彼の成功はほかでもない、「目を閉じて」一人の少年、ある晩ビスクラの「聖人《サント》街」のカフェでタンバリンを叩いて騒いでいるのを見かけたモハメド少年を両腕に抱く場面を空想したからだった――「彼はなんと美しかったことだろう！ ぼろ服をはだけ、悪魔のように黒くすらりとした身体で、口を開け、狂おしい眼差しをして……」〔*idem*〕。

ジッドが肉体の要請にたいし精神の全面的同意を与え、自分が生まれつき一般的規範にはまったく適合しないことを確信したのは、あらゆる点から見て、一八九五年初頭に出かけた二回目の北アフリカ旅行のとき以外にありえない。それまでにも彼がこの問題について考えをめぐらせていたことは明らかである。だが決定的な衝撃を受けたのは、彼がビスクラを発つ準備をしていた一八九五年一月のある日曜日のこと、偶然にもそれから数日を共にすごすことになった一人の男からであった。オスカー・ワイルドである。

オスカー・ワイルド

一八九一年十一月、ジッドはマラルメ宅でかねて噂を耳にしていたワイルドと首尾よく知り合うことができた（「耽美主義者オスカー・ワイルド、おお、すばらしい、彼はすばらしい！」〔*CVal*, 139〕）。歳はまだ三十代半ばであったが、すでに栄光に満ちたその名は人の口から口へと伝わっていた。たちまち魅了されたジッドは「この年、およびその翌年」、「始終いたるところで」〔OW, 839〕彼に会う……。

彼の挙動、目つきは意気揚々としていた。彼の成功は実に確固たるもので、成功がワイルドの前にあり、ただ彼が足を踏み出しさえすればよいかと思われるほどだった。著書は人を驚かせ魅了し、芝居はロンドンの人々をこぞって駆けつけさせようとしていた。彼は富み、大きく美しく、幸福と名誉にあふれていた。ある者は彼をアジア的バッカスに喩え、ある者はローマの皇帝に、さてはアポロンそのものになぞらえた――本当に彼は光り輝いていたのだ。〔OW, 837-8〕

影響はすぐに現れ、その後も変わることなく、三年後には決定的なものとなる。しかし思わず魅惑され心を捕らえられたジッドは、じきに後ろめたくなり一八九二年元旦の『日記』に書いている――「ワイルドは私には悪い影響しか及ぼさなかったような気がする。彼のおかげで私はものを考えることができなくなった。元にくらべるとずっと多様な感動を受けるようになったが、もはやそれを整理することができなくなったのである」〔*JI*, 148〕。ジッドはやがて立ち直るが、だからといって彼の進展においてワイルドの重要性を過小評価することはできまい。じっさいジッドは八十代も近づいた一九四七年、オックスフォードで名誉文学博士号を受けたすぐ後に、アイルランドの青年詩人がモードリン・カレッジの奨学生として一八七四年から七九年まで寄宿した部屋を見たいと感動をこめて請うたのである。

一八九五年一月、ブリダでジッドが再会したときのワイルドは大きく変わっていた。栄光の絶頂期にはあったが、数週間後には悲惨な失墜が待っていた。彼はあいかわらずジッドが知るうちで一番見事な話し手であった。もっとも、自作品の魅力を惜しみなく語って聞かせてくれることは稀になっていた。ロンドンでは『ウィンダミア卿夫人の扇』や『とるに足らぬ女』が長らく大評判をとっていたし、またワイルドの美的・倫理的大全『ドリアン・グレイの肖像』は、「デイリー・クロニクル」紙が「フランス退廃派のレプラのごとき文学から生まれた」と評したにもかかわらず、観客を魅了していたのであるが……。しかし全欧のサロンが競って彼をもてはやしてはいたが、その生活態度が知れはじめ、噂が広まりスキャンダルになりかけていた。栄光を手にして自信をつけていたワイルドは、ヴィクトリア女王時代の社会がその恐るべき子供のわがままをすべて許すともはや信じて疑わなかった。「偉大な異教徒のように彼は、世間の人々の発言や思考、行動を一顧だにせず、自分自身の生を十全に生きようと決意しているように見えた」[4]。これがジッドがブリダで出会った男、「大胆で揺るぎなく、一回り大きくなり」〔OW, 845〕、叙情的なところが荒っぽさを増し、「どこか笑いはしわがれ、喜びには度はずれなところのある」〔OW, 844〕ワイルドだったのである――

「ああ!〔と、彼はジッドに言った〕とうとう私は芸術の仕事から手を切りましたからね。太陽のほかにはもう何も崇拝したいとは思いません……。太陽は思索が大嫌いだということにあなたはお気づきですか。太陽はいつでも思想を退却させ、影のなかに追い込むのです。〔…〕」

太陽を崇拝する、ああ! それは生活を崇拝することだ。ワイルドの叙情的崇拝は凶暴な、恐るべきものとなった。宿命が彼を導いたのだ。彼はその宿命から逃れられず、逃れたいとも思わなかった。彼は宿命を過大視し、自分の感情を高ぶらせるためにあらゆる配慮と徳性を用いている

ように見えた。人が義務におもむくように快楽にむかって進んだのである。〔OW, 845〕

ワイルドと交わしたいくつかの会話、羞恥心も偽りも捨て快楽を求めて彼と一緒に、後にはアルフレッド・ダグラスだけを連れて過ごした数夜。もうスースでのような無邪気な感嘆を覚えることはなかったにせよ、ジッドはワイルドのおかげで自信と落ち着きを手に入れることができた。ジッドはこのアイルランド人の軽率さに恐れをなし、その将来の破滅を予感したが（クィーンズベリー卿とのあいだに有名なワイルド裁判が始まったところであった）、それでもなお彼から自己確認の力、自ら「特殊」と見なす、ついに明らかになった性質を肯定するための力を汲みとったのである。ジッドのなかに根強く残る道徳主義に反していたものを、これ以後は自らの判断で「正当化」するようになるのだ。なぜなら、「回想録」でジッドが言うには、彼の「精神の反応」は「すでにまったく認めていなかった倫理の名残《なごり》」〔*Sgm*, 314-5〕に依然として従属していたからである……。そして数年ののち、ワイルドが獄中で書き、死後五年たって出版された『深淵より《デ・プロフンディス》』のなかに見出した「謙虚さ」への転向ほどジッドを憤慨させたものはない。彼はそこに自分がかつて影響を受けた輝かしきワイルドにたいする哀れな背信のほかは認めず、この作品についてあからさまに厳しい言葉を書きつけた――

外的あるいは内的な理由によって芸術家のうちの創造的沸出が枯渇してしまうと、芸術家は腰を下ろして諦めてしまい、この疲労を叡智と自らに思いこませて、〈真理〉の発見などと称するようになる。〔…〕前からワイルドを知り、次いで入獄後を知っている者にとって、このような言葉は彼のものとは思えぬほどに痛ましい。というのは、彼の芸術的沈黙はラシーヌ流の敬虔な沈黙ではなかったからだ。そしてこの「謙虚さ」は、彼が自分の無力に与えた仰々しい呼び名にすぎなかったからだ。〔*Ec*, 143-4〕

ジッドがワイルドに何かを負っているとしても、それは自身の道徳上の態度決定と性的趣味の奨励だけなのだ。またこの性的趣味にしても「キング・オブ・ライフ」の同性愛とは大きく異なるもので、以後もそのことに変わりはなかった。ジッドと快楽の相手役の少年たちとの場合は、愛撫の交換と、自慰に手を貸すという程度のものでしかなかった。『一粒の麦もし死なずば』は、アルフレッド・ダグラス卿が自らの明らかにもっと密接な行為をジッドに語って聞かせたその執拗さを「おぞましい」〔*Sgm*, 315〕と断じている。またジッドは、アルジェの「怪しげなホテルの五階で」目にした「能動的な同性愛の場面に言及しながら、「恐怖の叫びをあげ」〔*Sgm*, 311〕そうになったことを強調している――「向かい合って互いが楽しみながらの、荒々しくない行為でなければ快感が得られず、しばしばホイットマン同様、ほんの軽い接触でも満足する私の場合は……」〔*Sgm*, 312〕。一九一八年の『日記』に組み込まれた「断章」のなかで、彼は「ソドミット」(「成人男性に欲望を感ずる人」)という語も「アンヴエルティ」(「愛の喜劇では女の役を引き受け、相手に所有されるのを欲する男」)という語も斥けて、自らを「ペデラスト」――「(ギリシア語源の)この語が示すように若い少年に夢中になる男」〔*JI*, 1092〕――と規定している。これによりジッドは性にかんして、大人の苦悩に先立つがゆえに純粋とされる幼少年期への郷愁、「緑の楽園」への郷愁をはっきりと示しているのだ。そして精神と官能の分離という愛の教義がどのようにして終わりを迎えたか、またこれ以降ジッドはマドレーヌに自分の生活の大きな一部分を隠したにもかかわらず、いかにして彼女への揺るぎない誠実さを保とうとし、彼女との結婚をなおも望みえたのか、その答えはすでに自明である。

背徳者の結婚

しかしながら一八九五年の春まで、この結婚にたいする家族の反対はほとんど揺るがず、すでに引用した同年三月十一日の激烈な手紙から窺われるように、[5]母の忠告や権威・「圧制」への反抗は危機的段階にまで達していた。交わされる手紙は今や攻撃的な内容のものばかりであり、ポール・ジッド夫人はそのことに心を痛めていたに相違ない。すでに最初の旅行中ビスクラで、朝早く帰りぎわのメリアムを目撃した母とアンドレとのあいだに辛い場面が生じていた。この場面は『一粒の麦もし死なずば』に語られているが、あたかも過去が現在のなかに侵入してきたかのようであった。ジッド夫人の束の間の勝利――メリアムが〈白衣宣教会士の家〉[6]に戻ってくることはない――、だがそのせいで息子は前にもまして彼女の道徳主義的・ピューリタン的教育を嫌悪し、さらにいっそう熱く自らの解放と非定着《デラシヌマン》を渇望する。そして二回目のビスクラ滞在（九五年一―四月）がきっかけとなり、母子のあいだに真の戦いが交わされる。息子はアラブの少年アトマンを連れて帰り、コマイユ通りに同居させると言いはったのだ。今回もまたアンドレは「彼の黒ん坊」をパリにまで連れて来ることはなく、ジッド夫人が勝利を収めるが、彼女の不安は大きくなっていた。息子が自分の手から離れていくことにようやく気がついたのである。この春にワイルドから受けた影響と恐るべき旅路から察しうるところや、やがて確立される教義をすでに実践している若き背徳者のいや増す高揚、さらにシャルル・ジッド叔父の助言、そういったものすべてが与って、彼女は息子と姪の結婚にたいする態度を豹変させる。あいかわらずその危険を察知しながらも、二人の結婚は、自分の影響にも近いと思われる有益な影響のもとに息子を置く唯一の方法であると考えたのだ――「またおそらく彼女は体の衰えを感じ、私を天涯孤独の身にすることを心配するようになったのだろう」〔*Sgm*, 324〕。二人の若者を結びつける愛情の姉弟的性格、アンドレの不安定で移り気な精神状態、要するに、それまで結婚の計画への大きな障害であったものが、こうして好都合な話、さらには差し迫った話に変わっていた。今やジッドには、その傍にあって母と入れ代わり、やがては同じような役割をはたす女性との結婚が可能になった、いや彼女との結婚が「義務」となったのである。彼が当初からそれを意識していたことは、「回想録」執筆時にはるか先立つ自伝的作品『背徳者』の主人公ミシェルの態度にはっきりと表れている。ミシエルがマルスリーヌと結婚した目的はただ一つ、ポール・ジッド夫人との場合に酷似して、死の間際に息子を一人だけ残すのを案じる父親を喜ばせるためだった。そして八十歳をむかえたジッドが見るあの夢、遺作『かくあれかし』のあの驚くべき告白ほど啓示的なものはあるまい――

夢のなかで〔…〕妻の顔が時おり、微妙に、まるで神秘的に、私の母の顔にかわることがある。しかも私はそれにさほど驚かないのだ。二人の顔の輪郭は、一方から他方に移るのを阻むほどははっきりしていない。感動は生き生きしているが、その感動を惹き起こすものは朦朧としている。それればかりか、二人が夢の行動のなかで演ずる役割はほとんど同じである。つまり抑制の役割を演じているのだ。これこそが二人の顔の代替を説明し理由づけるものである。〔*Asi*, 1041〕

「微妙に、まるで神秘的に」――この表現に曖昧さはなく、「代替」の機能的性質を明確に示している。母からの手紙（数多くいずれも長文である）は、ジッド自身（そして『ジッドの青春』執筆時のジャン・

ドレーもまた）紛失したものと思いこんでいたが、それが後になって見つかり一九八八年に公刊されたことで、この女性のイメージを大幅に修正することが可能になった。それまでは彼女のイメージは、結局のところ息子が記した回想によってのみ知られていたにすぎなかったのだ（この息子が、父の肖像との対照を際立たせようとして、とりわけ自分の反抗的態度を説明し正当化しようとして、熱心に、おそらくは過度に熱心に母の特徴を冷たく描いたことは気づかれていたが……）。新たに見出された母は、やはり情が深く気の利く（利きすぎる）人ではあったが、はるかに知的かつ「あけっぴろげ」で、それほど体制順応型でも小心者でもなく、息子の一風変わった冒険にも寛大で、それを奨励したほどであった。ジュリエット・ジッドのイメージは（ジャン・シュランベルジェをはじめ）伝記作家や批評家の大半が彼女と嫁《よめ》〔マドレーヌ〕のあいだに定めようとした、型にはまり偏った比較対照の被害を大きく被ったのである。このピューリタン的、専横的で、「慈悲のない徳性、寛大さのない道徳、愛のない宗教の権化」〔DEL, I, 92〕という母に対置されていたのが、優しく純潔で、常に心に傷を負いつつも天使のように寛容な妻である。この妻の場合は、『今や彼女は汝のなかにあり』で「陰鬱の魔」〔SCH, 229〕に駆られ、自らをさらに貶めんとして彼女を美しく描いたジッド自身によって、また程度の差はあれ、夫婦のドラマをいっそう気高いものとすべく、この人物を讃えようとしがちな「証人」たちによって、理想化され、最高度の美質で飾られていたのだ。マドレーヌの手紙――ゆうに千通を数え（一八八四―一九三八年）、多くは長文である（たしかに小型の用紙ではあるが、ときに五十ページにも及ぶ）――が（せめてその一部でも）読めるようになれば、これら二つのイメージは本当は正反対であり、マドレーヌについて大いに批判的な肖像を描いたミシェル・トゥルニエ（『吸血鬼の飛翔』収載の「アンドレ・ジッドを理解するための五つの鍵」[7]）――もっとも彼はジュリエットについては、それなりの理由があって昔ながらの戯画的イメージをあえて採っているが――に理ありと認める必要も出てこよう。

ジッド夫人は一八九五年五月三十一日に息をひきとる。『一粒の麦もし死なずば』によれば「その後しばらくして」〔*Sgm*, 327〕、具体的には六月十七日に、控えめながら正式にアンドレとマドレーヌの婚約が交わされ、二人は十月八日、エトルタの教会堂で結婚した。「困難な婚約」〔*CJam*, 55〕の一夏であり、その間、二人はいずれも自身の抱える問題を見つめなおしたように思われる。ジッドはある医者の診察を受けて、自分がはまりこんでいた袋小路からの出口を見出したつもりでいた。彼がこの医者に「これ以上はありえぬほど臆面もなく完全な」〔*EN*, 944〕告白をしたところ、次のような答えが返ってきたのである――

でも、あなたはあるお嬢さんを愛しているとおっしゃる。ところで一方では自分の趣味を知っているから結婚を躊躇する、とおっしゃるのですね……。結婚なさい。恐れず結婚なさい。そうすれば、すぐに他のことはすべて思い過ごしにすぎないとお分かりになるでしょう。あなたはまるで、これまでピクルスで腹を満たそうとしていた空腹な人のようですよ。（私は彼の言葉を正確に引用している。いまいましいことに、私ははっきり覚えているのだ！）自分の本能というやつは、結婚すればすぐに分かって、ごく自然にそこへ落ち着いていきますよ。〔*idem*〕

「悪癖」の罪を犯した少年にブルーアルデル博士が治療として行った脅しと同じく最悪のアドバイスである。この「空腹な人」は通常の食物には食欲がわかないのだから……。若いカップルは新婚旅行でまずはスイスへ向かったが、この旅行中ジッドにとっておそらく最も過酷な試練となったのは、自分の不能を発見し、その事実を受けいれることであった。こうしてすべてが決定的な様相を帯びようとしていた。

性行為による結婚の完遂がないのを夫妻はほとんど無関心な態度でただちに容認したという旧来の見方にたいしては、ジッドが前もって自らに課した医学的診察をはじめ、反証があまりにも多い。二人とも心身両面でこの異様な状況に苦しんでいたのだ。だが『今や彼女は汝のなかにあり』が伝える悲痛な話や、そこから読者が受ける、新妻の背負った十字架について残酷なまでに盲目のジッドというイメージを是認するならば、それはそれでまた別の誤りを犯すことになろう。じっさいジャン・シュランベルジェは反論しがたい確実な証言をあつめ、それによって幸福なカップルの思い出、大きな苦悩を経験したが、恥ずべき傷を残すこともなくこれを乗り越え、二十年以上にわたって幸福だったカップルの思い出を不動のものにすることができた。『一粒の麦もし死なずば』第二部の冒頭で、ジッドは次のように書いている（あるメモによれば正確な執筆時期は「一九一九年の春」、すなわち一九一八年十一月の事件の直後）――「二十歳前後のあの頃、私は自分の身の上には幸いなこと以外は何も起こりえないと確信しはじめていた。私はつい数カ月前まではこの信念を失わずにいたが、急にそれを信じられなくしてしまった出来事を、一生のうちで最も重要な出来事の一つだと考えている」〔*Sgm*, 268〕。たしかにアンドレ・ジッドの生の核心は少しずつ、マドレーヌからはかけ離れたところで経過していかざるをえない。夫の生活について察せられることや彼の作品の進展におびえながらも彼女は、彼の非難しうる点に目を瞑るのではなく、あれこれ問いただすかわりにあくまでその魂の宿命を信じ、口を閉ざして彼を愛するにいたるのだ。また彼女は、悲しみ癒えぬ一九一八年六月のある日、ジッドに宛てて次のようにも書いている――「私にはあなたの魂の最良の部分、子供の頃や青年の頃の愛情があったのだから。そのうえ生きると死ぬとにかかわらず、私はあなたの晩年の魂とともにあることが分かっているのだから」〔SCH, 14〕。ジャン・シュランベルジェがいみじくも指摘したように、マドレーヌが死んで数週間後、いわば亡き妻の気高いイメージを讃えるべく、過ちを誠実に告白し罪を認めたいという悲痛な気持ちから『今や彼女は汝のなかにあり』を書きはじめたジッドは、自分をことさら悪く描き、夫婦生活、とりわけその初めの数年を歪曲し、日付を変えて、この時期に一九一八年の暗い光を投影するまでになる。こうして彼は、新婚旅行のことを語るために、二つの辛い逸話を選んでいる。一つはローマでの逸話で、ジッドは「写真を撮るという口実を設け、そのころスペイン階段にポーズを取りに来ていたサラジネスコの若いモデルたち」を部屋に上げた。マドレーヌを「何時間も」放っておいたので、彼女は「おそらくは悲嘆にくれて」〔EN, 947〕街中を彷徨わなければならなかった……。もう一つは、二人がビスクラからアルジェに帰るときに乗った汽車の中での逸話である。ジッドは旅行中ずっと〔汽車が停止するたびに〕窓から身をのりだし、隣の客室の年若い中学生たちのむき出しの腕を撫でた。妻の目の前で、「息を切らし喘ぎながら、責め苦にも似た体が疼くような」この快感を味わったのである。目的地に着くと彼女は悲しげに言う――「あなたはまるで犯罪者か狂人のようだったわ」〔EN, 948〕……。たしかにこれらは本当にあった事柄だが、シュランベルジェが異論の余地なく論証したように、起こったのは新婚旅行から数年後〔一八九九年〕のことなのである。すなわちジッドは、もちろん無意志的にではあるが、このように結婚生活という物語の劇的様相を強調して改悛の念を表しつつ、最初の旅行を「地獄への入り口のようなもの」とし、結婚生活が「初日から傷物」〔SCH, 125〕であることを示したかったのである。

ドラマがあったとすれば、それはもっと内面的な、もっと目立たないドラマだった。自分の生活の一部をマドレーヌには伏せておくことがすでに習慣化していたとはいえ、彼女と結婚したとき、ジッドは彼女を自らに続いて背徳的自己解放の道に、彼自身がすでに歩んでいる「この果てしない広がり」〔*Sgm*, 327〕に進ませようという強い意図をもっていた。それに先立ち彼女のなかに、母の性格の根底にあった臆病さや不自然な内向、生や官能にたいする恐れを見出していたからである――「こうしたことから私は〔と、彼は『今や彼女は汝のなかにあり』に書いている〕、まだずっと若い頃、彼女の沈黙を無理やり破ってやろう、そして彼女を自分と一緒に横溢と歓喜へと導こうという決心をしたのだ。まさにここに私の誤解が始まった」〔*EN*, 946〕。そして失望もまたここに始まったのである。マドレーヌは引っ込み思案で、道徳主義に束縛されていたばかりか、蒲柳の質であったため、ジッドはそれに悩まされた。ちょうどミシェルがマルスリーヌの虚弱に悩まされたように。マルスリーヌは病気になると、夫が居間中を「白くするほど」飾ったアーモンドの花の香りにさえ耐えられず、よろめいて急に泣き出す――

「この花の香りに気分が悪くなったの」と彼女は言う……

だがそれは、ほのかな、ほのかな、蜜のようにひそやかな香りなのだ……。私はかっとなり目を血走らせ、何も言わずに、その罪のない細い枝をつかみ、へし折り、持ち去って投げ捨てる。――ああ！このわずかな春にさえ彼女はもう耐えられないのか！……

私はしばしばこのときの涙に思いをはせる。そして今になって思うのだが、彼女が泣いたのは、すでに死を免れぬことを感じて、過ぎ去ったいくつかの春をなつかしんでいたためだろう。――また思うのだが、強者には強烈な喜びがあり、弱者には弱い喜びがあり、強烈な喜びは弱者を傷つけるのだろう。彼女はあるかなきかの喜びにうっとりとして、それがちょっと光彩を増しただけで、もう耐えられなかったのである。彼女が幸福と呼んでいたものは、私が休息と呼んでいるものでしかなかった。そして私は休息を望んでもいなければ、休息するわけにもいかなかった。〔*Im*, 461〕

このようにマドレーヌが「横溢と歓喜」を求めて夫に付き従うことに抵抗を示し、また従おうにもそれができないことは、すでにスイスやイタリアでもはっきり分かっていたが、ジッドが最初の二度の旅行で「蘇生した人間の秘密」〔*Sgm*, 293〕を汲み取っていた場所すべてに彼女を連れ回した北アフリカではなおさらにそうであった……。奇妙ではあるが重要な意味をもつのは、この若い夫の態度のほうである。彼は自らの性的不能を知ったサン・モリッツで、妻が感覚の激しい熱狂に耐えられないことを嘆いて、あらゆる「肉と官能の悦び」を知った男〔メナルク〕がその人生を語る『地の糧』のあの一節を「一気呵成に」〔*JII*, 488〕書き上げたのである——「私は、予期する答えを前にして出された問いのように、悦楽を前にして生じる、それを享受したいという渇望のほうが、悦楽の享受そのものに優先すると知ったのだ」〔*Nt*, 185〕。

ジッドが新たに創り出したこの登場人物の官能の高揚に、夫婦生活における彼の「性的不能《フィアスコ》」しか認めないのは狭量な見方である。メナルクは作者の白い結婚に先立って存在していたからだ。ジッドが性的不能に悩むのはマドレーヌを思いやってのことであり、無理もないことだが彼はまだ、自分に欲求がないのはまさに愛情の強さゆえであることを彼女は理解してくれていないのではないか、と危惧していたのである。自分自身の運命については、これを受け入れられるのは彼女から遠く離れたところでだけだと今や承知していたのだ――

私たち二人にとっての悲劇は、彼女から遠ざからねば私は自分を完成できまいということを理解しなければならなかった（彼女もまた同じように理解した）その日から始まった。だが彼女は、私を引き戻したり留めたりするようなことはなかった。ただ彼女は、私のあとについて私の罰当たりな道、あるいは少なくとも彼女が罰当たりだと判断した道を辿ることを拒んだ。（『日記』、一九四四年六月二十五日〔JII, 993〕）

耐えられそうもない衝撃からマドレーヌを守ってやるために払う努力、この努力そのものが有益で、ある意味では「快い」と彼には思われた。ちょうど『背徳者』のミシェルがそう思ったように――

したがってマルスリーヌが愛している男、彼女が結婚した男は、私の「新しき存在」ではなかった。そして私は、それを隠す気になれるよう、くり返しこのことを自分に言いきかせた。こうして私は彼女には、あいかわらず過去に忠実であろうとして日に日にますます偽物となっていく影法師しか見せないでいた。

こんなわけで私とマルスリーヌとの関係はしばらくは元のままだった。――次第次第に大きくなっていく愛情のために、その関係は日増しに熱烈なものになっていきはしたけれども。私の欺瞞（自分の考えを彼女の批判にさらしたくない気持ちをそう呼べるならばの話だが）、この欺瞞そのものが愛情を募らせていった。この演技のために私は絶えずマルスリーヌのことばかり考えていたわけだ。こうして嘘をつかざるをえないことは初めはいくぶん苦しかったようだ。だが私はすぐに次のことを理解するようになった。つまり、名だたる悪事も（この場合にかぎっていえば、嘘のことだ）、一度もしたことがないとなるとやりにくいものだが、やってみればすぐにどれも気楽で、愉快な、楽しいものとなり、やがては当たり前のことのようになってくるものだ、と。こうして、最初の嫌悪感が克服されるとどんな場合でも起こるように、私はしまいには欺瞞そのものに興味を持ち、あたかも未知の自分の能力の働きを楽しむかのように、いつまでも打ち興じていたのだ。そして私は日ごとに、もっと豊かな、もっと充実した生のなかへ、もっと甘美な幸福のほうへと進んでいった。〔*Im*, 403-4〕

かくしてマルスリーヌは、ミシェルに連れられての旅の途上で象徴的な死を遂げる。ミシェルの場合には自我を解放してくれたあのアルジェリアの地で、しかも彼には生命と健康との味わい深い富を啓示してくれた、その同じ病気で命を落とすのだ。そして『地の糧』ではエマニュエル〔マドレーヌ〕は姿を消してしまう……。とはいえ完全に不在というわけではない。巻末の「賛歌」は彼女に捧げられており（「M.A.G.〔マドレーヌ・アンドレ・ジッド〕に捧ぐ」）、そこでは名前をあげられていない一人の女性が語るが、これは内密な意志が押し進め導いている「生まれたばかりの星々」〔*Nt*, 247〕の不可避的な進行を述べるためなのだ。場合によっては起こりうる糾弾を防ぐためもあってジッドは、星々と同じように今後は、それがどんなものであれ、自分の道、自分固有の運命に従わざるをえないことを、とりわけ妻にたいして示しておく必要を感じたのだと思われる。

メナルクからサウルへ

メナルクとは何者か。『地の糧』においては話者の師であり、その教義を今度は話者が自分の弟子ナタナエルに伝える。『背徳者』においては、ミシェルの案内人というわけではないが、少なくとも彼に先立って自我解放の途を歩み、彼の意識を覚醒させ、彼を新しい倫理の原則に導く人間である……。「汎神論崇拝と遊興癖、また独特の性癖をもった、コスモポリタンでエゴイスト、放蕩好きなこの人物」[8]（ジャスティン・オブライエン）、『背徳者』にあるように、「新聞にとって彼に汚名をきせる絶好の機会となった不名誉な醜聞裁判」〔*Im*, 425〕を経験したこの人物のなかに、オスカー・ワイルドの姿を認めることができるだろうか。然り、だがそれはまた、『牧歌』においてメナルクが紛うことなくウェルギリウスの仮面であったように、年長者で教育係・指導員としてのジッド自身なのである。ナタナエル（その名の示すところは「神の恵み」）は弟子であるが、またジッドがそうなれなかったことを悔やむ、自由で熱狂的な若者でもある。後の放蕩息子、『法王庁の抜け穴』のラフカディオ、『贋金つかい』のベルナールなのだ。

メナルク、それは「新しき存在」、すなわちジッドが病をえて突如、唯一重要なもの、唯一真のものと感じた人間である。背徳者〔ミシェル〕は語っている——

> 死を覚悟していた人間にとって捗々《はかばか》しからぬ回復ほど惨めなものはない。死の翼が触れたのちは、重要と思えていたものがもはや重要でなくなり、重要とは見えなかった他のもの、あるいは存在さえ知らなかった他のものがかえって重要になるのだ。我々の頭のなかに積まれたあらゆる既得の知識が、白粉のようにはげ落ち、裸の生地が、隠れていた正体がさらけ出されるのだ。

それこそ、あのとき以来私が発見しようとした者、つまり真の存在、「旧き人〔神の創造した最初の人間〕」、福音書が必要としなくなった者なのだ。書物や教師や両親など、私の周りのすべてが、さらには私自身が最初は除去しようとした者である。そして、その人間には余計な重荷を負わされたおかげで、すでに摩滅し発見しにくいように思われたが、それだけに発見が有益であり雄々しいことであると思われたのだ。以後私は、知識をつめこまれ、教育によって上塗りされたあの第二次的な存在を軽蔑した。こうした余分な重荷を振り落とさなければならなかった。

そして私は自分を羊皮紙の二重写本《パランプセスト》になぞらえた……。

〔…〕消された文字がふたたび現れるには、時間をかけなければならなかった。しいて作り出そうとしてはいけなかった。だから私は、頭脳を放擲するのではなく休ませておいて、自分自身にしろ事物にしろ、清浄だと思われるものすべてに、歓びに酔いしれながら身を委ねた。私たちはすでにシラクーザを後にしていた。そしてタオルミーナとラ・モーラとを結ぶ断崖の道を急いでいた。我が身のなかに「新しき存在！　新しき存在！」と呼び求めながら。〔*Im*, 398-9〕

新しき存在は、いかなるタブーも知らず、感動の原初的純粋性を見出し、可能なかぎり多くの感動をあたうかぎり享受することに、すなわち自然と生の富を具体的に発見し、この富を愛し、それによって人間の全価値をなす熱狂を自己のうちに呼び覚ますことに一意専心する者である。以下は『地の糧』の賛嘆すべき第一書――

ナタナエルよ、神を探し出すなら、もっぱらいたるところを目指したまえ。

どんな被造物も神を指し示してはいるが、どれも神の姿を顕してはくれない。

私たちの視線が留まると、たちまちあらゆる被造物は私たちを神から逸らしてしまう。

他の人たちが書物を著したり勉学をしているあいだ、私は三年間旅行をして過ごし、頭で覚えたものをすっかり忘れ去ろうとした。こんなふうに教養を捨て去ることは時間のかかる困難な作業だったが、人々から強いられたあらゆる学問よりも私には有益であり、それはまた真の教育の始まりでもあった。

私たちが生に興味を抱くために必要だった努力のことなど君は知る由もあるまい。だが何ごともそうであるように、いったん生が私たちの興味を引きはじめれば、やがてはそれに熱中させられることになるのだ。〔*Nt*, 154〕

一種の個人主義的汎神論……


そしてナタナエルよ、君は、自らの手に持った明かりに従い己を導いていく人のようになりたまえ。

どこへ行こうとも、君は神にしか出会えない。——メナルクが言っていたが、神とは私たちの前にある存在なのだ。

ナタナエルよ、通りすがりに眺めたまえ、そして、どこにもとどまってはならない。神だけが仮初めのものでないことを、よく胸に入れておきたまえ。

見つめられる事物にではなく、見つめる君の眼差しにこそ重要性を宿らしめよ。

君が自己のなかにため込んでいる判明な知識は、この世の終わりまで君とはかけ離れたままであろう。なぜそんなものに、それほどの価値を付与するのか。

欲望には利得があり、欲望の充足にも利得がある――なぜなら欲望はそれによって増大するからだ。君に本当のことを語ろう、ナタナエルよ、欲望の対象を手に入れることなど常にまやかしにすぎないのだから、そんなことよりも欲望を抱く行為の一つひとつこそがはるかに私を豊かにしてくれたのだ。〔*Nt*, 155〕

背徳的態度の誕生――

異端者中の異端者であった私は、正道をはずれた意見、思考の極端な曲折、さまざまな異説などに常に心を惹かれてきた。私が人に関心を覚えたのも、ただ一つ、その人が他の人と異なる点によってだった。好意というもののなかに、共通する感情の再認しか見てとれなくなったので、ついに私は自分のなかから好意を追い払うまでになった。

好意ではない、ナタナエルよ、――愛である。

行為の善悪を判断せずに行為すること。善か悪か懸念せずに愛すること。

ナタナエルよ、君に熱情を教えよう。

平穏無事より、ナタナエルよ、悲壮な生活のほうがいい。〔…〕願わくば私のなかで待ちもうけていたものをすべてこの地上で表現したのちに、満足し、完全に絶望して死にたい。〔…〕

私の感情は宗教のように開かれたのだ。そのことが君には分かるだろうか、あらゆる感覚は尽

きることなくそこにあるものなのだと。〔Nt, 156-7〕

そして以下が、時代の新たな福音書となる作品の最も有名な公式である――

いかなる人間にも不思議な可能性がある。もし過去が現在にたいしてすでに一つの歴史を投げかけていなければ、現在には未来がことごとく充ち満ちていたであろうに。だが残念なことに、ただ一つの過去がただ一つの未来を提示し――あたかも空間に架けられた無限の橋のように、私たちの前に未来を投影しているのである。

人というものは自分に理解不可能なことはけっしてしないとだけは確信できる。[9] 理解するとは、自分がそれをなしうると感じることだ。可能なかぎりの人間性を引き受けること、これこそがすばらしい公式である。

生の多様な形式よ、君たちのすべてが私には美しく見える。(今私が語っていることは、かつてメナルクが私に話していたことだ)。

あらゆる情熱、あらゆる悪徳を知りつくしていたらよかったのにと思う。少なくとも私はそれらをかき立てた。私の存在のすべてをあげて、あらゆる信仰に飛びかかった。ある夜などは、わが魂の実在をほとんど信じるまでの狂気にかられていた。それほど魂が今にも肉体から逃れだしていきそうな感じがしていた、――これもやはりメナルクが私に語った言葉である。〔…〕

ナタナエルよ、いつになったらすべての書物を焼いてしまえるのか!!!

浜辺の砂は心地よいと読むだけでは私には不十分である。私は素足でそれを感じたいのだ……。

感覚に先立たれていない認識はすべて私には無用のものなのだ。〔Nt, 158 / 164〕

この新たな福音書はまずは、畑や庭、花や果実、砂や粘土、といった自然についての本であり、ジッドが一九二七年版の序文で喚起するように、「文学がきわめて人工的で閉鎖的な臭気を発しており、文学をふたたび大地に触れさせ、ただただ素足を地面に着けるようにすることが緊急の務めだと〔彼には〕思われていた時代」〔Nt, 249〕にあってたいへん有益な本であった……。彼は一八九六年に、ある友人に宛ててもっと強い口調で書きさえしている——「文学を官能主義の深淵に突き落として、完全に再生してからでなければそこから出てこられないようにすべきだ」〔CRuy, I, 10〕。なぜならば、外部世界に向かって広く開け放たれたこの窓は、それ自体が目的であるような世界をもたらすものではないし、また事物の美しさも、そこから熱狂が生じて初めて大事なものとなるからである——「見つめられる事物にではなく、見つめる君の眼差しにこそ重要性を宿らしめよ」〔Nt, 155〕。このようにジッドは当時の絵画的文学（詩は絵と同じ *ut pictura poesis*）[10]に激しく抗し、それを「文学的絵画に劣らず嘆かわしい錯誤」と見なしていた……。そしてこの汎神論的印象主義は、いわば個人用の詩的な道徳論のようなものであり、じっさい行きつくところは「欲望と本能の賛美」であるが、しかしながらジッドはその説くところが短絡的に捉えられるのを望んでいなかった——「私が〔…〕そこに読みとるのはむしろ〈無一物〉の弁護である」〔Nt, 250〕。なぜならば第一書にはまた次のように述べられているからだ——「ナタナエルよ、君の内にあっておよそ期待とは欲望でさえなく、ただ単にそれを迎え入れようという心構えであってほしい。君のところにやって来るものはすべて期待するがよい。だが、君に属するもの以外は欲してはならない。持っているものだけを欲したまえ」（一九二七年版序文〔Nt, 162〕）。

それでは何が特に問題となるのか。個人を「無一物」にすること、つまりその魂や精神を白紙状態のごとく受容性そのもの、柔軟さそのものにし、何ものも所有せぬが、何ものにも所有されず、他の魂をことごとく受け入れるべくそれらのなかに拡散・消失することである。それはメナルクが「あの夕べ私たちが集っていたフィレンツェの丘（フィエソレの向かいの丘）の上の庭園で」〔*Nt*, 183〕語っていることだ――

選択の必要性が私にはいつも耐えがたかった。選ぶということは、選定することではなく、むしろ選定しなかったものをはねつけることのように私には思われた。〔…〕ほんのわずかな金をもって（「誰」のおかげで？）、歓楽の市場へ入っていくこと。金を使うこと、選ぶこと、それは残りのすべてを永遠に、永久に諦めることであり、このおびただしい〈残り〉のほうが一つにまとまってしまったどんなものよりも常に好ましかった。

私が地上のいかなる〈所有〉にたいしても嫌悪を覚えるわけの一端はそこに由来する。つまり、たちまちそれしか所有できなくなるということへの怖れである。

「詩人の才能よ、と私は叫んだ、そなたは絶えざる遭遇の才能なのだ」――私はいたるところから人を迎え入れた。私の魂は四つ辻に門戸を開いた宿屋であった。入りたい者が入ってきた。私は素直になり、協調的になり、自分の全感覚をつかって柔軟になり、注意深くなり、個人的な思想などただの一つも持たぬまでの聞き手となり、どんな束の間の感動も捉えられるようになり、そしてごく些細な反応も見逃さないようになったので、何ごとにも逆らわないというより、もはや何ものをも悪と見なさないほどであった。〔*Nt*, 183 / 185〕

危険は瞭然であり、ジッド自身もやがてそれに気がつく。「四つ辻に門戸を開いた宿屋」のようなこの自我、この魂の統一性は見えにくくなり、存在は千々に分裂してしまう。主体はもはや広大で混雑した欲望の市、あるいは感覚を生み感覚に宿る多数の対象に寄生され、やがてはそれによって実体を抜かれてしまう「演習場」にほかならない。この「自我」が欲し愛するのは、己に侵入し、ついには己を排除・追放してしまうものなのだ。すでに「柘榴の輪舞曲《ロンド》」を歌っていたイラス（ヒュラス）は次のような分かりやすい寓話を語っている——

……そして私の五感のそれぞれが欲望を持っていた。私が自分自身の内に戻りたいと思ったそのとき、私の食卓には私の下男や下女たちが座を占めていたのだ。私が座るほんの小さな場所すらもうなかった。貴賓席には〈渇望〉が居座っていた。他にも小者の渇望どもがわんさといて、親玉と上席を争っていた。食卓全体が喧嘩の渦であったが、彼らは一丸となって私に対抗していた。私が食卓に近づこうとすると、すっかり酔いがまわっている彼らはいっせいに立ちあがって私に向かってきた。私はわが家から追い出され、外へひきずり出された。ふたたび出かけていって彼らのためにブドウの房を摘む羽目になったのである。〔*Nt*, 200〕

ジッド版サウルのドラマがかくのごとしなのだ。この戯曲の大半は『地の糧』完成からほんの数カ月後の一八九七年七月にローマで書かれた。言ってみれば『地の糧』の批判書である。年老いた王サウルはもろもろの欲望に苛まれている男だが、意志に欠けている。己の存在を犠牲にして悪霊どもを養い、態度を明確にせずに人を迎え入れ、そしてついには自らの破滅を招くものに夢中になる。彼からイスラエルの王位を剥奪すべく神がえらんだ少年ダヴィデに恋してしまうのだ……。ジッドが晩年『日記』に記すところでは、『サウル』はあるスズメガの蛹を見つけたことから着想を得ていた。この蛹は「やがて中から出てくるはずの成虫の綿密な指示によって完全な形を保っていた」が、ジッドが指で押すや膜が破れ、「その場所すべてを占領していたたくさんの小さな繭」が現れたのである。「……私が分からなかったのは、貪り食われてしまったもとの生物がなおもこの外見だけの蛹になる力を見出せたことだ。宿主の完全な消滅と寄生虫の勝利は外から見るかぎりまったく分からなかった。思うに、私の描いたサウルなら〈私は完全に排除されてしまった〉と言うところだ」（一九四三年四月二十八日〔*JII*, 948 ; S, 149〕）。たしかに『地の糧』の快楽主義は最も確固たるジッド的定数の一つだったが、『サウル』の痛烈な批判をとりあえずは考慮から外すのでなければ、それを彼の倫理的基底項とすることはできまい。彼はウージェーヌ・フェラーリ牧師に次のように書きえた――「あまりにも受動的な迎え入れの性向からくる人格の退廃が私の『サウル』の主題であり、私はこの作品を『地の糧』のすぐ後に、解毒剤あるいは平衡錘として書いたのです。〈私に快いものはことごとく私に仇《あだ》をなす〉、そう王は叫び、自分の欲望たちによって〈完全に排除されて〉死ぬのです」[11]。

自由と個性

だが作者が自らの及ぼす影響にどのような危険を認めるようになろうと、これこそが『地の糧』の教えなのだ。それは、己にたいし「自由」になれるよう弟子を完全に解放する、つまり弟子をその最も「自然な」絆から、たとえばその師からさえも解放することであり、この師は卑屈な模倣も自我を排除することだけを目指す教育も望んではいないのである。メナルクの弟子がナタナエルのうちに愛するのは、諂《へつら》い媚びるような自分との類似ではなく、最も個性的なもの、最も「秘められた」もの、最も「似ていない」ものなのだ――

ナタナエルよ、私の書物を投げ捨てたまえ。それで満足していてはならない。君の真実は誰か他の人が見つけ出せるものだと思ってはいけない。何よりもそのことを恥じたまえ。たとえ私が君の糧を探したとしても、君はそれを食べるほど飢えてはいまい。たとえ私が君の臥所《ふしど》の支度をしても、君はそこで寝るほど眠くはあるまい。

私の書物を投げ捨てたまえ。それは生にたいして取りうる数かぎりない姿勢の一つにすぎないことをよく考えたまえ。君の姿勢を探したまえ。他の人でも君と同じほど上手くできそうなことならやめておけ。他の人でも君と同じほど上手く言えそうなことなら口にするな、君と同じほど上手に書けそうなことなら書かないことだ。――君自身の内部以外のどこにもないと感じられることだけに執着したまえ。そして、気短にでも気長にでもかまわないから、ああ！　もろもろの存在のうちで最も取り替えのきかぬものを自分から創り出したまえ。〔Nt, 248〕

ところで、あらゆる束縛を断ち切り、ひたすら自己崇拝に専心せんとするこの意志は、ジッドにとっても大切なものとなるに先立ち、一八八九年から翌年にかけての冬に読んだ『自由人』のなかで早くも彼を惹きつけていた。しかしその後バレスは大きく変化してしまい、『地の糧』の作者は新たな途を歩む彼を今度は論敵と見なすまでになる。一八九七年は奇しくも『地の糧』と『根こそぎにされた人々』がともに世に出た年なのだ……。『蛮族の眼の下』や『自由人』のエゴチストは、死の遍在に魅せられ、どんな生き物にたいしてであれ、死の兆候を賞味する術を本能的に身につけていた。〈自我《モワ》〉もまた滅ぶべき性質のものだということは以前からすでに意識しており、それだけに、「すべてをひっくるめて」称賛したわけではないが、このときまでは〈自我〉をたいへん気に入っていたのだ……。だが己が死すべき存在だと知ることを恐れるバレスは、この眩暈に屈しながら同時にそれを逃れるために、家族・民族・宗教・祖国・土地などといった、個人を位置づけ、支え、根づかせる一連の快適な条件づけのなかに〈自我〉を組み入れたのである。こうして束の間の感覚を支える滅ぶべき〈自我〉は、己が「何世紀にもわたり梯子状に連なった」存在であるのを発見し、「我が民族の心臓を動かした全鼓動」の歓びを手に入れたのだ。すでに言及したとおり、ジッドの見方はこれとはまったく異なる。一八九八年の論文「『根こそぎにされた人々』について」のなかで、彼はまずマックス・ノルダウ（世紀末世代の精神的退廃にかんする研究で知られる哲学者・批評家）の説を引きながらこの本の主張に反駁する――「住み慣れた、また誰にも同じような普通の環境では、生物は平凡な様式で行動する。初めて出会う環境において、そこから逃れられない場合には独自性を示す」〔*Ec*, 6〕。個人をその土地と死んだ先祖たちのなかに根づかせることは、個人を窒息させ、生えかけた翼を切り取ることになる。「〈不可解なものから〉呼びかけられないと、どんな稀有な長所でさえ潜在的なままにとどまりかねない。長所をもっている当人にさえ気づかれず、漠然たる不安の原因、無秩序の種となりかねないのだ」〔*idem*〕。したがって個人は自分の根を引き抜かねばならず、子供は親や家庭から離れなければならない……。メナルクが愛するのはただ放蕩息子だけなのだ――

家庭よ、私はお前を憎む！　閉ざされた家庭、閉じられた門戸、幸福を手にして汲々とすること。

――時おり私は夜陰に乗じてガラス窓のほうに身をかがめ、その一家のならわしに長いこと眺め入った。父親はランプの傍らにいた。母親は縫い物をしていた。祖父の席は空いていた。男の子が一人、父親の傍らで勉強していた、――そして、その子を旅の道連れにしたいという欲求で私の心はふくれあがった。〔*Nt*, 186〕

……そして一九〇七年のジッド寓話のように、放蕩息子は帰宅し、ふたたび鎖に縛られ、「死んだ祖先が眠っている庭」〔*Rep*, 491〕から視線を外せずにいるとしても、今度は末弟が、「失敗」し「足を止め、どこかへ自分を結びつけ」〔*Rep*, 490〕ようとした放蕩息子の希望を背負って旅に出るだろう……。なぜならば、放蕩息子は弱さのゆえに罪を犯したのであり、非定着の教義は強者のためのものだからである（「それは弱者を切り捨ててしまう」〔*Im*, 460〕、と『背徳者』のマルスリーヌは悲しげに認める）。『根こそぎにされた人々』を論じた時評にニーチェの反響が認められるのも偶然ではない。ジッドが『ツァラトゥストラはかく語りき』の著者を系統的に読み、★すでに文壇の一部に浸透していたニーチェ主義に自然と親しんだのもこの時期のことだ。背徳主義、「遊牧民状態《ノマド》」、弱い者はそこでは死の危機に瀕

★しかしジッドは『ツァラトゥストラはかく語りき』そのものは読んでいない。同書は彼にとって常に「耐え難い」著作だったのである――「読もうとするたびに、この本は私の手からすべり落ちた（ニーチェの他の本は絶えず新たな感動を呼び覚ましてくれたのに）、そしてすべてを合計しても十ページ以上読んだとは思えない」〔一九四六年六月十日付ルネ・ラング宛書簡。Renée LANG, *André Gide et la pensée allemande*, Paris : L.U.F., Egloff, 1949, p. 178〕。

し、「強い者はこれによってさらに強くなるのである」〔*Ec*, 7〕。

根を引き抜き、掟や十戒から解き放たれ（「天戒よ、御身は私の魂を痛めつけた。天戒よ、御身は十戒になるのか、二十戒になるのか。どこまで御身はその限界を狭めるのであろうか」〔*Nt*, 215〕、と『地の糧』は反抗する）、「賢明なる人間は道徳をもたず、自分の叡智にしたがって生きる。私たちは高次の背徳性に到達するよう努めねばならない」〔*JI*, 183-4〕。これはすでに「ゲーテの叡智」、すなわち内なるオリンポスに宿る神々のあいだの独自で個性的な均衡、「分裂を排除しない調和」〔*Dost*, 644〕である。というのは、自由とはただ単に束縛がないことではなく、個人が自らの貴重な特性、「個性」を意識することであり、またそれは安直な欲求ではないからである。一八九九年の「ソチ」に登場するプロメテウスはそのことをよく承知している。彼はコーカサスの山頂で「鎖や締め金、拘束衣、壁、その他もろもろの入念な道具類による関節の麻痺」を感じ、思いきって右手を引き抜いて自由になり、「秋の日の四時から五時のあいだに」〔*Pro*, 304〕マドレーヌ寺院からオペラ座に至る大通りを下ってくる。そして「新月会館ホール」での講演で、人はおのおの自分のなかに「何か未だ孵化していないもの」〔*Pro*, 324〕、各人各様の鷲の卵をもっていること、人間としての務めはそれを孵化させ、自分自身の実体を餌としてその鷲を養い育てることであると説明するのだ――

申し上げておきますが、鷲は悪徳であれ美徳であれ、義務であれ情熱であれ、ともかく我々を貪り食います。任意の人であるのはおやめなさい、どうせ皆さんは鷲から逃れられないのですから。しかし……

（ここでプロメテウスの声はほとんど喧噪のなかへかき消えた）――しかし、もしあなた方が愛情をもって鷲を養わなければ、鷲はいつまでも生彩がなく、みすぼらしく、誰の目にもつかず、表面には出てこないでしょう。そのとき鷲は意識と名づけられるでありましょう。そいつが引きおこす苦痛に見合うようなものではなく、美しくもありません。——皆さん、ご自分の鷲を愛さなければなりません。愛して美しくなってもらわなければなりません。というのも、そいつが美しくなりそうだからこそ、皆さんはご自分の鷲を愛するはずなのですから……。〔*Pro*, 327〕

鷲が成長し美しくなるために自らは衰弱する、それは自分の個性を明示すること、自分固有の使命に応えることであり、一言でいうなら、ジッドが早くも幼年期から信じていたように、自分が選ばれた者だと信じることである（「僕が選ばれた人間だということがまだ分からないの？」〔*Sgm*, 203〕と、彼は母にむかって悲痛な叫びを上げていた）。だがそれはまた、一つの理想に、己の作品に身を捧げることでもある。今やジッドは自由を自ら掌握するという地点にまで到達したのである……。

第四章　天国と地獄

一九〇一年十一月[1]に完成した『背徳者』をもってアンドレ・ジッドの人生の一時期が終わりを迎える。文学的には非常に充実した時期であった。というのはこの十年間に、二巻分のエッセーや批評を除いても、『アンドレ・ワルテル〔の手記・詩〕』や『ナルシス論』『ユリアンの旅』『パリュード』『地の糧』『鎖を離れたプロメテウス』、その他の「論《トレテ》」、『サウル』『カンダウレス王』が書かれたからである。ジッドは、初めは自分のなかで開花し、いわば彼の最初の反抗を汲み尽くしていたものを一九〇〇年頃になって――そもそも『背徳者』は長期間にわたって熟成した進展の一段階を示す証言である――完成させたように思われる。この完璧な物語をごく控えめに世に出したのち（「なぜ『背徳者』を三百部しか刷らなかったのか？ それは売れ行きの悪さをできるだけ見たくなかったからだ」〔*JI*, 316〕）、彼は不毛の時期とまでは言わぬまでも、無気力が支配する長い時期を迎えることになる。四十代が忍び寄るのを感じ、悲痛にも「この恐ろしい老衰」〔*JI*, 535〕を味わう。『日記』には、疲労、不眠、「悲しみ――迷い」〔*JI*, 538〕など、危機的な局面の兆候、あるいは少なくとも以後進むべき道にかんして未決定・未決断という局面の兆候がすべて反映されている。この局面の終結は、『地の糧』に主題が予示されていた『放蕩息子の帰宅』（一九〇七年）、および『狭き門』（一九〇九年）によって画されることになる。『背徳者』から七年、これほどの変わりようはそうめったにあるものではないし、ジッドがそれまでは讃えていたものを今や焼き払わんとしているのではないかとこれほど疑わせるものもまた他にはあるまい。

しかし『背徳者』と同様、『狭き門』の素材は実に広範囲にわたって自伝的なものであった。成人後を語ったあと、ジッドは青少年期の最大の秘密から着想を得る。アリサ・ビュコランとジェロームの愛の物語を書くため、自分とマドレーヌ・ロンドーの子供時代や家族の思い出だけではなく、二人の親密な対話や、交わしあった手紙——そのとき以来、書き物机の引き出しに保管されていた——にも頼ったのである。だがこの事実をもって、結末を除いてはいかなる創作もなく、アリサはマドレーヌなのだと結論してはならない——「私が『狭き門』のアリサのなかに彼女の肖像を描いたと信ずる人があるとすれば〔と、ジッドは『今や彼女は汝のなかにあり』で書いている〕、その人はなんという誤りを犯すことになるであろう！　彼女の美徳のなかには強制されたもの、過度なものはみじんもなかったのだ」〔*EN*, 963〕。これは作者がとった価値ある二重の警戒措置である。一方で、作品はあくまで虚構であって思い出の単なる記念碑ではないこと、したがってジッド思想の新展開を示していることの証左であり、他方では、彼が小説のなかで描いた恋愛の神秘主義的超克に厳しい評価を下していることの証左であるのだから。厳しい評価を下すというのは十年後（一九一八年）にはたしかにそうだが、しかし一九〇一年から一九〇八年にかけてのこの混乱の時期においてはどうだったのか。

従姉弟どうしで幼なじみのアリサとジェロームはお互い自分たちの優しい気持ちが愛に変わっていることに気づく。しかしジェロームの愛は、いかに宗教的高揚に溢れているとはいえ、人間的に膨らみ、ただただ二人の幸福の実現を、結婚を目指すのである。かたやアリサの愛は、クレオール美人の母リュシル・ビュコランの罪を発見したことや、神になした悪と侮辱を償わねばならぬという意識に縛られて、逆にこの世での諦観へと傾き、自らの幸福への抵抗という美徳の実現に向かうのである。妹のジュリエットもジェロームを愛していると知って、彼女はジェロームには自分の気持ちを努めて隠し、ジュリエットと従弟の結婚へ道を開こうとする。この結婚は成立しないが、しかしアリサの決意はそれには左右されぬ決定的なものであった。いずれ自分は死ぬだろう、だがさらに大きな歓び、一つの絶対を目ざして死ぬのだ、という決意である。この絶対こそがジェロームと彼女自身を絶望させたものであり、彼女は最後の瞬間まで己の愛と、それを犠牲にさせるものとのはざまで悩み苦しむのである――

かわいそうなジェローム！〔と、彼女は日記に書いている〕もしあの人が、時おりたった一つの動作をすればいいのだということを、そして私のほうでもそれを時として待ち望んでいることを知っていたら……。

子供のころ早くも私は、彼ゆえに美しくなりたいと願った。今にして思えば、私が自己完成をめざしたのはひとえに彼のためだった。そしてその自己完成が彼なしでは成就しえないものだということ、ああ神さま！それこそがあなたの御教えのなかで何よりも私の魂を狼狽させるものなのです。

美徳と愛とが一つに溶け合っている魂はどんなにか幸せなことだろう！時として私は、愛すること、できるかぎり、そしてますます深く愛すること、それ以外の美徳などあるかどうか分からないと思う……。だが日によっては、悲しいかな、美徳はもはや愛への抵抗としか思えなくなる。何ということだろう！　私は自分の心の最も自然な傾きを美徳と呼ぼうとするのか！　ああ！　心を引きつける詭弁だ！　もっともらしい誘惑だ！　幸福の狡猾な幻だ！〔*Pé*, 586〕

ジッドは『狭き門』のヒロインによって一つの実験を試みている。この実験にかんしては、それが個人の解放という、あらかじめ達成された使命と連関している点を理解しなければならない。アリサはまた、自分を縛るあらゆるもの、自分を充足させ、止め、「固着させる」すべてのものから逃れる放蕩児でもあるのだ。彼女は「自分には到達しえぬ」絶対を渇望する――

そして私はいま心に問いかけている、自分が望んでいるのは幸福なのか、それともむしろ幸福への歩みなのか、と。ああ主よ！　あまりに早く到達できる幸福から私を遠ざけてくださいませ！　私の幸福を先へ延ばし、遠くおしやって、これをあなたの御許におく術をお教えくださいませ。〔…〕
どんなに幸福なことであっても、私は進歩のない状態を望むわけにはいかない。私は天上の歓びとは神との融合ではなく、絶えず限りなく神へと近づくことだと思っている……そして、恐れず言葉を弄するならば、私は進歩的でないような歓びなぞ軽蔑するだろう。〔*Pé*, 583-4〕

このジャンセニスト的でジャック・リヴィエールが言うところの「奇妙な自己剥奪の情熱」[2]は、たとえきわめてジッド的なものであったにせよ、キリスト教の聖性の概念としてはほとんど容認できないものであり、その批判は今さら行うまでもない。ポール・アルシャンボーは、著書『アンドレ・ジッドの人間性』の見事な定式化のなかで、その明白な弱点を次のように指摘した――「アリサにあっては、天上の魅力よりも地上の恐れのほうが勝っているのではないかと懸念される」[3]。ジッド自身は後にこの物語を「ある種の神秘主義的傾向にたいする批判」〔Œ C, XIII, 439〕と定義している。「実験」、一つの絶対を試す実験であるが、これについては、結局のところ「ジッドが最も親しんだ絶対探求の誘惑の一形態にすぎなかった」[4]（ジェルメーヌ・ブレ）のだから、それがキリスト教的絶対であったのは偶々のことだとまで主張する向きもある。にもかかわらず、これらの美徳や魂の渇望が、いかに「過度」で「強制された」ものであったにせよ、それをジッドが深く明白な感動や熱情、「共感」をもって描いたことは否定しがたく、先のアルシャンボーも、アリサの破滅的異端を指摘しつつ、やはり次のように結論するのだ――「この時期、この場のジッドは、ふたたびキリスト教的価値に心から従っている。すなわち意識も心も繊細であること、捧げ投げ出す生命、他者への気配りと奉仕、無限への熱望、そして啓示たりうる神秘と真の救済たりうる自己犠牲への予感、これらに従っているのだ」[5]。

じっさい「この時期には」、不安で苦悩するジッド、ある者たちからは「信仰、あるいは信仰上の悔いに抗しがたく取り憑かれた」とまで言われたジッドのことがますます語られ、そして書かれるようになる。また『日記』もこういった心の動揺を伝えている。たしかにそれは、当時ジッドの周囲にいて、彼に先立ち長い列をなして「型どおりの」カトリック改宗の道を歩んでいるかに見えた熱狂的な心を持つ人々に比べれば、ためらいがちで慎重な記述ではあるけれども。クローデルはランボーに助けられ、ずっと前から信仰の恩恵に与っていたが、オルテスの善き牧神ジャムはそのクローデルに啓蒙され一九〇五年に改宗する。『地の糧』を読んでジッドを範とした海軍将校ピエール゠ドミニック・デュプエーは一九一五年、前線で戦死する前に改宗、その直後にはジッドの旧友アンリ・ゲオンが続く。★ さらに後にはジャック・コポー、シャルル・デュ・ボス、そしてかつてビスクラで共同生活を送ったポール＝アルベール・ローランスまでが……。親族のなかでは、移り気な従妹ヴァランチーヌが……。ジャン・シュランベルジェに劣らず公平な証言者たちの言によれば、マドレーヌさえもカトリシズムに傾いていたようだ……。「ジッド以上にジッド的な」ジャック・リヴィエールは迷っていた……。いずれにせよ一九一七年から翌年にかけて、アンドレ・ジッドの改宗は「文学の現況」の最重要事項だったのである。一九二九年の『日記』がそのことを告白している——「私は生涯のある時期においてのことだが、改宗しかけたことがなかったとは誓うまい」〔JII, 121〕。たしかにどの時期に彼が最も改宗に近づいたかを確定するのは困難だが、持てる時間の大半を苦境に陥った隣人への奉仕（つまりベルギー避難民救済の「仏白の家」）に捧げた戦時下のこの数年については、短いが重要な意味をもつ証言がある。それは一九一六年に書かれ、一九一七年と一九年に二ページ追加された小さな「緑色のクロース装の手帳」で、日々の宗教的関心事が綴られている。ジッドは一九二二年、シャルル・デュ・ボスの懇請を容れてその出版に同意した。すなわち『汝もまた……?』である。

ジッドにとって一九一六年はとりわけ辛い年であった。「仏白の家」の活動に疲れ果て、深刻な精神的混乱を来していた。ふたたび彼を支配し、よからぬ考えや良心の呵責を山とかき立てる子供時代からの旧知の悪魔、自慰との闘いに絶えず疲労困憊していたのだ。この年の『日記』はただ意気消沈した呻き声をもらすばかりである——

昨夜は負けてしまった。強情な子供の言いなりになるように——「平安を得るために」。悲痛な

る平安。全天がかき曇る……。〔一月二十三日〔*JI*, 918〕〕

昨日、憎むべき再転落。肉体も精神も、絶望や自殺、狂気に近い状態に引きずり込まれる……。まさにこれはあのシシュポスの岩だ。彼は岩を押して山の斜面をよじ登ろうとしたが、岩は彼の上にのしかかり、その致命的な重みの下に彼を引きずって、泥のなかにふたたび沈めてしまう。何としたことか？　なおもまだ、死に至るまで、この無残な努力をやり直さねばならないのか？

〔十月十五日〔*JI*, 967〕〕

★戦争までジッドにとってブレ＝シュル＝セーヌのヴァンジョン医師、別名アンリ・ゲオンがいかなる存在であったかは、ゲオン自身が一九二七年にレオン・ピエール＝カンに語っている――「知り合いになるや、私は彼とアルジェリアに数度、それからイタリア、スペイン、ギリシアに出かけ、戦争が始まった年には小アジアに出かけました。二十年間にわたり、私は彼の旅行すべてにつきそって、どこへでも行ったのです……（ゲオン微笑）。パリではいつも一緒に外出しました。芝居や展覧会、宴会、しばしば夜にまで食い込む外出というふうに。明け方の四時とか六時とかまで（ブレ＝シュル＝セーヌに帰る汽車を待ちながら）、私たちはレ・アール界隈を徘徊し、いかがわしい小さなカフェで、ひもや女たちの真ん中に陣取り、若さに輝く少年たち、ときには麻薬密売人や累犯者でしたが、彼らと過ごしたのです……。危険だからこそ私たちは興奮しました。離れて行動することはありませんでした。思うに、ジッドは自分に最も欠けているものを私のなかに求めていたのでしょう。つまり、ある種の活発さ、興奮、力、健康、率直さ、そして白状してしまえば、欲望を実現するさいの大胆さ。まさに放埒と恥ずべき愚かな蕩尽の時代！　私たちが経験したカーニバルは忘れがたいもので、覆面を着け悔悛者のかっこうをして夜明けまで歩き回ったものでした……」〔Léon PIERRE-QUINT, *André Gide. L'homme, sa vie, son œuvre*, Paris : Libr. Stock, 1952, p. 416〕。

そのうえ五月から九月にかけての『日記』は空白である。ジッドは、「マドレーヌが巻き込まれていた、あるいはもっと正確に言えばマドレーヌを対象とする恐ろしい危機を反映した」（九月十五日〔JI, 951〕）二十ページほどを破り棄てたあと、日記をうち捨ててしまう。ほんの偶然からマドレーヌは夫の素行を、つい先頃まで彼が何を求めてゲオンと外出していたのかを正確に知ったのだ……。このひどい意気消沈から、継続的な瞑想、再湧出が不意に姿を現したとしても不思議はない。最も真正な謙虚、最も感動的な魂の「素直さ」のなかで始まる瞑想——

> 主よ、私は子供となってあなたのおそばに参ります。なれとおっしゃる子供となって。あなたに身を捧げる者なら必ずなる子供となって。私の傲慢をなした一切のもの、あなたのおそばにあって、私の恥となるような一切のものを棄ててしまいます。私はあなたに耳を傾け、私の心を委ねます。
>
> 福音書は実に素朴な書物だから、ごく素直に読まなければならない。解説などはすべきではない。ただ受け入れればよいのだ。この書に注釈は無用だ。これを解明しようとする人間のあらゆる努力は、かえってこれを曇らせてしまう。この書は学者むけに書かれたものではない。学問はここではまったく理解の妨げとなる。貧しい精神をもつ者こそこの書に近づきうるのだ。〔JI, 987〕

そしてただひたすらにジッドは、キリストが語った言葉の本来の意味を、解釈をほどこされる前の状態でとらえなおそうと努める。これはとりわけ明白なのだが、彼の言によれば、聖パウロが制限や命令、禁止を付加する前の状態で、ということだ——「私が衝突するのはけっしてキリストにではない、聖パウロが相手なのだ……」〔JI, 1002〕。『汝もまた……?』は、長いあいだ計画はあったが結局書かれずに終わったあの『キリストに背くキリスト教』の萌芽ではないにせよ、ジッドの考える福音書的な生が、規範も教義もなく、〈愛〉と個人意識との霊感だけにもとづく、パウロ以前、教会成立以前の清浄無垢な状態を指すのは確かである――

これは律法ではない。恩寵である。愛の発露である、――そして、愛による魅惑的で完璧な服従への歩みである。〔…〕「私はかつては律法なしに生きていたが、戒めが来るに及んで、罪は生き返り、私は死んだ」。〔…〕恩寵の前に律法があったことを認めるならば、その律法以前に清浄無垢な状態があったこともまた認められまいか?〔…〕おお!この第二の清浄無垢の状態に、この純粋で美しい悦びに到達すべし。[6]

そして現世に約束されている幸福、「至高の浄福」をまさにこの現世に位置づけながら、福音書の「今すぐに《エト・ヌンク》」をくり返し強調するとき、ジッドは即時的歓喜、永遠的瞬間という、『地の糧』にすでに謳われていた概念をふたたび見出している。もし『地の糧』から次のような文章が抜き出せたとしてもなんら不思議はないほどだ――「今すぐに生きなければならないのは永遠のなかでなのだ。そして永遠のなかで生きなければならないのは今すぐになのである」〔JI, 990〕。ただただ素直に、ただただ誠実にジッドは自らの性向に従っていた。シャルル・デュ・ボスがいみじくも指摘したように、「自分が訳したり引用したり注釈をつけたりするどのテクストにも、そこに秘められた少量の潜在的〈ジッド性〉を取り戻させようとする、この人物に特有の抑えがたい性向」[7]に従っていたのである。

『汝もまた……?』は、信仰の否定でも、ましてや教会への帰依・服従の序章でもなく、『地の糧』や『放蕩息子の帰宅』あるいはアリサのキリスト教と同じくらい、異端的なキリスト教を証している。たしかに作品には神秘主義的色彩が増しているが、そこにおいて彼が改宗という、自分にとっては欠損とまやかしを意味する「選択」を拒否しながら強く主張するのは、やはり全面的な人間中心主義にほかならない。そして選択した人間、つまりカトリック信者がするように、自らの外に身をおき、自分自身の状況を外部から劇仕立てにすることで、初めてジッドは次のような自分と神との対話を想像することができたのだ――

「お前は、その腐った肉がおのずとお前から離れていくと思っているのか? それは違うぞ。お前が自分でその腐肉を捨てなければ駄目だ」

「主よ、あなたに手術していただかないと、この腐肉はまず第一に私の全身を腐らせてしまうでしょう。いいえ、これは思い上がりではないのです。あなたもそれをよくご存じのはずです。ただ、あなたの御手にすがるために、少しはそれにふさわしいものでありたいと願うのです。今の穢れた身では御手の光で浄められるよりは、御手を汚してしまうでしょう……」

「自分でよく分かっているではないか……」

「主よ、お許しください! たしかに私は嘘を申しております。本当は、この肉を憎みながらも、なおあなたご自身より愛しているのです。私はこの魅力を枯らすことができず、死ぬような思いをしています。お助け下さいとお願いしております。ですが本当の諦めが持てぬままにお願いしているのです……」

「憐れな奴だ、自分のなかに天国と地獄を結婚させようとするとは。神に身を捧げるには我が身の一切を捧げなければならぬのだ」〔JI, 1004-5〕

ジッドが一九二六年、つまり『コリドン』や『一粒の麦もし死なずば』『贋金つかい』などとほぼ同じ時期に、この小品の第二版を、初版よりは少々大っぴらに（場所・日付の奥付表示もなく匿名で出版された一九二二年の七〇部に代えて今度は二、六五〇部）刊行する決心をしたのは、明らかにこの作品にたいする誤解をさけるためであった。たしかに彼は今までになく福音書を身近に感じており、最も親しい弟子たちの何人かが教会に帰依したのも偶然のことではない。しかし彼自身がその方向に傾きかけたとき、「幸いなことに、友人のうち改宗した何人かが私をうまくくい止めてくれた。ジャムも、クローデルも、ゲオンも、またシャルル・デュ・ボスも、自分たちの例がどんなに私に教えるところがあったかけっして分かるまい」（一九二九年三月五日の『日記』〔JII, 121〕）。一九〇五年にジッドが、改宗勧告熱に駆られたクローデルから豁然と学びとったのは、改宗するには自らの信仰を捨て、自らに禁止・規定・制限を課さねばならぬという点にほかならなかった。クローデルが暗闇に投げ捨ててしまうもののすべてへの悔い、彼が「聖体顕示台をふりまわして」〔JI, 497〕荒廃させてしまう文学への悔いもまた耐えがたいものになったことだろう――

私はけっして何ものも諦めることができなかった〔と、ジッドは一九一九年に書いている〕。そして自分の内に最善のものと最悪のものとを同時に守りながら、四つ裂きの刑にあった人間のように生きてきた。だが、こうした極端なものが自分のなかに共棲していながら、不安や苦痛よりもむしろ実存や生命の感覚の強化がもたらされたことを何と説明したものだろう？ まったく相反するもろもろの傾向は、私を苦悩する存在とすることはできなかったが、困惑する存在にした。——というのは、苦しみはそこから抜け出したくなる一つの状態を伴うものだ。ところで私はわが存在のあらゆる潜在能力を強力に発動させるものから逃れたいなどとはまるで思わなかった。他の多くの人々にとってはほとんど耐え難いものであるこの対話の状態は、私にとっては必要欠くべからざるものになっていた。[8]

すべてを知りたい、感じたいというこの欲求のために〔「極端なものが私を感動させる」というのが一九二一年刊の『選文集』の銘句であった〕ジッドは、キリスト教が冒険と思えるときには、極端なまでにそれに「魅惑」され、これに閉じた体系しか認めないときには、それに関わることを「妨害」された。ジッド宛書簡のなかで本人が自己規定したように「狂信者《ゼロット》」「神がかり《ファナティック》」〔*CCla*, 55〕であるクローデルがいたく失望し、ジッドにたいし執拗な子供じみた憎悪を抱くようになるのもこのためであった。ジッドはジッドで晩年には、そんなクローデルの態度に意地の悪い喜びを味わうようになるのであるが……。やがて『汝もまた……?』の著者には、どんな改宗も己の一部を自ら殺すこと、許しがたい臆病と思えてくる。そして一九三三年には『日記』に次のように綴ることになるのだ——「疲労、悔恨、病気、性的ないし感情的無気力など、口に出して言えない何か秘められた原因を私が発見できないような改宗は一つとしてない」〔*JII*, 439〕。

しかしながら、「ふたたび見出した」と思われた神からジッドを遠ざけるのは改宗者たちばかりではない。もう一人の登場人物がいたのである。この「重要な役者」は、はっきりと目にとまり、見慣れた者となり、ほとんど謎の存在ではなくなるほど、だんだんと頻繁に名前が『日記』のなかに現れて、ついに『汝もまた……?』（プレイアッド版『日記』収載分）では光栄にも「断章」（執筆は少し先行する）を割り当てられるまでになる——「私は〈魔王〉の噂は耳にしていた。だがまだ知り合いにはなっていなかった」〔*JI*, 1012〕。

「悪魔との会話」

「……彼はすでに私のなかに住みついていたが、私はまだはっきり彼を見分けることができないでいた」。しかし今やジッドにはそれが、サウルの文学的・寓意的な悪魔たちとはかけ離れた、活力ある人物、「積極的・能動的で大胆な原動力」〔*idem*〕であることが分かる——

待ちたまえ、待ちたまえ。実は私自身も悪魔など信じていないのだ。ただ私にはこの点が悩みなのだ。つまり、〈神〉に仕えようとするには〈彼〉を信じなければできないが、悪魔はそうではない。悪魔に仕えるために彼を信じる必要はない。それどころか、その反対で、悪魔を知らずにいる者が一番よく悪魔に仕えることができるのだ。自分というものを人に知られずにいることが悪魔には常に好都合なのだ。言っておくが私が悩むのもこの点であって、私が彼を信じなければ信じないほど、私は彼の力を増すことになってしまうのだ。〔…〕

悪魔は、自分を根拠のない仮定と同等視して片づけてくれる合理的解釈を盾にすることこそ、最も巧みに身を隠す術だと承知しているのだ。悪魔、あるいは根拠なき仮定。それこそ彼の一番お気に入りの偽名に相違ない。

〔…〕私はいつか書いてみたいと思っている、……ああ！　何と言えばいいか——私の頭のなかではそれは対話のかたちで現れるのだが、もっと別のものもあるにはある……。要するに、おそらく「悪魔との対話」とでも言うべきものだ。——ところで君は、その始まりはどんなものだと思うかね？　私は最初の一文、彼に言わせる最初の言葉を見つけた。悪魔をよく知っていなければ見つけられない言葉なのだ……。私は彼にまずこう言わせる——「なぜお前は私を恐れるのか？　お前は私が存在しないとよく分かっているはずではないか」。〔*JFM*, 140-3〕

ジッドは、悪魔の行為を認めれば「自分の人生のあらゆる説明不可能なもの、あらゆる理解不可能なもの、あらゆる闇、これらすべてがはっきりする」と確認するにとどめて、この循環論法から逃れる。そして一九一六年になって自分の道を定め、敢然とそこに身を投じるため四半世紀にわたり自分自身を相手に続けてきたものと考えていた対話で、実際に語り、自分に説き勧めていたのは〈悪〉という「理論家」だったことを理解するのである——

お前にとって必要なものが、どうしてお前に許されないのだね？　お前にとってなくてはならぬものは、必要なものと呼びたまえ。お前が一番渇望しているものは、お前にはなくてはならぬものだ。なくてはならぬものを罪と呼ぶのはやめたまえ。（悪魔はさらに付け加えた。）もしもお前がそんなふうに自分自身と闘って精力をすり減らすかわりに、今後は外部からくる障碍とだけ闘うようにすれば、大きな力がお前に湧きおこってくるだろう。闘うことを知った者にたいしては、どんな障碍も持ちこたえることはできない。さあ、いよいよお前自身を、お前自身の良心を征服するがいい。お前の実直さや衝動の単なる延長のなかに遺伝的な習慣を認め、お前の羞恥心のなかに臆病と戸惑いを、お前の徳性のなかに決断力よりもむしろ投げやりな態度を認めるよう、私はお前に教えなかったかね？〔JI, 1011-2〕

一九一六年以降はっきりと意識化されるジッド的態度の根本をなすものを、すなわち、『アンドレ・ジッドの真実のドラマ』の著者ルネ・シュオッブによる適切な公式にしたがって言えば、性質を道徳で教化するのではなく、「道徳を性質にあわせる」ことで、自らの特殊な性質に倫理性を与えようとするあの長期間の努力を〔なぜならば、一九一九年、『一粒の麦もし死なずば』第二部に書かれるように、「私には規範なく生きることとは承服できなかった。また私の肉の要求は私の精神の同意なしにすますことはできなかった」〔Sgm, 269〕からだ〕、かくまで見事に述べた文章は右をおいてほかにない。しかしこうした態度がはらむ悪魔的な性質を承認することは、キリスト者としての論法ではないのではあるまいか。キュヴェルヴィルで「道徳や宗教について延々と話し合った」〔JI, 869〕一九一四年九月のある晩、相手の若い友人ジャック・ラヴラがジッドに語ったこと、つまりに悪魔《サタン》にたいする信仰が、神にたいする信仰に先立ち、それを導きもたらすことの証明となるのではあるまいか……。たしかにそうだ。しかしそれも、信じる悪魔を憎んでいるとしての話である。ところがジッドはすでにこの時点で「悪魔を憎んでいるという確信があまりない」〔idem〕と答えている。悪魔の行為たる〈悪〉に、存在の唯一の占有者〈善〉という布に空いた不在や欠如、破れ穴しか見ない、そういった正統的な仕方で悪魔を憎むにはほど遠く、彼は〈悪〉にたいし、〈善〉のそれに匹敵する確固たる実体と価値とを認めるのである。カトリック信者にとって〈闇〉、そしてその国王〔悪魔〕はただ〈光〉の衰弱であり、無であり、したがって不毛な何ものかにすぎない。悪魔の「行為」とは、神の意図が人間界で遭遇する失敗や不完全の領分にすぎないのである。「悪は構成せず」〔MAS, 24 ; JI, 1140〕とクローデルは、まさにジッドについて声を大にして語った。ジッドのほうはそれをまったく認めなかった。彼は、それまでの人生において悪魔が果たしてきた役割に気づき、また同時に、悪魔と付き合い、最も自由な批判的観点から自分の内で悪魔と神を対話させることによってえられる利得に気づくのである……。悪魔を無のなかに投げ捨てること、それは対話を枯渇させ、人間をとどめ、その場で立ち枯れさせ、はては芸術作品を消滅させることになろう——「悪魔の協働なくして芸術作品はありえない」〔Dost, 1168〕、と『ドストエフスキー』にはある。では芸術作品より重要なものがほかにあるのか。ジッドは一九一八年に「審美的な観点が私の作品を正しく語るための唯一の観点だ」〔JI, 1064〕と書き、半年後には「しかもこれこそが他のどんな観点をも排除することのない唯一の観点である」〔JI, 1072〕と付け加えて、その態度を解明するための鍵を与えてくれている。明示する、すなわち自分を表現し、プロメテウスがその鷲を養ったように、己の実体を芸術作品に変えるため人間は自由にならねばならない。そしてこの実体は内心の倫理的葛藤からなっているのだ。そのことをジッドはすでに一九〇五年、投げやりな話しぶりではあるが、「レルミタージュ」誌の架空のインタビュアーにたいし次のように語っている——


「……道徳的問題に関心がおありなのですか?」

「もちろんですとも! それこそ私たちの著作をつくっている素地ですよ!」

「では、あなたのお考えでは道徳とはいったい何でしょうか?」

「〈美学〉の一属領です。ではまたお会いしましょう」〔Ec, 132〕

これこそジッドの真の「悪魔主義《サタニスム》」、少なくとも彼が我が物と主張した「悪魔主義」である……。要するにそれは、彼の内にある「完全な誠実」という要請に与えられた悲壮きわまる名称にほかならない。彼にとって悪魔は、ただ単に神の敵対勢力なのではない。あらゆる宗教、あらゆる既成の道徳、つまりは進歩も自由も存在しえぬあらゆる閉鎖的制度、それに従う人間を否応なく不誠実な偽善者にしてしまうあらゆる作りあげられた教義の敵でもあるのだ。じっさい宗教や道徳を認めるとは、自己の外部にある何ものかによって自己のあらゆる可能性を自己の内部で序列化すること、もっと正確には、可能性の一部を利するため専制的に他の可能性を流産させることであり、一言でいえば、人工的で規格化された自我を生むために本物の独創的自我を犠牲にすることなのである。

それゆえ『法王庁の抜け穴』（一九一四年）以降、ジッドの作品は、偽善にたいし闘いを挑む、本質的に戦闘性を帯びたものとなる。この「ソチ」の登場人物は、無宗教者アンチーム・アルマン＝デュボワから信心に凝り固まったアメデ・フルーリッソワールに至るまで、いずれも愚かで偏執的で、自らの制度にとらわれた生ける屍なのだ。主題としては実際にあった突飛な三面記事的事件に着想をえた一大茶番劇だが、逸話そのものにはほとんど重要性はなく、その反教権主義的な効果も付随的なものにとどまる（たしかにジッドはそれを面白がり、作品の成功も一部にはそのおかげであるが）。人を笑わせ、そしてその笑いが中世の茶番劇が巻きおこした笑いのように、人間を解放する役割を果たすことこそが重要なのだ。舞台に上がるのは操り人形ばかりだが、例外はすぐれてジッド的な主人公として登場するラフカディオである。じっさいバラリウール家のこの若き私生児は（私生児、すなわち家系をもたず、あらゆる世襲の重みを免れた者たちへのジッドの偏愛は周知のことである）、自身には満足していないが、それだけに作者の好意を一身にあつめる。彼は自由そのもの、誠実そのものであり、すでに『鎖を離れたプロメテウス』が「無動機＝無償の行動《アクシオン・グラチュイット》」と呼んでいたものを実現するのもこの人物なのである。「分かっていただきたいのは、それを何ももたらさない行動と解してはならないということです。というのも、そうでないと……。いや、それはさておきともかく無償なんです。何ものによっても動機づけられない行動です。お分かりでしょうか、利害、熱情、そんなものも何ひとつありはしない。利害を離れた行為、自ずと生じた行為、目的もない行為、したがって支配者もいない行為、〈自己発生的な行為〉とでもいうのでしょうか」〔*Pro*, 305〕。

数を十二まで数え終わらないうちに夜の平原に灯火を認めた、ただそれだけの「理由」でラフカディオは、ローマからナポリへと向かう列車から哀れなフルーリッソワールを突き落とし、「自由＝無料の行為《アクト・リーブル》」、すなわちあらゆる決定論の埒外にあり、自分だけがその真の原因である行為を犯したのだ。そして小説家のバラリウールは、ラフカディオとの奇妙な対話のなかで、「理由なしに犯罪を犯した人間を犯罪者と想定する理由は皆無だ」〔CV, 839〕と指摘する。我々は道徳の彼岸にいるのである。ずっと前からジッドは心理学における「説明不可能なもの」、何の前触れも動機もないように見える突然の行為、おそらく心の最も暗い部分にまで根を張った「利害を離れた」行為に魅せられていた……。それは彼がドストエフスキーのなかに見出していたものであり、また一九二六年には「新フランス評論」誌上での「雑報時評」連載開始の原動力ともなるものだ。この時評のなかに病的気質への嗜好が認められるのは明らかだが、そのときジッドにとって問題であったのはただ一つ、「少なくとも精神科学の現況ではほとんど説明不可能であり、いずれにせよ常識とは大きくかけはなれた事柄を、初歩的で一般化した心理学の月並みな概念に還元し」[9]説明してのけようとする、精神に生来そなわる尊大さとなおも闘うことであった。そういう意味で、一九三〇年に彼が編む二冊の資料集、『ルデュロー事件』と『ポワチエ不法監禁事件』は、司法制度の欠陥を強調する一九一四年の『重罪裁判所の思い出』以上に、『ドストエフスキー』や、ジッドが行った心理学の未踏地への探索に関連づけられてしかるべきだ。第一の「雑報記事にかんする手紙」にはラフカディオの行為についての最上の定義が見出せよう――「人間が行動するのは、手に入れる……何かを手に入れるためでもあれば、ただ内的な動機によってのこともある。同様に、人間が歩くのは、何かを目ざしてのこともあれば、ただ前進する、前方に向かう以外には目的をもたずに歩くこともある」[10]。かくして、ルネ＝マリル・アルベレスが「不良青年の欲求」[11]と呼んだものに抗しきれぬジッドにとって、重要なのは「甲殻類」〔CV, 855〕にたいし、すなわち伝統やドグマへの服従によって硬化し鈍磨した精神にたいし真正面から最も純粋な反対者を差し向けることなのだ。

それによって事態はどうなるのか。さて、そこが問題なのだ。まもなくラフカディオは発見する。自由＝無料の行為に先立つものが何もないとしても、それ以後には何かが生じるということを、また〈道徳〉の上に設立・組織された〈社会〉という偽善に挑み、己の自由と誠実を主張したいと望んだために、やはりそれなりの規範をもつ別の社会の支配下に陥ってしまったということを。友人で「百足組《むかで》」のリーダー、プロトスがこれを彼に説いて聞かせるのである……。

真実、それをジッドもまたこの重要な数年のあいだに発見することになるのだが、真実なのは、無動機＝無償の行為にはいわば方法論的な価値があるとしても、その価値からはいかなる結果も生じないという点である。誠実たらんと望めば合わせ鏡の作用で己の姿を見失いかねぬことを学んだのにつづき、やがてジッドは行きすぎた自由探求の空しさを知ることになる……。彼が後年『贋金つかい』

のなかで、ラ・ペルーズ老人にいくぶんかの苛立ちを込めて述べさせるのも、こうした形ばかりの自由の概念への批判なのではあるまいか――

我々が意志と呼んでいるものは、操り人形を動かす糸にすぎず、その糸は神さまが操っているのだということを、私は覚ったよ。お分かりにならないかね。では説明しよう。たとえば私が今、「右腕を挙げよう」と思ったとする。そしてそれを挙げる。（彼は実際そのとおりにして見せた。）しかしそれは「右腕を挙げよう」と思わせたり言わせたりするために、すでに糸が引かれていたからだ……私が自由でない証拠に、反対の腕を挙げるはずだったら「左腕を挙げよう」と言っただろうからね……どうも私の言うことが分からないらしいな。あなたは自由じゃないから私の言うことが分からないのだ……ああ！　今にしてよく分かった。神さまは楽しんでいるのだよ。我々にやらせたいことを、我々がそうしたいと思ったように信じこませて、楽しんでいるのだ。本当に意地の悪いいたずらだよ……。〔*FM*, 1133〕

以上が、きわめて困難にして失望すること多き〈自我《ソワ》〉探求のはてにジッドが辿り着いた、神と自分の子供時代とにたいする反抗の究極地点であった。この空しい探求に倦んでジッドがあらゆる超越的存在を否認する時が近づいてくる。「悪魔との会話」は彼の意識の働きを輝かせるだけの結果に終わる。それは次のような理由によるのだ。すなわち、ジッドも死の数カ月前に目を通すことができた、洞察力に富むある論文のなかでピエール・クロソウスキーが、悪魔の存在を認めた作家のテクストを子細に検討して指摘したように、「明らかに問題は一つしかない。心の奥底で即興的に交わされる対話において自分自身の論法に惑わされているという点だ。そこでは悪魔と契約を結ぶことなど思ってもみないことであり、ジッドにとって悪魔との契約が作り話の域を出なかったのは、そもそも人間とは自分自身の一部、自己の分身とは契約を交わさないものだからである。★そうではなくジッドの場合、悪魔は自我二重化の推進役を務めているのである」[12]。

ジッドが依然として躊躇しているのは明らかだが、しかしそれはいったいなぜなのか、しかも『贋金つかい』の出版後もなお躊躇しつづけるとは。何が彼を引き止めているのか。四十年近く前に「一生の行く手」と思われた存在、マドレーヌをおいて彼を引き止めるものなどありえようもない。もはや彼女を説き伏せるという空しい願いを捨てたため、ジッドは自分がますます彼女から離れていくように感じる。「マドレーヌにたいする愛が私の思想を大きく抑制したのは確かだ」〔JII, 210〕……。何であれ己の特殊な使命だと信じているものを彼女のゆえに変える気になったことは一度もなく、また自分の私生活についても彼女にはだんだんと分からぬようにはしていたが、二人の距離が広がっていくだけに、前に歩を進めるのはいっそう難しくなる。すでに一九一六年にはゲオンの不手際が元で夫妻のあいだには深い溝が生じていたが、一九一八年には例の重大事件が勃発するのである……。

一九一六年の狼狽と志気喪失の時期につづいて、自然なことではあるが、生の活力がふたたび湧き

★「もし私が悪魔を信じているなら（私はときおり悪魔を信じているふりをした。なんと便利なことか！）、私はただちに彼と契約を結ぶと言うだろう」〔*Asi*, 1023〕という、晩年の『かくあれかし』の一文は、ジョヴァンニ・パピーニがそのエッセー『悪魔』〔フラマリオン、一九五四年〕のなかで不当な強調の仕方をしたが、実際は上のような意味に解さなければならない。

おこっていた。『日記』のなかには一九一七年五月五日以降、こうした類の記述が増えてくる――

奇跡的に充ち溢れんばかりの歓喜。〔…〕私の心の青空はさらにいっそう美しく輝いている。〔…〕歓喜。均衡と明晰。〔…〕幸福に酔いしれた深い陶酔。私の喜びには何かしら制御しがたいもの、野性的なもの、またあらゆる節度や作法、法則から外れたものがある。〔…〕私のなかのすべては花開き、驚嘆している。私の心臓は強く鼓動を打つ。溢れる生命はむせび泣きのように胸元にこみあげてくる。私にはもう何も分からない。それは記憶も歳月の刻む皺もない激しい情熱だ……。[13]

まるで『地の糧』が蘇ったようなこの「恒常的な高揚状態」の原因は何か。ジッドはそれを隠すことなく率直に語る。被せるとしても、ごく薄いヴェールしか被せない……。「精神と肉体とをあげての唯一の関心事」「密かに心を占めるもの」〔JI, 1033 / 1038〕、それは、ある時はミシェルという名で（いっぽうジッド自身の仮名はファブリス）、ある時はただイニシャルのMか、ときにはキュヴェルヴィルの昔から親しいアレグレ牧師の息子、マルク・アレグレの実名で呼ばれる若者である。ジッドはこの少年の育成・教育に関心をもち、その能力の開花と自我の獲得とを手助けしていたが、少しずつ彼に夢中になっていく。一九一七年十月二十五日、彼は『日記』に次のように書く――「ミシェルは、今かくある私のゆえにというよりも、なってみせると約束した私のゆえに私を愛しているのだ。これ以上の何が望めよう？ 生きることがこれほど楽しいことはなかった。生の魅力がこれほどすばらしく思えたことはなかった」〔JI, 1042〕。そして『田園交響楽』、早くも一八九三年には着想されていたが、もっぱらこの一九一七—一八年の「恋愛教育」体験によって肉付けされた「盲人」（『田園交響楽』の最初の題名）のなかで、ジッドは教師と生徒、年長者と年少者とのあいだに芽生えゆく愛の機微を見事に描いている。肉体的魅力がそこに関与していることからも、ジッドが、少年愛的関係にたいし古代ギリシア人たちが与えていたような十全性を取り戻そうとしたことは明らかである。その魅力を彼は『日記』のなかで次のように誉め歌っている——

かつてこの少年は驚くほど美しかった。まるで恩寵に包まれているかのようだった。シニョレなら「神々の花粉」に蔽われていると言ったことだろう。彼の顔から、皮膚全体から、黄金色の輝きのようなものが発散していた。彼の首、胸、顔、手、つまり全身の皮膚は、どこも同じように温かで金色に輝いていた。〔…〕彼の眼差しの物憂さ、優しさ、肉感的魅力は何とも形容のしようがなかった。ファブリスは長いあいだそれに見惚れ、時間や場所、善悪、身嗜み、そして自分のこともろくに分からなくなっていた。芸術作品でこれほど美しいものを表現したものがあったろうかと疑った。また、かつての彼と行動を共にし率先して享楽に赴いたあの男〔悔い改め改宗したアンリ・ゲオン〕の神秘的な傾向が、またその道心堅固な決心が、こうした明白な誘惑の前で揺らがなかったかどうか、またこのような偶像を崇拝せんがためにふたたび異教徒とならなかったかどうかと疑った。〔*JI*, 1037-8〕

そして初めてジッドは精神と官能との分離を免れる。彼は完全なかたちで愛する。あるいは少なくとも、彼の場合に愛欲のとる特殊なかたちが初めて魂の情熱が向かうのと同じ対象に向かうのである。

またそのことによって彼にはこれまでにない新たな感覚がもたらされる――

……一昨日は、生まれて初めて嫉妬の苦しみを経験した。それに抵抗しようとしたがだめだった。M〔マルク〕は夜の十時になってようやく帰って来た。私は彼がC〔カエ〕の所にいたのを知っていた。私はもう生きている心地がしなかった。どんな狂気じみたことでもできるような気がした。そしてその苦しみによって、己の愛の深さが分かった。(14)

さらにこの恋愛の機微と曲折は、『贋金つかい』のエドゥアールとオリヴィエの恋愛を生みだすことになる。

しかしジッドは、これもまた初めてのことだが、その本源的純潔主義を守りきれずマドレーヌを欺いてしまう……。寝ても覚めても気にかかっていることを心ならずも隠したのである。だが偽善はじきに重苦しいものとなり、彼の幸福を損ないはじめる――「私にとって彼女に隠れて行動するのはおぞましいことだ。だが、どうしたらよいのか?……彼女の不賛成は私には耐えがたいほど苦しい。そして私は、それでもこれはしなければならぬと感ずることについて、それを認めてほしいと彼女に求めることができないのだ」〔EN, 960〕。一九一八年六月十八日、彼はキュヴェルヴィルを文字通り逃げ出しイギリスにむけて旅立つ。当日、そばにいたマドレーヌに宛て、残酷にも「ここにいたら私は腐ってしまう」〔SCH, 190〕と書き残して……。マドレーヌには夫がマルクを同伴したことが分かっている。事件が起こるのは、ようやく彼が帰国し数週間たってからのことだ。十一月二十一日、彼女はジッドが子供の頃から自分にくれていた手紙を「一通ずつ全部読み返し」〔EN, 961〕たのち、一つ残らず処分したことを告白するのである……。涙々《なみだ》ではあったが修羅場はなく、ジッドは敗北を実感する。それ以後、二人のあいだは沈黙のドラマに変わっていく――「ひたすら沈黙を守ることで私たちはほとんど互いに理解し合えるまでになった」〔*JII*, 470〕と、ジッドが某X氏の名を借りて語るのはずっと後のことである。

次第にマドレーヌはその慎みのなかに閉じこもり、夫の生活を知るのを、また夫の作品を読むことをさえも自制し、心を許せる女友達の数も減らすようになる。ジッドがオートゥイユの館を売却してしまうと、キュヴェルヴィルに引き籠もり、夫が一年の大半をパリで暮らすのをそのままに、そこから離れなくなる。一九三八年の復活祭の日曜日に彼女が亡くなっても、厚く垂れこめた雲は少しも晴れない。そして一九二三年四月十八日、アヌシーの病院で、エリザベート・ヴァン・リセルベルグと不詳の父との娘カトリーヌが生まれたことの真相を彼女ははたして知っていたのや否や、ジッドには依然として分からないままである（ただし、ご親切にも彼女にその事実を教える連中がいたという証言や確度の高い推定がいくつか存在する）……。娘の誕生は彼にとってどういう意味をもったのか。『日記』にはこの話題についてほとんど何も記されていない。だがジッドが十年ほど後に書く物語『ジュヌヴィエーヴ』の終盤には主人公と一家の旧くからの友人マルシャン医師との興味深い対話が配されており、それはカトリーヌ誕生の経緯をほとんど事実どおりに語ったもののように見える。だからそこから判断するかぎりは、ジッドが後年、「知的なもの、あるいは感情的なものがまったく」混じらないときには、つまりどんな愛情も混じらないときには、「衝動（私が言っているのは生殖の衝動のことだ）を持ちえぬわけではない」〔*EN*, 943〕と書きえたのももっともなことと思われよう……。だが実際には彼はエリザベートを愛したのである、それも完全なかたちで。そしてマドレーヌがそのことを知ろうが知るまいが、まるで何ごともなかったかのように生活が続くキュヴェルヴィルでは、夫婦間の雰囲気は重苦しいものになるほかはなく、偽善の印象もいっそう息詰まるようなものにならざるをえなかったのである。ジッドには空気が必要だった。これまではただ誠実《サンセリテ》の要請だけが行動の指針であった彼が今では、家庭のなかでの虚偽と気詰まり、「改宗」の噂が立って以来ますます誤ったイメージをもたれることで生ずる世間の誤解、そういった定かならぬ要請に押しつぶされている。たとえどんなに高いものにつこうとも、あえて最大最高の危険を冒し、あらゆる警戒・用心に目もくれず、もはや自分を隠すのは止める、その時が来ていたのである。一九二四年の『コリドン』普及版、二六年の『一粒の麦もし死なずば』『贋金つかい』、そして『贋金つかいの日記』がそれである。

大審問官

慎重に時間をかけて決定した出版——『C.R.D.N.』〔CoRyDoN《コリドン》〕は一九一一年に初版が二十二部、一九二〇年になって増補改訂版が二十一部刊行され、『一粒の麦もし死なずば』初版〔二巻本〕のほうは二〇—二一年に十三部刊行されていた。だが再版については、ジッドにたいする友人たちの不安や、マリタンやデュ・ボス、コポーらの働きかけによって延期がくり返されていた。ようやく『コリドン』が上梓されたときにも、雑誌への寄贈は一切おこなわれず、また宣伝の努力もなんら払われることがなかった。ジッドはスキャンダルを恐れていたのだろうか。なるほど彼が若い頃に憎悪の渦巻くワイルド裁判に衝撃を受け、フランスの読者層の反応をいつまでも過大に考えたというのはありそうなことだ。一九二四年当時のフランスの文学界はすでにプルーストやフロイト、性科学の初期普及者たちによる影響を受けていただけに、ジッドもあれこれやってみようとは思うものの、実際にははるかに小さな危険しか冒していなかったのである。だが今やそんなことは重要ではない――

私は、実際の自分とはちがう虚像ゆえに愛されるよりは〔と、『一粒の麦もし死なずば』の序文草案にはある〕、ありのままの自分が原因で憎まれるほうがまだましだと思っている。私が人生で最も悩まされたもの、しかと思うにそれは虚偽であった。虚偽に満足できず、それを利用しえなかったことで私を非難する向きがあれば、それはそれでかまわない。たしかにそうすれば快適な利便を得ただろう。だが私はそんなことはまっぴらご免なのだ。〔*Sgm*, 330〕

ようやくあるがままの姿で理解され、『サウル』や『背徳者』『法王庁の抜け穴』を読み解けなかった人々に自分の本当の性質を分からせる「必要」をジッドは感じていた。しかも、自らを明らかにするといっても有罪者としてではない。彼は読者の非難を初めから容認しないのである。『コリドン』と『一粒の麦もし死なずば』〔同書でとりわけ問題となるのはもちろん第二部であって、先行部分は「二義的なもの」にすぎない〕は、誠実の要請とならんで、自らを正当化し、少年愛に市民権を与える必要から生まれた。たしかにプルーストは「自らの名を明かせぬ愛」の禁忌を大幅に犯し、すでに「読者を感化して、彼らがさして逃げ腰にならず、知らないふりをしたり最初から知らないでいたいと思うものを冷静に注視する」[15]ようにしむけていた。だが『ソドムとゴモラ』冒頭に登場する奇怪でおぞましい「おとこおんな」を思いおこそう。明らかにプルーストは――ジッドは常に彼を、勇気に欠け、アルベールをアルベルチーヌに仮装させなければ自らの愛を語れなかったと非難した――倒錯を「病気」として描いている。プルーストにとって秘匿性は、彼が追い求める快楽の決定的要素であるようにさえ思われていた。彼は語った、それだけでも大したことではあったが、倒錯にかんする偏見を少なくするためにはほとんど何もしなかったのである。ジッドのほうは敢然と弁護に立ち上がり、以下の点を論証しようとする。すなわち第一に、同性愛はそもそも動物たちが実践しているものであって、けっして「自然に反して」はおらず、そう見えることがあるとしても、それは一方通行に方向づけられた我々のラテン=キリスト教文明がこれを否認した場合にすぎない。第二に、少年愛から生ずる結果は、道徳の向上にも、また社会生活にも有害ではなく、それとは逆に、ギリシアの「互いに愛し合う男たちによって編成され、ヒロイズムの手本となったテーベの聖軍」〔Cor, 164〕が証明したように、高め向上させるものである。そして特に重要な第三の事実として、ギリシア時代のような愛、成熟した男性が前途洋々たる青年を責任をもって育むこの愛は青年にとって最も有益な教育方法である。

　ジッド流の論法にあえて乗った場合でさえも彼の説は容易に批判できる。だがそれは二義的なことにすぎない。作者の考えでは『コリドン』は最後まで「〔彼の〕最も重要な著作」〔JII, 842〕であり、自分と同じような人々に最も利益をもたらしたと見なしうる著作であったこと、この点を強調しておけば十分である。作品が専門的で堅苦しく、ひたすら論証的にすぎるといった欠点、ジッドにとってはそれこそが長所だったのである――

　それは私が現に話しかけ、また話しかけたいと思うのが心ではなく頭であるということだ。ともすれば寛大に近くなりがちな他人の同情をかちえたいなどと思っていないからだ。〔…〕弁護士が依頼者の犯罪を激情によるものと思わせようとするあのやり方を見るがいい。私はあんなまねはしたくない。私はこの作品が冷静かつ決然たる姿勢で書かれること、そしてそれが作品から見てとれることを望んでいる。情熱は作品に先立っていなければならないが、作品のなかではせいぜい仄めかされる程度にしなければならない。とりわけ情熱が作品の弁解になってはならない。私はこの作品で人の憐憫を求めようとは思わない。私は〈当惑させる〉ことを望んでいるのだ。〔*JI*, 685〕

いずれにせよ、そしてまたこの小品が受けるべき評価とは別に、第一次大戦からここ数年のあいだに到達した輝かしい地位を危険にさらしただけに、勇敢にも『コリドン』を公刊したことはジッドの功績と見なさねばならない。ようやく彼は、きわめて閉鎖的な文学の世界に限定されていた知名度を越え、成功と真の栄光を勝ちえて、フランス最大の存命作家、一九二四年にアンドレ・ルーヴェールが呼んだように「最重要の同時代人」[16]、戦前のバレスのごとく「若者たちの王 *princeps juventutis*」と見なされはじめるのだ。誠実と純粋を求めて苦悩し抗う人々にとってジッドは不可避の基準となる。それは誕生したばかりのシュルレアリスムにとってさえ同様で、一派はラフカディオという主人公のことを高く買っていた。ジッドのほうも、スーポーやブルトン、アラゴンらの雑誌「文学」の創刊号（一九一九年三月）に当時構想中だった『新しき糧』の断章七篇を寄稿してダダを励ました。一九〇八年に自らが創刊し、その後も導きつづけた（公には編集をジャック・コポー、次いでジャック・リヴィエールに委ね、自身はいつも「引っ込んで」はいたものの）「新フランス評論」誌によって、まさに文壇の大御所として甚大な「影響」を及ぼすのである。影響という栄誉の一形態に彼が高い評価を与え、とりわけ大きな重要性を認めていたことは周知である。一九二一年に、奇妙なほど小型で分厚い『選文集』一巻（版型一〇×一四センチ、総ページ数四六八で、どんなポケットにも入る聖務日課書のごとき外観）を編んださい、彼はそこに一風変わってはいるが重要な意味をもつ「あるドイツ人との会話」（その後『アンシダンス』に再録）を挿入している——

「……行動（と、このドイツ人はジッドに言う）、私の望むのはこれだけです。そう、最も激しい行動……激しい……人を殺すほどの……」

長い沈黙。

「いやそうじゃない（と、ついに私は言った。立場をはっきりさせておきたかったのだ）。行動が私の興味を引くのは、その感覚よりもむしろその結果、その反響によってなのです。理由は何かといえば、行動が激しく私の興味を引くような場合に、私は他人がそれをやったらもっと面白かろうと考える。私の恐れるのは、お分かりでしょうか、巻き添えを食うことです。私が言わんとするのは、自分のなすことによって、自分がなしうるであろうことを限定してしまうのを恐れるということです。自分はこれをしたから、もうあれはできまいと思う、それが私には耐えられない。私は行為をするより行為をさせるほうが好きなのです」(17)

ところでこの戦後の時期、ジッドはあらゆる青年層の生き方、あるいは少なくともエリート青年層の生き方を方向づけていたように思われる。となれば、この絶頂期がまた同時に最も激しい攻撃を蒙らねばならなかった時期であったとしても驚くには当たるまい。

リヨン出身で、小説家としては小粒だが才能のあるジャーナリスト、アンリ・ベローが最も騒々しい攻撃の主唱者で、彼は一九二一年から二三年にかけて「新フランス評論」を版元とする作家たちに闘いを仕掛けた。ベローは「倦怠と売れ行き不振《メヴァント》のスノビズム」[18]や「プロテスタント」文学を鳴り物入りで攻撃し、「〈自然〉はジッド的なものを嫌悪する」[19]と公言し、ジッドの「主要作品」のなかに「八個の不純正語法、文構成上の誤用三十カ所、意味の取り違え二カ所、若干の曖昧語法、綴り字ミス多数、時の一致にかんする誤り数カ所、動詞の誤った用法多数、数変化による間違った省略法、不必要な否定辞《パやポワン》の使用多数、誤った冗語法数カ所、含蓄がなくはないがばかげた言葉いくつか」[20]などを指摘したのである。そしてフランスの新聞・雑誌に載った論争にたいする数多の反応に意を強くした彼は、「ズボンをたくし上げて〔戦意を露わにして〕」インタビュアーに告げるのだ――「ジッド事件にかんするかぎり私は、面白い文学、あるいは少なくとも快い文学のために闘いを挑み、もはや逃げも隠れもしない」[21]。そして一九二四年には、読者が売れ行き不振の本を買うのは間違いだということを論証しようとしたが、息が切れてしまい、「新フランス評論」の「物憂げな顔の十字軍」にたいする彼の抵抗キャンペーンも失敗に終わったのである。

創刊から十五年を経て「新フランス評論」の姿勢には確固たるものがあった。ベローが何と主張しようが、このグループは排他的な組織などではなく、一九〇九年に早くも主張されたその幅広い受容性は、知的誠実と真摯な芸術への信仰のほかにはいかなる基準も有していなかった。流派といったものではまったくなく、その創刊号も、マニフェストの代わりに、シュランベルジェのきわめて一般的な「考察」を掲げ、審美的な領域において、とりわけ鍛錬・節度への好みと、霊感・即興、安易なロマン主義の残滓などへのある種の警戒感とを示す小さな引用集（ベルナール・パリシイ、ニーチェ、フローベール、ゲーテからの引用で構成される一ページ）を付すにとどめていたのである。「新フランス評論」グループの団結とは友人たちのそれであって、お互いが違う個性であるということを前提に評価・尊重しあっていたのである――「我々の合意は〔と、ジャン・シュランベルジェは語っている〕、あるプログラムに沿ってなされていたのではない。我々の合意を表現すれば、それが我々のプログラムとなったのである。〔…〕我々は断固たる拒絶をいくつか共有すると同時に、大きな崇拝の対象や、倫理的かつ審美的と呼ぶべきであろう原則をいくつか共有していたのである」[22]。じっさい、これらきわめて多様な社会的・知的分野から集った人士は、雑誌の名声に大きく寄与した有名な批評的「ノート」の執筆にあたって、「自尊心の滅却」、いかなる批判もあえて受け入れる共同作業に同意していた。書き手の虚栄を一切捨て去りたいという気持ちから、彼らは仲間うちの作品を雑誌ではけっして論評しないことを原則としていたのである……。そこにわざとらしい潔癖主義しか見ようとしない向きもあるにはあったが、この誠実さはグループの求心力を高め、ジッドを中心として、シュランベルジェやゲオン、クローデル、コポー、リュイテルス、シャルル＝ルイ・フィリップ、マルセル・ドルーアンら初期の同志たちに、さらに多くの他の仲間が加わってくる……。たとえば、すぐに参加したスタニスワフ中学の青年哲学教師ジャック・リヴィエール。情熱的で飽くことなく真理を探求する精神、「本質的にキリスト教的な魂 *anima naturaliter christiana*」[23]（モーリヤック）である彼は、クローデル、次いでジッド、最後にはプルーストに導かれつつ、あまり従順ではないが、身を震わすばかりの信仰へと向かう。また早くも一九一三年には『ジャン・バロワ』の若き小説家ロジェ・マルタン・デュ・ガール……。ジッドにとっては二人とも大事な友人、忠実な証言者である。ジッドはリヴィエールの考え方のなかに、いわば自分自身のキリスト教的傾向が辿りつく先を予見することができた。彼にとっては「福音書のさまざまな真理への全面的帰依、あるいはこう言ったほうがよければ、唯一の〈真理〉への全面的帰依が自己放棄と完全な倫理的変革をもたらさぬこと」〔*Ec*, 880〕などありうるとは思えないのにたいし、リヴィエールのほうは彼に宛てて次のように書く――「私はカトリシズムの柔軟性《ファシリテ》や、カトリシズムが私にそのまま保持させてくれるものすべてが好きなのです。もちろん刺激的・悪魔的な混ぜもののことを言っているのではありません。〔…〕不信心な魂のなかに存在していた善きものすべてに対応できるというカトリシズムの驚異的な適応性、ただそれだけを問題にしているのです」〔*CRiv*, 361〕。これとは対照的に――もっとも「新フランス評論」誌の編集長は一九二五年、まだ四十歳にもならぬのに腸チフスのため他界し、かたや『チボー家の人々』の著者のほうは四十年近くにわたってジッドの親友でありつづけ、彼よりも後まで生きるのだから、対照関係もそこで終わってしまうのだが――、ロジェ・マルタン・デュ・ガールは「仕事仲間」で助言者、〈小説〉〔『贋金つかい』〕の長期におよぶ生成の証言者であるばかりか、ある意味で、ジッド的振幅のうち合理主義的・実証的なほうの極点をなし、不可知論的アタラクシアへの欲求を体現していたのである……。ジッドが流派の領袖にはほど遠く、単なる年長者としての役割を演じたこの稀に見る知的温床、「新フランス評論」誌について少なくとも言えるのは、メンバーたちが自己追従に堕して最高度の価値を犠牲にすることがなかったという点である……。ベローは論敵たちを見くびっていたのだ。

実のところジッドがこれらの攻撃に悩むということはほとんどなかった。彼はそれを成功への力添えの一つと見なし、またそのおかげで「自分の非妥協的態度を意識」しさえしたのである。もっと真剣で、基本的問題にかかわるだけにはるかに深刻だったのはアンリ・マシスからの攻撃である。このカトリックの批評家はすでに一九一四年、『法王庁の抜け穴』について「警鐘を鳴らし」ていたが、一九二一年、次いで二三年と、「ラ・ルヴュ・ユニヴェルセル」誌に掲載の論文で反響を呼びおこし、巧みな闘いを再開する。彼が一私人の立場でジッドに闘いを挑んでいることはじきに見てとれた。結果的に今日ではこの闘いが彼の著作のうち最も重要なものとなっており、また後世にも確実に名をとどめることになるだろう。

マシスの口からは、「神学的反逆」[24]の罪を犯したジッドにたいし宗教を擁護するばかりか、西洋文明の基盤までも擁護する大審問官の恐るべき声が発せられているかのようであった。控訴を認めぬ裁判であり、筆致は批評というよりはむしろ「棒打ちの刑」を思わせる……。しかしながら論告は明快であり、まさにその点において有効であった。マシスはジッドにたいして「たとえばボードレールやワイルド、ランボーになされた訴訟のごとき反道徳裁判」を起こすつもりなどないと明言する――「重要なのはまさに次の点である。これはルソーにたいしてなされた訴訟、すなわち〈改革者〉への訴訟なのだ。ジッドは、彼のおこなう批判が人格の統一性、精神的存在の組織そのものを侵害する点で改革者なのである」〔MAS, 47〕。これにたいしジッドは同意を示すばかりか、『ドストエフスキー』にかんする一九二三年十一月のマシス論文の一節「ここで非難されているのは、我々が生きる基盤としている〈人間〉の概念そのものなのだ」〔MAS, 102〕を『贋金つかい』のある章の銘句として引用する許可を著者本人に請いさえするのである。[25]まさにこの点なのだ。痛いところを突かれ、自分の思想がもつ本当の広がりを発見する、これがジッドの好むところだった。そしてこの思想それ自体によって彼は、もう一人の革新者、キリスト教社会に反旗を翻したもう一人のキリスト者、ドストエフスキーに傾倒していたのだ。もっともそのキリスト教社会とは、非正統派の福音主義という名でのキリスト教社会、「東洋の砂漠で、あるいはゲルマニアの森で、すなわちさまざまな未開の交接点で幅を利かせる独立派キリスト教の変種の一つ」（シャルル・モーラスの表現。マシスの引用〔MAS, 103〕から）としてのキリスト教社会ではあったけれども。

ドストエフスキーとジッド、彼らはどこで出会ったのか。ジッドの著書〔『ドストエフスキー』〕の銘句が、ニーチェの告白を援用することで、それを教えてくれる――「ドストエフスキー……人間心理の面で私になにがしかを教えてくれた唯一の人……」[26]。ドストエフスキーがジッドの心を惹きつけた理由は、彼が人間の心の深淵を最初に探ったからであり、「生に喘ぐ」こと甚だしい、観念・感情・情念の最も豊かな登場人物を創造したからであり、また人間のいかなる例外、いかなる異常、いかなる疾病、いかなる「可能性」をも斥けず描いたからである。己に好奇心を抱き、すべてを知りたいと望むジッドは彼のなかに、我が存在の新たな広がりと、あらゆる道徳やドグマが課す諸基準を我が誠実《サンセリテ》とは位置づけぬことの新たな弁明を見出すのだ。そこでマシスは攻撃する――「ではジッドにとって〈誠実〉とはいったい何なのか。誠実とは、あらゆる想念を保持することであり、〈我々のなかに存在するものはどれも延滞すべきではない〉のだから、自己のなかに存在するというただその一事によってすべての想念に生存権を与えることなのだ。そして自分自身のどんな要素をも見捨てたくないために、ジッドはその美学を不健康きわまりない霊感に従属させてしまうのである。〔…〕〈卑俗かつ粗野で、病熱を帯びた、清掃されていない領域〉は芸術家に〈えも言われぬ資源〉を提供してくれるが、これにたいし〈高尚な領域は内容が貧弱である〉と彼は断言する。〔…〕アンドレ・ジッド氏は貧弱になるのが恐くて真理を拒絶する者たちの一人なのだ。彼は、真実は一つだが虚偽は無数にあるのだから、真実よりも虚偽のほうが豊かだと思いこんでいる。悪にたいする彼の偏愛はここに由来するのだ」〔MAS, 72-3〕。内面の豊かさにたいするこの崇拝、誠実という要請の根拠となるこの「心理主義」が、「貧弱になる恐怖」に導かれたジッドの背徳主義の根源にある、とマシスが見なしたのはもちろん間違っていない。マシスが恐れたのは、ジッドがはまり込んでしまった〈悪〉の探求にもまして、そこから生ずる精神的「無秩序」であるからだ。ドストエフスキーから「相矛盾する諸感情の共存」〔*Dost*, 601 ; MAS, 99〕という人間心理の一大秘密を教わったジッドは、西洋的でオーソドックスな〈人間〉の概念、「その比類ない調整機能を我々も承知している、この不変かつ超越的な現実」を破産させ、個人的自我の無秩序な「多様性」をもってこの「統一性」に代えようと懸命であった。糾弾の枠を拡大しながらマシスが示そうとするのは、この破壊的形而上学の先駆者たるジッドがその影響力によってなしうるのは、もはや解体・分裂し自己否定的となった現代をますます質的に低下させることだけだという点である。彼の個人主義はただ倫理的な過ちであるばかりか、あらゆる「至上命令」の拒否であり、〈自我《エゴ》〉と同じく変動し拡大を許す「新たな価値表」〔*Dost*, 651 ; MAS, 87〕の確立である、というわけだ。マシスは、これこれの罪を犯した、あるいは登場人物に犯させたといってジッドを咎めてはいない。ジッドがその罪を正当化し、これを「私的倫理観」[27]に組み入れようとするのを非難しているのだ。だがそれこそがジッド流のやり方なのであって、彼はあらゆる改革者のことを、人格の不均衡を「正当化する」必要に駆られた人間と見なしさえするのである――

もし十分に探求するならば〔と、彼は一九二二年にドストエフスキーにかんする第六回講演で述べている〕、どんな精神上の大改革の根源にも常に、生理学上の小さな神秘や、肉の不満足、不安、異常が見出されるであろう。〔…〕改革者が悩む不快感は内的不均衡の不快感である。精神的な濃度や位置、価値はそれぞれ異なったかたちで彼に差し出されるが、改革者はそれらを再調和させようとする。彼は新しい均衡を強く望むのだ。彼の仕事は、その理性や論理によって、彼が自らの内に感ずる無秩序を再組織しようとする試みにほかならない。なぜなら順序を乱した状態は彼には耐えがたいものだからである。もちろん私は、改革者になるためには均衡を欠いていれば十分だなどとは言わないが、改革者とはなべてまず均衡を欠いた人間だと明言する。

> 人類に新しい評価を提案した改革者のうちに、ビネ＝サングレ氏なら損傷と呼ぶようなものを見出せないような者がただの一人でも見つかるものか否か私には分からない。[28]
> マホメットはてんかん性だった。イスラエルの預言者たち、ルター、ドストエフスキーもてんかん性だった。ソクラテスには彼なりの魔があり、聖パウロには神秘な「肉のなかの棘」があり、パスカルには彼なりの深淵があり、ニーチェとルソーには彼らなりの狂気があった。
> 〔…〕たしかに健康な改革者たちもいるにはいるが、その人たちは立法者なのだ。完全な内的均衡を享受する人が改革をもたらすことは十分ありうるが、人間とは無縁な改革であって、その人が行うのは規範の制定なのである。それとは別の人、異常な人というのはまったく逆に、既存の規範からは外れてしまうのだ。〔*Dost*, 643-4〕

背徳主義的・主観主義的な無秩序に抗するマシスは、当然のことに超越的現実の西洋的な概念や、永続的・超個人的〈真理〉という「対象」へのトミズム的な服従を擁護した。「魂がその内に宿している不安を掻き立て、自分も半ばは身を貸し与えつつ魂に不安を意識させるが、魂が自分を悩ませはじめるや逃げ出そうとする」〔MAS, 76〕、そういうジッドの破壊的で、まさしくそれゆえに「悪魔的な」〔MAS, 86〕影響力をマシスは告発するのである……。とにかくジッドが「古典主義の最良の代表者」〔*Ec*, 281〕を自認し、またそう認知されるのを目にすることほどマシスの癇にさわるものはないのだ。古典主義を「古典的人間」の否定をも含む「形式」にまで狭めるとは、マシスに言わせればこの上もない欺瞞なのである——「我々の言語、我々の特質、美にたいする我々の古典的規範、すべては語らずにおくこの技芸、その〈節度〉、その恥じらい、その倫理的美質、ジッドはこういったものを無しですませようとする。そしてたとえ彼がこれらを賛美する場合でも、その賛美は生や理性、叡智、精神の偉大さ、またこれら感知しうる発露の源にある聖性などの概念を破壊するためのものでしかないのだ」〔MAS, 106〕。

マシス論文の「論調」にたいしては批判が多く、カトリック陣営のなかでもこれを咎める向きがあった。彼には繊細さ、とりわけ真の慈愛といったものが欠けていたことについては、もはやほとんど異論はあるまい。だが、彼に知的誠実が欠けていなければもう少しは柔軟性の備わったものになったはずとはいえ、その攻撃の論理的厳密性についてはジッド自身も否定しなかった。一つの制度と、あらゆる制度の否認とのあいだに起きた論争は、実りのないものではあったが、少なくともジッドに自らの思想の最終的帰結を示し、彼がそれを確実かつ明瞭なものにするには役立ったのである。じじつ彼はそのことをマシスに感謝する。一九二四年一月二十五日、マシスの近著『審判』について次のように書き送っているのだ——「私のばらばらな像がそこで初めて結合されています。あなたのお陰で、そしてあなたの研究を読んでからというもの、私は自分が存在していることをはっきりと感じるのです」〔ŒC, XII, 555〕。

小説の技法

一九二六年に『贋金つかい』が出版されると、このジッド成年期の総決算書はマシスの批評欲にとって極上の料理となる。しかしながら倫理的解釈にもまして驚きの的となり注意を引いたのは、この小説の形式・技法上の新しさであったように思われる。というのも、ロジェ・マルタン・デュ・ガールへの献辞が強調するように、これはまさにアンドレ・ジッドの「最初の小説」だったからである。じじつ彼は、『イザベル』と『法王庁の抜け穴』とのあいだに当たる一九一一年頃、いまだ小説は一冊も書いていないこと、小説の理論を編み上げはじめたばかりであることを公言していた。その理論が以後ゆっくりと進展したことは『日記』によって追跡・確認できる。一九二六年の時点で、この新たなる小説家は、四つの「レシ」（『背徳者』『狭き門』『イザベル』『田園交響楽』）と、同数の「ソチ」（『パリュード』『鎖を離れたプロメテウス』『法王庁の抜け穴』、そして一般的には「その他《ディヴェール》」に分類されているが、明らかに『ユリアンの旅』を加えなければならない）の著者であった。作品にたいするこれらの呼称は何を意味するのだろうか。

ジッドの「レシ」は伝統的小説の形態をとった「習作《エチュード》」のようなものである。「私」と名乗る登場人物、つまり話者は「レシ」においては、自分自身の体験した素材に限定された回想録の著者と、上から主人公たちの秘められた感情を探り出す非人称的観察者という伝統的タイプの小説家とのいわば中間の存在なのだ。しかしミシェルやジェローム、ジェラール・ラカーズ、あるいは『田園交響楽』の牧師らの物語が有するもっと根本的な特徴は、通常の現実においては同様な悲劇もさまざまな夾雑物のせいで起承転結が覆い隠されてしまうのにたいし、ここではいずれの話者もそういった夾雑物を取り除かれ純化された単一の物語を完全に一貫した調子で語っているという点である。ジッドのレシは単線的かつ観念的に進展する。これによって彼のレシは、『クレーヴの奥方』から『修道女』や『アドルフ』を経て『ドミニック』へと至るフランスの偉大なる伝統に紛うことなく連なっているのである。この重々しく緻密な世界にたいし、作り物で操り人形だらけの「ソチ」の世界は強烈な対照をなす。渋面や異様な苛立ちがこの世界を支配するが、作者ははぐらかしによって、終わりも始まりも定かならぬ皮肉によって読者から逃れてしまうので、彼を責めることもかなわない……。『鎖を離れたプロメテウス』であれ『法王庁の抜け穴』であれ、物語は皮肉で不審げな様相のうちに進展していく――これはお気に召さないかな？……やりすぎだろうか？……「何も言わなかったことにしておこう」〔*Pro*, 339〕など。作者は、われわれ読者がほとんど主人公たち自身よりもはっきりと操り糸を認めるのを面白がっているのだ。そして『パリュード』や『抜け穴』では、作者は小説家の登場人物を配し、この小説家がまさに『パリュード』を主題に選んだり、ラフカディオ・ルーキーを主人公にしてみせるのだ……。ソチの世界はレシの世界の戯画であると同時に、それの非条理的なアンチテーゼなのである。とはいえレシとソチには共通した特徴がある――

『地の糧』だけをのぞいて〔と、ジッドはプレイアッド版『日記』には収められなかった「断章」のなかで書いている〕、私の本はすべて皮肉のこもった本である。それらは批判の書なのだ。『地の糧』はある種の神秘主義的傾向への批判であり、『イザベル』はある種のロマン主義的想像力への批判であり、『田園交響楽』は自己欺瞞の一形態への批判であり、そして『背徳者』は個人主義の一形態への批判なのである（大まかに言ってではあるが）。〔*Œ C*, XIII, 439-40〕

結局のところ、これらの批判は相互に補完しあうもので、次々と、かくも異なる、いや相矛盾しさえする作品をジッドに書かせるあの交代原則の理由もここに起因するのだ――「『狭き門』も書くのだと分かっていなかったら〔と、彼は明言している〕、おそらく『背徳者』を書くことはできなかっただろう。そして『法王庁の抜け穴』を書くためには、この両方をすでに書いている必要があったのだ」〔JI, 808〕。こういった「モノグラフや純化された小さな物語」〔JI, 1114〕、批判的戯画とは逆に、「小説」のほうは現実の複雑さや豊かさを求めねばならない。それははるかに大規模で、まさしく生を創造する企てなのだ。それゆえジッドにとって小説を書くとは、まず技法を変えることであった。『贋金つかい』が出来《しゅったい》するや、「創作技法上の問題に関心のある人々に」〔JFM, 7〕捧げられた『贋金つかいの日記』の上梓前であったにもかかわらず、批評家たちの大方はその点を見誤らなかった。さらにはいつの日にか次の点を論証できればきわめて啓発的なことであろう。すなわち、ジッドにとって文学表現とは絶えず向上しつつ心の問題を解決する術だったのだから、形式や技法の創出は彼において作品の実質以上に重要だという点である。あるいはもっと正確には、詩的創造にかんする言説がマラルメの詩の根底にあるように、こういった形式の問題は傾向的に見て実質そのものをなすという点である。かくして『贋金つかい』はまず「小説の小説」なのだ。

小説家の小説――作品の三分の一は「エドゥアールの日記」からなるが、これは対話の相手が容易に推測するように、結局は『贋金つかい』を書かずに終わる小説家がつけている日記なのだ――

「私にはよく分かっていますわ」と、ローラは悲しげな口調で言った。「あなたがこの小説をけっしてお書き上げにならないことが」

「それなら、これだけは言っておこう」と、エドゥアールはひどく興奮して言った。「そんなことはどうでもいいことなんだ。そう、この作品を書き上げなかったとすれば、作品そのものよりも作品生成の歴史のほうに興味を覚えたからだ。そっちのほうが作品に取って代わったからだ。

それはそれで結構じゃないか」

「現実から遊離してしまうと、おそろしく抽象的な領域に迷い込んでしまい、生きた人間の小説ではなく観念の小説をお作りになる心配はございませんか?」と、ソフロニスカがおずおずと尋ねた。〔FM, 1083〕

じっさいこれは危険なことだった（『対位法』の作者〔オルダス・ハクスリー〕はこの危険を回避する術をジッドほどには心得ていなかった）。小説は〈小説〉にかんする言説に変わり、技法もそれ自体が目的となってしまい、結果的に、このきわめて理論的な企てからは生が姿を消しかねないという危険である。抽象化はジッドの好むところであるが、しかし彼はこの危険を承知しており、主人公と現実との関係はどうなるのかを問う人にたいし、エドゥアールの口から答えさせている――「作中の小説家は現実から離れようとするかも知れない。しかし私は絶えず彼を現実に引き戻す。実を言うと、それこそが主題となるのだ。すなわち現実が提供する事実と、観念的な現実との闘争である」〔FM, 1082〕。エドゥアールは『贋金つかいの日記』だけを書き小説のほうは書かなかったジッドなのである。

要するにこの登場人物は、作者がその創作世界のなかに存在し、そこに関与すると同時に、公平な態度でそこから身を引いて不在になることを可能にする。なぜならば、結局のところエドゥアールは完全にジッドであるというわけではないからだ（そもそもジッドのほうは小説のなかに仮面を付けずに現れ「私」と名乗る）。この登場人物は『愛の試み』の時期に遡るある手法が生んだ最も重要な成果にほかならない。その手法とは、ジッドが紋章学から名を借りた、紋章のなかに同様だが一回り小さな紋章を複製する「中心紋」のことである。独創的な技法であり、これによってジッドは、本を書いている人に本がおよぼす「遡及作用」を示し、作品のなかに作品と同時に練り上げられていく〈小説〉批評理論を導入し、ついには本の意味を無限に反射・増幅するあの合わせ鏡の作用をもちいて、一種の「形而上学的な深み」を登場人物や彼らの物語に付与することができるのである……。したがって「小説の小説」は「登場人物たちの小説」を犠牲にして展開したわけではなく、これに補足的な意味を重ねて厚みを増したのだ。補足的ではあるが、きわめて重要な意味づけである。なぜならそれは作者のまさしく死活にかかわる努力、すなわち創作行為を表しているのだから。作品がベルナールによる自らの独立性の発見と、どんな明確な義務からも解放された彼の家出で始まるのは、小説の創造そのものもまた完全な自由や、冒険・未知の受容を必要とするからである。またオリヴィエがパッサヴァンの虚飾と見せかけの幸福にしがみついた後に、エドゥアールのそばで厳粛で満ち足りた喜びを見出すのは、芸術家の感受性もまた同様に安直さを絶ち、何としても明晰な批判能力を身に付けなければならないからだ。最後に、ストゥルーヴィルーは小説の三分の二までは稀にしか名前が出ないが（ロベール・パッサバン宅での名刺と、サアス＝フェーのホテルの宿帳など）[29]、彼の密かな行為によって初めて物語が第三部の破局を中心に一貫性を見出すのも、ジッドにとっては常に「悪魔の協働なくして芸術作品はありえない」〔*Dost*, 1168〕からである……。かくしてジッドにとっては、『贋金つかい』の登場人物のそれぞれが、小説創造の重要な諸契機の力動的・自律的具現であると説くことも可能だろう。したがってこの作品は、小説を内包するという次元をはるかにこえて、当初思われていたよりもずっと根底的に〈小説〉の小説なのである。頓挫する小説を描いた完璧な小説なのだ。

『贋金つかい』の受容はどちらかといえば冷ややかなものであったが、ジッドは控訴審で勝訴する望みを捨てず、二十年以上たって、作品が「この半世紀における最良の小説十二篇」〔*Asi*, 995〕に数えられたことの満足を『かくあれかし』に記すことができた。プルーストに始まり、アメリカ小説の影響による決定的段階、そしてそれを通じて戦後文学世代にたいする映画的小説の流行へと至る現代小説の革新において、『贋金つかい』の寄与が顕著であったことにはもはや異論がない。しかしながら、そしてそれこそがこの作品の力であり弱さでもあるのだが、作者の人格に密接に結びついているだけに、我々がそこに唯一完全で正真の「彼自身によるアンドレ・ジッド」を見ようと努めないかぎり、『贋金つかい』がその豊かさのすべてを現すことはないのである……。

日記以上に「内心の日記」

証言は揃っている。それによると『贋金つかい』の素材となっているのはジッドの体験、人生そのものなのだ。なかでも最も正確な証言者の一人、クロード・モーリヤックは一九三九年に同書を再読して、自分の日記に次のように書きとめている――「この〈小説〉のなかで本物の日記の部分がきわめて大きいのは間違いない。〔…〕ジッドが私に打ち明けたことはすべてここに、ほとんど変えられずに使われている。実に多くが彼の口から聞いたとおりの言葉なのだ」[30]。『日記』や『一粒の麦もし死なずば』、さらには『重罪裁判所の思い出』からも、収集したり実際に経験した特徴・特性や逸話が数多く小説のなかに入ってきたのである。そしてもっと具体的には、「大部分において」エドゥアールがジッド自身であり、オリヴィエがマルク・アレグレ、パッサヴァン（言葉遊びに注意〔passe-avant「先取り屋」とでも訳すか〕）がコクトー、そしてローラがマドレーヌであるのはたしかに明白な事実である。だがそういった意味ではまだ『贋金つかい』がアンドレ・ジッドの姿を表していることにはならないのである。

「書くとは、心を明かすことである」と、フランソワ・モーリヤックは『神とマンモン』〔一九二九年〕の冒頭で、ずばりと言い切る。そしておそらくは、書くという事実だけですでに、作家が自身について明かす啓示となっているのであろう。ある意味では、すべてが告白なのだ。なぜならば文学においては無垢な表現などなく、何かは常に誰かによって述べられ、したがって常に主観的に見られ表現されるのだから。しかしながら一般の習いでは、著者の人格について読者に情報を与えることだけが目的である、と公言するテクストにだけこの告白という呼び名があてがわれる。ところが、これらのテクストはほとんどすべてが警戒を要するものであって、たいていは著者の情報伝達の意図のなかに他の狙いが皆無というわけではないか、著者が心ならずも企図の難しさそれじたいに妨げられてしまうか、そのいずれかなのだ。ジッドは『日記』にかんしてこの点を見逃さなかった。「回想録」と『贋金つかい』を並行して書くことで、そのことを頻繁にかつ強烈に自覚したため、『一粒の麦もし死なずば』よりもむしろ小説中でのほうが彼は巧みに自己を語っていると思われるほどだ。「回想録」の第一部が完成するや、彼は次のように記している――

この回想録を読ませたところ、ロジェ・マルタン・デュ・ガールは、それがいつも十分に語り尽くしておらず、読者に食い足りない思いをさせると言って私を責める。しかし常に私の意図はすべてを語ることにあった。ただ告白には、わざとするか、無理にするかでなければ乗り越えられない線があるが、いつも私は自然さを求めた。たしかに、精神の要求に駆られて、それぞれの特徴をいっそう純粋に描くために、すべてを単純化しすぎたかもしれない。選択せずに描写はできないものだ。しかし最も困るのは、複雑で同時的な出来事を、連続したものとして提示しなけれぱならないことだ。私は対話的存在である。私のなかでは、すべてが闘い相反している。真実たらんといかに配慮を払おうとも、回想録は常に半分しか誠実ではない。すべては語られた以上に複雑なのだ。おそらくは小説のほうがもっと真実に近く迫れることだろう。〔*Sgm*, 267〕

その総体において捉えられた『贋金つかい』の世界がアンドレ・ジッドを表していると言ってもいい。「読者が抱くのは〔と、ジャック・レヴィはいみじくも書いている〕、複数の運命の混合という印象ではなく、反対に、その時々で形を変えながら続いていくたった一つの運命という印象である。ここではさまざまな挿話の素材が、隠れた作品の真の主題にくらべ、まるで何か二義的なものであるかのようだ」[31]。したがって「モデル小説」が問題なのではない。ましてや典型小説《ロマン・サンボリック》などではない。ジッドに適用すべきは、彼自身がドストエフスキーについてした指摘、すなわちドストエフスキーの登場人物は常にきわめて表象的ではあるが、典型化して人間味を失うようなことはけっしてないという指摘なのだ。エドゥアールやベルナール、オリヴィエ、ヴァンサンは寓意ではない、ましてやジャック・レヴィが望んだような、作者のある特定の傾向や性癖・感情の表象ではありえない。そうではなくむしろ、彼らじたいがすでに複雑な人物であり、ジッドのさまざまなありうべき存在の具現、アルベール・チボーデの語る、ジッドが生命を吹き込んだ「無数の方向」なのである。ロジェ・マルタン・デュ・ガールから教えられた、しかも『贋金つかい』完成後に教えられた『小説にかんする考察』の一ページ（一九一二年執筆分）にジッドは強い衝撃を受け、それを自分の作品の冒頭に「序文の代わりに」〔*CMG*, I, 268〕掲げようと考えたほどであった。その一節とは——

小説のなかで自己を表白する作家が、自分と類似した人物、つまり生きた人物を仕立て上げるのは稀である。〔…〕換言すれば、本物の小説家は可能性としての自分の人生がとりうる無数の方向から作中人物をつくりだす。似非《えせ》小説家は己の実人生のただ一本の線で作中人物をつくりだす。真の小説とは可能性の自伝のごときものである。〔…〕小説の精髄はありうべきものに生命を与えることであって、現実のものを再生させることではない。(『贋金つかいの日記』から引用)[32]

そしてジッドは、小説の面白さとは読者に小説家の姿を明らかにして見せることだという意識を徐々に強め、一九二七年二月八日の『日記』にはさらに次のように書くのである——

作家の豊かさや複雑さ、あまりにも多種多様な可能性のせめぎあいが、彼の創作に最大の多様性をもたらすであろう。だがすべては彼から放射するのだ。彼は自分が啓示する真理の唯一の保証人であり、唯一の裁判官である。登場人物たちの天国も地獄もすべて彼のなかにあるのだ。彼が描くのは彼自身ではない。だが彼が描いたものは、すべてが彼自身になってはいないとしても、彼になりえたものである。シェイクスピアがオセロになってしまわなかったのは、『ハムレット』を書きたかったからなのだ。〔JII, 22〕

したがって『贋金つかい』は、この多数の登場人物による内的対話の具現、作者の意識の具現として捉えられねばならない。ジッドの創出した登場人物の世界と、ジッドが嫌悪し排斥する世界という、二つの世界があるわけではないのだ。あるいは少なくとも分離はそういったところから生じるのではない。世俗的な贋金つかいのパッサヴァンや、良俗に反し破壊的なストゥルーヴィルーのような主要人物もまたエドゥアールやベルナールと同じようにジッドの分身なのである。これらの人物たちもまたやはり自分のなかに存在しているのだから、ジッドはうそ偽りなく彼らに向かい合わねばならない。しごく当然のことながら彼らが小説のなかで生き生きとしているのもそのためなのだ。このようにさまざまな形をとりながら、ジッドのただ一つの運命を形づくる対話が作品の流れに沿って続いていく。かくして一つの意識が調和をもって描かれる『贋金つかい』は、いわばジッドが半ばは意図的に、半ばは無意識に読者に明かしえた、最も秘めやかで赤裸々な「内心の日記」なのである。

「無意識に」——というのは『パリュード』以降（「他人に自作を説明する前に、私は他人から自作を説明してもらいたいと期待している。〔…〕そして私の関心を特に惹くのは、私が知らず知らずにそこに盛り込んだものだ。この無意識の部分、私はこれを神の持ち分と呼びたい」〔*Pal*, 89〕）、ジッドは作品がもちうる隠された意味、作者にさえ隠された、そして作者にこそ特に隠された意味というものをたびたび強調してきたからである。

「真の芸術家は〔と、彼はドストエフスキーにかんする第一回講演で述べている〕、創作をしているときには、自分自身については常に半ば無意識なものである。彼は己が何者たるかを正確には知らない。ただ創作を通し、創作によって、創作の後になって初めて自分を意識するのだ……」〔*Dost*, 561〕。

じじつ小説を子細に読んでみると、ジッドの精神遍歴上のさまざまな「心理的契機」を生体内《イン・ヴィヴォ》で見分けることができる。最初は、自意識の過剰という紛うことなき「心理的抑圧」である。これには『贋金つかい』の登場人物の大半、とりわけエドゥアールやアルマンが、そしてもっと深刻にラ・ペルーズが悩まされており、彼らは、あまりに研ぎ澄まされた意識は誠実《サンセリテ》を強制し、かつまたそれを阻害することを肌で感じているのだ。エドゥアールの場合は、その性格から絶えず内省を強いられ、ナルシスが自分の愛しい姿を映す水面なしにはいられないように、もはや日記なしではいられない――「それは私が身につけて持ち回る鏡だ〔と、彼は書いている〕。我が身に起こることはこの鏡に映って見えないかぎり、何ひとつ私にとって現実の存在とはならないのだ」〔*FM*, 1057〕。しかし、その言を信ずるならば「自己の客体化」を望んだがゆえに、まるで彼は自分から己自身を排除しているかのごとくになる――「時おり私には、自分が本当は存在しておらず、ただ存在すると想像しているだけのように思えることがある。〔…〕私は絶えず自分から逃れる。そして自分の行動を見つめていると、私に行動を見られている者と、見つめて驚く者とがはたして同一人物なのか定かではなくなり、彼が同時に役者であり観客でありうるものなのか疑わしく思えてくる」〔*FM*, 987-8〕。

そしてナルシスはプロテウスに変わるのだ――

「実を言えば〔と、ローラはベルナールに打ち明ける〕、彼のことをどう思っているのか、自分でも分からないの。彼はけっして長いこと同じ人物でいることがないのよ。どんなものにも執着しないし。でも、そのとらえようのないところが何よりも魅力なのよ。彼を知ってからまだ日が浅いのだから、あなたには彼を判断することなんてできないわ。彼は絶えず解体しては作り直されるの。つかまえたと思っても……プロテウスのようにとらえどころがなく、変幻自在なのよ。彼を理解しようと思ったら、愛さなければだめ」〔*FM*, 1094〕

この愛の「欲求」はいわばジッドの結語だったのではあるまいか。八十歳になってもなお彼は『日記』に書いているのだ――「愛し愛されたいという異常なまでの飽くなき欲求。思うに、私の一生を支配したのはこれである」[33]。いずれにせよ彼は、自我解体を招くナルシシズムをこえて、人が自らの統一感を回復できるのは愛されることによってである、と悟ったように思われる。しかし個人的倫理のほうはどうなのか。これについてジッドは自説をまったく変えていない。個人的倫理は自己の内部に、自己の内部だけに求めるべきであり、個人の外には何も存在しないのである。個人だけが彼に畏敬の念を覚えさせ、それによって彼を規制することができるのだ。そして彼はドストエフスキーの手紙のなかに見つけた、「どのような目的のためであれ自分の生き方を損なってはならない」〔*Ec*, 470〕という「すばらしい一文」に手を加えるかたちで、エドゥアールとベルナールに次のような対話をさせている――

〔ベルナールが言う〕「……どんなふうに規律を定めたらいいのかと自問してみました。つまり、僕は規律なしに生きるつもりはありませんが、他人から押しつけられる規律はご免なんです」

〔エドゥアール〕「答えは簡単なようだな。その規律を自分自身のなかに見つけ、自己発展を目的にすることだ」

「ええ……僕もそう思いました。でも、そう思ったからといって前進したというわけではないんです。これが自分の最良の規律だという確信が持てたら、他のものはさておいて、それを優先していくでしょう。しかし自分のなかの最良のものとは何かさえ、まだ分からないんです……お話ししたように、一晩じゅう悶々と考えてみました。〔…〕そこでこうして、ご意見を伺いに来たのです」

「君に言えるような意見なんてないよ。それは君自身のなかに求めるほかないし、実際に生きてみなければ、いかに生きるべきかなどということは分からないだろうからね」

「生き方を決めるまでに、下手な生き方をしたら?」

「それだって学ぶところはあるだろう。登り道であるかぎり、自分の性向を辿ってゆくのはいいことだ」〔*FM*, 1215〕

したがって重要なのはやはり、自分自身にたいして誠実・忠実なことであり、人に見せたくて作った自分のイメージにたいしてそうあることではない。ふたたびベルナールが叫ぶ――「ああ！ローラ！僕は生涯、ほんの小さな衝撃にも、純粋で正直な本物の音を発したいんです。今まで知り合いになった人は、ほとんどだれもが贋の音を発している」〔*FM*, 1093-4〕。贋金つかいたち……。まさに我々は小説の中心的なモチーフ、つまり実現不可能な誠実《サンセリテ》や失われた純粋さが提起する重大な問題に触れているのだ。「贋金つかい」たちの存在、その名が書名となっている者たちの存在である。そしてもちろん、この贋金つかいたちはまず教条的な人間であり、「融通が利かず」、一つの制度のなかに「定着」・安住している。「魂が信心に打ちこめば打ちこむほど、現実にたいする感覚や嗜好、欲求、愛着を失っていく」〔*FM*, 1016〕のだから、その意味では「誠実」であるともいえる……。だが彼らだけなのか。この小説において「贋金」の支配を免れるのは不可能であるとみえて、程度の差こそあれすべての登場人物が意識したうえでそれを使っているのだ。ヴデルやプロフィタンディユー、ドゥーヴィエのような、紛うことなく道徳や正義、感情の贋金を使う者たちの傍らで、もっとジッド的な主人公たち、エドゥアールやローラ、オリヴィエ、ベルナール、ラ・ペルーズもまた、自尊心や、失望への恐れ、さらには儀礼などのため、時によっては贋金つかいにならざるをえない。そしてアルマンという変わった人物もまた贋金を使うが、彼はこの贋金をあざ笑い、それを他人の眼前に投げ出して、贋の音、彼らのものと同じ贋の音を立てるのを聞かせるのだ……。このように贋金が小説中いたるところに、強迫的ではないにせよ執拗に登場するという事実から、小説家自身についての結論を引き出すことはまったく不可能なのだろうか。控えめだが頻りにジッドは我々にそうせよと迫っているように思われる……。彼もまた贋金つかいなのであろうか。

すでに見たように、ナルシスは他者の愛に身を委ねることによって自己を回復できた。だが愛されるためには評価されなければならない。この暗黙の演繹がジッド的心理の核にある。それゆえ彼は絶えず他者に胸中を明かし、自己を告白するのだ（一時間前には面識もなかったのに、ジッドが抗しがたい衝動に従っている時にたまたま居合わせたというだけで、重大な秘密・告白の記録係に選ばれてしまい、たじろぎながら彼の元を辞した訪問客がいかに数多かったことか。ロジェ・マルタン・デュ・ガールはこの衝動に、ドストエフスキー耽読による「スラヴ中毒」(34)の影響、すなわち公の告白にたいするあの病的傾向を認めている）。評価されるためには非難されないよう正しい人という外見が必要であり、そこから彼の誠実の緩和――ジッドは常に最後には自分についてすべてを語ってしまうのだから、制限ではなく緩和である――が生じてくる。つまり「回想録」あるいは『日記』のなかではできない告白があるとしても、彼は自分が創り出す登場人物にそれをさせるのだ。いうならば読者が探求の努力を余計に払うように、また自分自身としては最も注意深く繊細な読者にのみ発見される喜びを大きくするために、他者を介して語る、ジッドほどそういったことを好んだ者はいないように思われる。

ジッドはけっして隠し事をすることはないが、常に隠れる、といってよいだろう。もっともこれについては、彼としては隠れる意図はなく、また忘れてはならないのだが、一九二四年十月三十一日のアンドレ・ルーヴェール宛書簡で述べるように、「私は自分の考えを語るよりは隠すほうに意を払うのです。考えを〈開陳する〉よりは、本当にそれを知りたい人に発見させるほうがよかろうと私には思われるのです」〔*CRou*, 85〕。このように眼を啓けと促されたからには、『贋金つかい』の中心人物エドゥアールについて再考してみるとしよう。ものの見方は正確で、明晰さを備えた小説家、自分自身を承知し、いわば常に実際の自分以上であるこの人物が、ジッドの「すべて」ではないにせよ、その最も本質的な部分であることは否定しがたい……。きわめて複雑なこの存在のことを熟考してみれば、小説や『贋金つかいの日記』から窺われるかぎり、彼こそが小説中最大の贋金つかいではないかと思われよう……。というのもエドゥアールは、いかに明晰ではあっても、何をする場合にも常に己の正当性を主張する人間であり、自らの性質に従っているからだ。彼の精神は本能的に、自分を説明し正当化してくれる制度や秩序、倫理を少しずつ構築していく。だが彼はそれを本当に信じているのだろうか。彼自身がその分身を非難する。登場人物たちの評価を下した章で次のように述べているのだ――「エドゥアールについて私が気にくわないのは、自分のすることに一々理屈をつけることだ。なぜ今になって、自分はボリスの幸福に協力しているなどと思いこもうとするのか？　他人を欺くのはまだしも許せるが、自分自身を欺くとは！」〔*FM*, 1109〕。疑いなくこれはジッドである。その誠実《サンセリテ》が最終的には明晰さに屈したジッド自身であり、最大限の努力を払って、なおも嘘をつき、かつ嘘をついていることを承知し、そして承知していることを語るジッド自身なのだ。まさしく彼は自分の嘘を告白し、いわば自分の偽善にたいして誠実であるだけに、なるほど何も損なわれてはいないとも見なされようが、それでもやはりこの告白は隠された告白であり、けっしてすぐにはそれと分からない。彼の第一の姿勢はやはり「外見」のための努力にあるのだ。ジッドのことを、「何よりも自分が世間にどう映って見えるかが気にかかる」〔*CRou*, 84〕人間だと断言するルーヴェールにたいしても、彼の反論は見るからに弱々しい。かくしてジッドは、エドゥアールが密かに明かして見せるように、同時代人の眼前では誠実と倫理の場、後世の眼前では明晰の場という二つの場に賭金を張ろうとする贋金つかいではなかったのかと思えてくる。つまりこういうことだ。自分についてすべてを明かし、すべてを語っただけに、後世はけっして彼を良心欠如の現行犯では押さえられまいが、この秘密の暴露はやはり念入りに隠されており、熟練した目がなければそれを見出すことはできないのだ。その一方、彼が本質的には倫理的であり、徳性そのものを放棄するほど有徳な存在であって、若者たちの「堕落推進者」と見なされるのを何よりも恐れる人間だということについては、読者は即座に分かってくれるのである。ではこのような二重性を内包しうるのは如何なる感情か、と問うたならば、自尊心の他に何が見当たるだろうか。有徳者の自尊心、アンリ・ランボーが言うところの逆説的偽善者《ファリジアン》の自尊心である。こういった性向への明晰な意識、己の偽善が深く根を張り己の本性そのものとなる時の到来を否応なく感じてしまうほどの明晰な意識、それこそが自分自身と『贋金つかい』の「虚偽の精神」リュシアンとのあいだにジッドがおいた唯一の相違なのである——

世に言う「虚偽の精神」〔…〕、これについて諸君にもの申そう。虚偽の精神というのは、自分が行いたいと願っているすべての行為を行うのが正しいと思いこんでいる精神だ。自己の理性を、自己の本能、さらに悪質な場合には自己の利得、あるいは自己の性分に奉仕させる精神だ。リュシアンが他人の説得にのみ意を用いているうちは、まあまあ大目に見られる。それは偽善の第一段階だからである。しかしリュシアンの内部で偽善が日に日に深まっていくのに諸君も気づいただろう。彼こそが、自分で創り出しているあらゆる虚偽の理由の最初の犠牲者だ。あげくにこれらの虚偽の理由が自分を操っていると思い込む。その実、彼こそが理由を曲げたり操ったりしているのに。真の偽善者とは、もはや嘘に気がつかない者、大まじめに嘘をつく者のことだ。Mはリュシアンのことを「心底からうわべだけ」の人間だといっている。〔*JFM*, 58-9〕

かくして自分の抱える諸問題の解決策をついに見出し、とりわけ宗教的な問題に悩まされることももはやなく、「ある種の平穏」に達した、とジッドが断言する時期の「総決算」であるにもかかわらず、結局のところ『贋金つかい』は自分にまったく確信がもてない人間の不安を明るみに出す。しかしこの不安のほうは自らを明かすことはない。明かすとしても、気の利く分身の背後で、その誠実の跳ね返りを巧みに利用してのことにすぎないのだ。誠実を一貫して核心と見なしながら、ジッドは人生のこの時点で「丘の頂に辿り着いた」〔*FM*, 1108〕が、「四つ裂きの刑にあった人間のように」〔*JI*, 1100〕生きたり、自己の内部で〈天国〉と〈地獄〉を結婚させたりすることに倦んでしまったように思われる。今や彼は、『汝もまた……?』の驚くべき対話（先にも引用）のなかで「屁理屈」だと告発していたものを受け入れているように見えるのだ――「主よ、お許しください！　たしかに私は嘘を申しております。本当は、この肉を憎みながらも、なおあなたご自身より愛しているのです。私はこの魅力を枯らすことができず、死ぬような思いをしています。お助けくださいとお願いしております。ですが本当の諦めが持てぬままにお願いしているのです」〔*JI*, 1005〕。彼の姿勢は変わってはいないが、自らをごまかし、「精神的拒絶」による不安を心のなかで押し殺してしまう。罪人状態の意識から転じて、正義の人、「正しさを証明された人」に変わるのである。マシスは「悪のなかの良心」という言葉を口にしてはいなかったか……。

第五章　テセウス

たしかに私はどうしても書きたいという欲求にはもはや悩まされていない。かつてのような「一番大事なことが言い残されている」という気持ちはもうなくなってしまい、反対に、慧眼な読者なら私の著作のなかに瞥見しうるものに、さらに付け加えて言うべきことはさほど多くないと信じている。

だが、それは後からでっち上げた怠惰の言い訳で、少しばかりの熱情が湧きさえすれば消えてしまうものである。現在でもなお私には人に見られているという意識が強すぎるのだ。創作もピアノの場合と同じである。自分が聴かれていないと分かっているときのほうが私は上手く弾けるのである。〔JII, 235〕

右のことをジッドは『贋金つかい』以降つよく感じており、この少しばかりの熱情が湧きおこるのも稀になって、『テセウス』と（だがこの作品は晩年になってからのジッド的叡智の知的濃縮物にすぎない）、もちろんのことだが、その継続性じたいが貴重な『日記』を別とすれば、新しい重要作品はなんら生み出しえないほどの状況になる。六十代を迎えてジッドは、すでに泉が枯れたこと、結論を下し、モンテーニュが「人間の栄えある傑作」と呼んだ「時宜をえた生き方」だけに絞る時が来たことを自分に隠そうとはしなくなるのだ。正確には諦めるというのではなく、(『新しき糧』についての見込みちがいを除けば) 今後の著作はもはや「メッセージ」にはなりえないと冷静に見抜いているのだ。

ごく一部が物語風に書き換えられたほかは、数多くの記述がそのままのかたちで『アンドレ・ワルテルの手記』に使われた初期のように、『日記』は最後の二十年間に主要作品としての地位を少しずつ取り戻してくる。これ一作だけでもアンドレ・ジッドの不滅を保証しうるとしばしば予想された記録の重要性は明らかだが、しかしながらすでに見たように、そこに彼の道程の完全なイメージを、また忠実なイメージを求めてはなるまい。この『日記』が完全なものでないことは、最初の五十年間分(一八八九—一九三九年)を出版したときにジッド自身が強調している。すなわち、「エマニュエル」に関係するほとんどすべての記述の抹消——彼女を「いわば盲目にしてしまった」〔JII, 639〕数々の削除——、意気消沈の局面を過大に見せてしまう幸福な時期での沈黙、『日記』に収められる記述はすべてがますます早々と読者の元へ届けられるという一九二六—二七年頃の自覚(そこから半ば告白の形をとった自己弁護の書という性格が生じてくる)、等々。ジッドは他の誰よりもこのことを承知していた——「自発的なものほど人を欺くものはない」[1](ジャック・リヴィエール)。したがって著者の内面に分け入ろうとする者にとって大事なのは、告白には非ずといいながら実は告白よりもはるかに示唆的な作品、そういう作品の補完物としてのみ『日記』を読むことなのである。とはいえ、アミエルのような際限のない分析とも、またルナールのような客観的な原子主義《アトミズム》ともはっきり異なる、ジャンル上類例のないこの記念碑が、知性と財産というきわめて大きな特権を与えられた一同時代人の日常的関心事をとおし、六十年にわたって一世代全体の証言をもたらすことにはむろん変わりがない。そこでは、彼が結んだ数々の友情、文学者としてのさまざまな関心、膨大な数の読書、等々を辿り直すことができる。だが、なるほど並はずれて活発な精神の魅惑的な親近感に浸れるのは最後のページにいたるまで変わらぬが、ジッドとその時代を知らねば知らぬほど、なんら不可欠なことを明示するわけではない『日記』最終部を満喫できなくなるのもまた間違いない。

　時としてジッドはそのことに苦しみ、旅行によって自分の才能を無理に掻き立て不安から逃れようとする。すでに彼は『背徳者』と『狭き門』のあいだの空疎な時期を旅行につぐ旅行をして過ごしていた。一九二五年以降、彼は文字通りひとときもじっとしておらず、亡くなるまで帰着と出立をくり返しながら生きることになる。ほとんど中身を空けられぬ鞄や荷物がいつも山と積まれたパリの小さなアパルトマン、通称「ヴァノー」や、赤道アフリカ、ソ連、マグレブ、近東、ドイツ、イタリア、イギリスというように絶え間なく移動し、亡くなったときもモロッコへの旅行を計画中だった……。彼は何を求めてはるか遠方にまで赴いたのか。『コンゴ紀行』の第一ページに答えて曰く――「あちらに行けば分かるのではないかと期待している」〔VC, 333〕。逃避であり、創作行為の代替物であると同時に、旅行はジッドにとって、他の事物、他の存在と絶えず新たに接触して、それらを知りそして愛するという根本的欲求の実現だったのである……。『贋金つかい』脱稿の翌日（人生と同様に尽きることなき小説が仮にも終わる、あるいは終わりうるとすれば、それはただ停止するというだけのことなのだが）、彼はコンゴに向けて旅立つ。実際にはそこで何に出会うかは分かっていた。だが彼は厭わず異国のあれこれを記録し、旅行記には見事な蝶、風変わりな森やサバンナ、焼けるような陽の光にさらされ腐乱して悪臭を放つカバなどが満載である。そして携行したボシュエやゲーテ、ラ・フォンテーヌの著作を常に変わらぬよろこびをもって読むのであるが、それと同時に彼は田舎ですごした幼年期の趣味をふたたび見出すのだ。シャリ河に沿って続く叢林で……

たくさんの見たこともない樹木。その一部は巨木である。これらはどれもヨーロッパの樹木に比べ際立って丈が高いわけではないが、しかし何というがっしりした枝組、そしてそれがなんと遠くまで伸びていることだろう。あるものは入り組んだ気根《きこん》を見せており、私たちはそのあいだをくぐって行かなければならなかった。棘や残忍な鈎をもつキイチゴが密生している。また葉が落ち尽くして枯れた奇妙な雑木林をしばしば見かける。今は冬だからだ。しかしこの密林のなかを歩きまわれるのは、獣がつけた信じられないほど多くの小径のおかげである。どんな獣だろうか。足跡を調べたり、糞の上に屈み込んだりする。この磁土のように白いのはハイエナの糞だ。ジャッカルの糞もあれば、ロベール羚羊やイボイノシシのものもある……。我々は罠猟師のように、神経も筋肉も張りつめて、ほとんど這うように進んでいく。〔…〕

きっと少しでも私が動かずにいると、自然はふたたび閉じて私の周囲を埋め尽くしてしまいそうだ。すべてはあたかも私など存在していないかのようであり、私自身も己の存在を忘れてただの幻になった感がある。おお、言葉に尽くせぬ恍惚！　私がこれほどもう一度生きてみたいと思う瞬間はまず他にはあるまい。そしてこの未知の戦慄に浸って進んでいくあいだは、すでに私の近くに迫っている影のことを忘れてしまうのだ。その影は囁く、お前はまだこんなことをしているのか、だがおそらくこれが最後だぞ、と。〔VC, 501-2〕

しかし存在するのはこの生い茂る自然と、人懐っこく甘えん坊で愛想のよい黒人少年たちばかりではない。フランス領赤道アフリカでジッドは、まもなく「旅行の主要な関心事」となるものを発見する。すなわち植民地制度にたいする恥辱感と嫌悪、そして大認可企業制度に隷属させられた民族たちの悲惨である。彼は不正や残虐行為に憤激し、それを書き記す。大旅行を始めてから三カ月後、彼は次のような叫びを上げる――「どのような悪魔が私をアフリカへと追い立てたのか。私はこの国にいったい何を求めに来たのか。かつては平静な心境だった。だが現在では私はすでに知っている。私は語らねばならないのだ」〔VC, 401〕。じじつ彼は語ることになる。並はずれた個人主義者、洗練された審美家のジッドが、資料や統計を渉猟し、スキャンダルを告発すべく手紙や報告書を書き、政治的・経済的な場に介入し、国会の論議を引きおこし、行政調査を行わせることになるのである。成果はなくはなかった。世論が喚起され、植民地相は認可を更新しない旨を発表したのである……。

ジッドにとってきわめて新鮮なこの闘争の数年のあいだに、彼は確実にその相貌を変えた。だがまた同時に彼は、社会的・政治的領域では、それまで倫理的・精神的次元で自分の心を占めていたものを、ただ延長しているにすぎないことを悟っていた。スキャンダラスな植民地支配を容認し、「少数の株主の利益や富のためだけに作られた会社の隠然たる権力」に依存すらしていた経済的・社会的制度、これを批判するよう促されたジッドは結局のところ、そのドグマや正当性に、また家族・宗教・国家などを基盤とする階級制に満足しきった偽善的社会を告発しつづけたのである。一九一二年五月にルーアン重罪裁判所の陪審員として「正義執行機構」にたいし行った批判から、一九三一―三六年の共産主義への「支持」にいたるまで、ジッドの社会的「アンガージュマン」は、彼の考えでは、まさに『地の糧』に謳われた解放の叫びの延長にほかならなかったのである。

しかしながら一九三二年の夏、「新フランス評論」誌に前年分の『日記抄』の掲載が始まり、ジッドがソビエト共産主義への思いを公にした当初、反響はただ唖然とするのみ、というものであった。モーリヤック、あのモーリヤックさえもが理解できなかった、あるいはむしろジッドの誤解の何たるかを予見しつつも、それが彼の過去の作品とどう関わっているのかが分からなかったのだ――「かくして、我々各人が最もかけがえのない存在だと若者たちに説いていたアンドレ・ジッドが今や、すべての人間が互いに代替可能なボルシェビキ蟻塚の勝利を願っているのだ……」〔*CMau*, 153〕。そもそも共産主義にたいするジッドの支持がその進展の自然な一段階として出てきたのは、ファシズムの脅威にさらされたソ連邦が孤立から抜け出ようとし、またフランスでは共産党が同様の目的で共鳴者を歓迎し、「左翼知識人《ヴェル・ディヴ》」を引き寄せて「革命作家・芸術家協会」に加入させていた時期のことである。当時ジッドは冬期競輪場での会議の司会を何度も務め、さまざまな大会でスピーチをし、動議や請願書に署名し、いくつもの代表団に加わっていた。一九三六年六月十七日、彼はモスクワ政府の招待を受けソビエト連邦に十週間の凱旋旅行に出かける。赤の広場でスターリンやモロトフ、政府高官らを横にしてマクシム・ゴーリキーの追悼演説を読み上げた。また彼のロシア語版作品集がピッチを上げて次々と出版される……。

同年十一月には『ソビエト旅行記』が刊行され、年内に十万部以上が売れる。この本のなかでジッドは、婉曲かつ控えめにではあるが（非難や侮辱に刺激され、またモスクワの大粛正という新事実を知ったジッドは八カ月後の『ソビエト旅行記修正』ではこういった姿勢はとらなくなる）、自分が考えていた理想のロシアと現実のロシアとの乖離を知った失望感を表明する……。ジッドはもはや共産主義者ではなくなったのである。

だが、はたして彼は本当に共産主義者だったのだろうか。一九三三年の『日記』には、自分を共産主義に導いたのは「マルクスではなく、福音書」〔JII, 421〕である、『地の糧』以降そう捉えてきたような、強制も禁止もない福音書であると述べているのだ……。

したがって彼は、一九一六年に早くも第一の『糧』〔『地の糧』〕と対をなすものとして構想していた「この瞑想あるいは精神的高揚の書〔『新しき糧』〕」〔JI, 923〕を、新たな信条にしたがい難なく補足し、方向づけ、結論することができた。『汝もまた……?』やマルク・アレグレとの関係の時期に書き始められ、一九三一年から三五年にかけて完了したこの新たな歓喜と幸福の賛歌は、ちぐはぐで、かなり人為的に継ぎ合わせた断片的構成と感じられはするものの、少なくともジッドがどんな論理で政治的「アンガージュマン」に導かれたかという点は明確に述べている——

……実のところ、悲惨に躍りかかる幸福なんて、まっぴらご免だ。他者から奪う富なんて願いさげだ。もし私の衣服が他人を裸にするようなら、私は裸でかまわない。ああ、主キリストよ、あなたはだれかれの区別なしに食事を饗応なさる！　あなたの王国で催されるあの饗宴が麗しいのは、万人が招かれているからです。

〔…〕私は、是非とも幸福にならねばならぬ義務を内心に感じている。しかし、他者を犠牲にしてようやく獲得される幸福、人から奪って得た幸福はすべておぞましく思える。もう一歩で我々は悲劇的な社会問題に触れることになる。どんなに理性的に考えてみても私には共産主義への傾斜を控えることはできまい。〔…〕

私の幸福は他人の幸福を増大させることである。自分が幸福であるためには、私には万人の幸

福が必要なのだ。〔NN, 268-9〕

だが正確に言うならば、本当の「アンガージュマン」はジッドにおいては一度としてなかったのであり、『参加の文学』（一九五〇年）についてなされた次のような指摘は的を射たものである。つまり、自身を己の意見や行為の囚われ人だとはけっして認めなかったジッドの精神状態にかんするかぎり、彼が社会主義に傾斜した時期の論文集（スピーチ、論文、書簡に加えて『ロベールあるいは一般の利益』）につけたこの書名は逆解釈となるのだ。じっさいそれは、場合によっては彼の全生涯を、先行作品のすべてを否定しかねない。彼がきわめて真剣にマルクスを読もうとした頃の『日記』には、何と意味深長な読書メモが記されていることだろう――

六月十五日――「断定は否定である *Determinatio est negatio*」。カール・マルクスの『資本論』第四巻四九ページに註として挙げられているこのスピノザの言葉は、『地の糧』の次の文句を補い支えてくれるであろう――「選ぶということは、選定することではなく、むしろ選定しなかったものをはねつけることのように私には思われた」。〔*JII*, 369 ; *Nt*, 183〕

要するに彼は共産主義を、そして旅行に赴くまではソビエト社会を、「資本主義」社会のなかで彼が対立したあらゆる束縛・禁忌・体制順応主義から解放された、一種の自然状態だと思い描いていたのである。彼の「アンガージュマン」は革命家的態度とはまったく異なり、むしろまさしく「無政府状態」に魅せられた反逆者の態度だったのだ。『ソビエト旅行記』に語られる幻滅はすべてが、一九三一年の熱狂的理想郷から早くも予測しうるものであった――

ロシアにたいする私の共感を大声で叫びたい。そして私の叫びが人に聞かれ、重要性を帯びてほしい。この巨大な努力の成果、私が心の底から願い、これにむけて専心したいと思うその成功を見るまで私は生きていたい。宗教のない国、家庭のない社会が何を与えうるかを見てみたいのだ。宗教と家庭は進歩にたいする二つの最悪の敵である。〔*JII*, 296〕

そして突如としてソ連邦と接触をもったとき（もっとも彼はこの国が「建設途上」〔*Urss*, 750〕で進展のただ中にあること、「まだまだ我々を教化し、あっと驚かせる」〔*Urss*, 785〕ことを強調して、批判を和らげるのに大いに意を注いだのだが）、彼はそこで何を見つけたのか、何をふたたび見出したのか。厳格な体制であり、信条であり、教条主義であり、権威への服従であり、反画一主義にたいする周到な闘争である。またジッドは同性愛者を禁ずる法律を例に挙げるのを忘れない。この法律は、「同性愛者を反革命家と同一視して（なぜなら「反画一主義」は性的な問題にまで適用されるからだ）、五年間の禁固刑に処し、それでも更正しない場合にはさらに処罰を課す」〔*Urss*, 772〕というものだった……。一言でいえば、彼が見出したのは自分がそこから逃げ去ったもの、つまり「教会」だったのである。

「未来の人類の幸福のために……」

はっきり認めておかなければならないが、ジッドの共産主義的変身は心理的次元でのみ意味をもつものであった。キュヴェルヴィルの館に住まう、気質はしごく保守的で家父長主義の主《あるじ》が改宗するといった話ではけっしてなかったのだ。「真理のための同盟」が一九三五年一月に企画・開催した「アンドレ・ジッドと現代」にかんする有名な討論会で、アンリ・マシスがこの大個人主義者の新たな姿勢のうちに「自分よりも大きな何かに加わりたいという欲求」(2)を見ようとしたのは間違いではない。そして同年の『日記』のきわめて重要な一ページには、ジッドの感受性、「感動しやすさ」の一面が強調され、しごく当然のこととして、共産主義に惹かれる理由がそうした性格と関連づけられている――

ラ・レンク、八月二日――昨日は国の祝日。ホテルの大食堂(ひどい呼び方だ)で夕食前に、見えないところに隠れているオーケストラが国歌を演奏した。皆は立ち上がり、荘重に熱を込めて合唱しはじめた。すべてが一つに溶け合った時はいつもそうだが、この時もふと涙が湧いてきた。そうした自分を少々滑稽には思ったが、どうにもしようがなかった。それは私よりも強いものだった。私は、それが私という存在の一番深いところから湧いてくるものであれば、この私よりも強いものを喜んで受け容れるのだ。個人が特殊であればあるほど、とつぜん群衆のなかに吸収され同化されることに覚える彼の悦びはいっそう激しいものである、と私は思いさえする。深い悦び、これはもしはじめ自分を他と区別させるものがなかった時には、たしかに存在しえないものである。なぜなら悦びは与えることのなかにあるのだから。私に言わせれば、共産主義への同意が個性化を否定するどころか、それを要求している所以はここにあるのだ。そして健全な共産主義社会が力強い個性を助け、かつ要求していると私が信じて疑わない所以もまたここにあるのだ。〔JII, 497-8〕

したがって最も重要なのは依然として彼の拒否・撤退なのであり、それは一時的な支持が彼の「性格」を表すのにもまして、彼の最後の叡智を明示しているのである。そしてこの叡智は、その時々で柔軟な姿をとりながらも、『オイディプス』（一九三一年）から『テセウス』（一九四六年）にいたるまで本質的には変わることがない。今やジッドは停止地点ではなく均衡地点を見出し、それを表現するのだ。『オイディプス』のなかで我々に語りかけるジッドは、十二年後にサルトルが『蝿』のユピテルのモデルとする人物なのである。彼が放つのは、人間中心主義の必要性と、神々や権威からの「解放」とを訴えるメッセージであり、さらに己の自由を誠実・勇敢に用いて自らを完成する——モンテーニュがアリストテレスの〈*τὸ ἀνθρωπευεσθαι*〉を訳しつつ語ったように「上手く人間を作る」——という各人に課された義務を訴えるメッセージなのだ。オイディプスは（彼はこの後、息子たちが「父の示した教訓からは、同意や許可といった自分たちの気に入るものしか採らず、困難だが最上のものである遠慮の徳は捨てて顧みなかった」〔*Œd*, 302〕と嘆くことになるのだが）、「目的地とは何か」と問うエテオクレスとポリュネイケスにたいし、それに答えうるのは「神秘主義と道徳論を振り回して我々をうんざりさせる」〔*Œd*, 283〕祭司テイレシアスではないと説く——

それがなんであれ、〔目的地〕は我々の前途にあるのだ。〔…〕私がスフィンクスを征服したのは、お前たちを安心させるためではない。〔…〕テイレシアスは何ひとつ自分で考え出してはいない。だから探求し創造する人間を認めることができないのだ。いかに彼が神のお告げや鳥の啓示によって神の霊感を授かっていると思っても、謎に答えられたのは彼ではない。私だけが、スフィンクスに食われぬための唯一の合い言葉が〈人間〉であることを悟ったのだ。もちろんこの言葉を発するには多少の勇気を要した。しかし私は謎を聞く前からこの答えを用意していたのだ。どんな問いにたいしても、私にはこれ以外の答えを認めないだけの力があったのだ。

いいか子供たちよ、私の言うことをよく理解してくれ。我々はいずれも青年時代、人生の門出にあたって怪物に出くわすのだ。そいつが我々の前進を妨げるような謎をかける。それぞれのスフィンクスがめいめいに違った問いをかけるが、どの問いにたいしても答えは同じであることを確信しておかねばならない。そうだ、さまざまな問いにたいしてただ一つの答えしかないのだ。その唯一の答えというのが〈人間〉なのだ。そして我々各人にとって、この唯一の人間、それは〈自己〉なのだ。〔*Œd*, 283-4〕

したがって最も重要な徳性とは勇気である。しかもそれは、前もって定められた外的な規制に己の生を服従させるのに必要な「勇気」ではなく——『女の学校』三部作（一九二九—三六年）の哀れな主人公ロベールの態度がそうだが、こういったものはただの安楽な放棄にすぎない——、エヴリーヌがもつような、自分の多様性を正面から見つめ断固として誠実《サンセリテ》を曲げない勇気なのだ。しかしながら一貫性の欠如や分裂はなかなか受け容れがたいものであり、それを恐れる信心家ロベールは、「ただ己《おの》が信仰のゆえに善き信仰を捨て」、何の疑いも抱かず一つの制度にたいし決定的に服従したのである——「誠実にたいする信仰は〔と、彼は書いている〕、必然的に我々の存在を一種の誤った多様性に導いていきます。というのも我々が本能に身を委ねるや、たちまち思い知らされるのは、いかなる規律にも従おうとしない魂はどうしても一貫性を欠き、分裂してしまうからです」〔*Rob*, 1333〕。

『オイディプス』の教訓にもまして明快で典型的なのは、テセウスの軽快な自伝だ。それは〈人間〉の冒険を象徴する。たしかにどんな冒険も特殊で個別的なものでしかありえないが、彼は一つの「典型」なのだ。というのもテセウスは、彼もまたその忠告に従ったイカロスのように、自分以外にはけっして頼らなかった冒険者だからである。彼はあらゆる誘惑、あらゆる情熱を受け容れ、また探し求めたが、そのいずれにも流されたり引き止められたりはしなかった。常に彼は自分自身の道にのみこだわり、前へ前へと「越えて進んだ」のだ。彼が経験した試練のうち最も苛酷だったのは迷宮の試練であったが、ダイダロスは次のことをあらかじめ彼に告げていた。困難なのは迷宮から抜け出ることではない。そこを抜け出したいと「望む」こと、香がもつ催眠効果に抗うこと、見栄えのする安楽な神殿に満足しきって居座らないこと、それこそが困難なのだ——

……私は〔と、彼は説明する〕、執拗な逃亡の意図に勝つ牢獄も、また果敢と決意が乗り越えられぬ柵や堀も存在しないと判断したので、迷宮のなかに止めておくための最良の方法は、そのなかに入ったものが出られないようにすることよりも（私の言う意味をよく理解してほしい）、出たくないという気にさせることだと考えた。〔…〕私は以前から、火に入れると燃えながら半ば麻酔作用のある煙を発散するいくつかの植物に気づいていたが、それらはこの目的に実にみごとに適していると思われた。はたしてそれらは私の期待どおりの結果をもたらした。私はこれらの植物を香炉にくべて、昼夜の別なく燃やしつづけた。それらが発散する重い煙霧はただ単に意志に作用し眠らせるだけではない。魅惑に満ち快い迷妄に富む酩酊を起こさせ、脳髄をさまざまな妄想で満たして、脳髄の空漠な活動を誘うのだ。私がこの活動を空漠というのは、それが単に仮想のもの、一貫性も論理も実体もない幻影や思想にしか至らないからだ。この煙霧は、それを吸う各人にたいし同一の作用を及ぼすのでは断じてなく、各人は、そのとき自分の脳漿が準備する複雑《アンブロリオ》な筋書きにしたがって、個別の迷宮とでも言おうか、そのなかに迷い込んでいくのだ。〔*Th*, 1432-3〕

同様に、「さまざまな怪物と張り合い」それらを手なずけては経験した数々の恋愛からテセウスが学んだのは、ただ己をよりよく知るということだけであった。アリアドネ、プロセルピナ、パイドラ、どの女のもとにも彼は止まりはしなかった――

ペイリトオスがこう言ったとき（ああ、彼とはなんと気が合っていたことか！）、それは理にかなっていた。重要なのは、どんな女によっても、ヘラクレスがオムパレの腕のなかでされたように、骨抜きにされてはならぬということだ。そして私には女なしですますことはできもしなかったし、望みもしなかったので、女を漁りはじめるたびに、彼は私にこうくり返したものだ――「行け、だがそれを越えて進むのだ」。〔*Th*, 1418〕

また、あまりに世話好きなアリアドネの愛にたいするテセウスの反抗には、マドレーヌの判断に自分の思考が妨げられるというジッドの思いが反映してはいないだろうか。というのは、テセウスが迷宮の出口を見つけられるようにとダイダロスが手渡してくれた糸玉のことがあるからだ――

この糸玉のことでアリアドネと私とのあいだに最初の諍いがもち上がった。彼女の言い分は、ダイダロスが私に託した糸玉を自分にあずけてほしい、それを自分の膝に乗せて持っていたいというものだった。糸を巻いたり解いたりするのは女の仕事だというのが彼女の理屈で、とりわけ自分はそんな仕事が得手だから、そういった面倒を私にはさせたくない、と言うのだった。しかし本当のところは、彼女はこうすることによって私の運命を支配しつづけたかったのだ。それだけはどうしても私には承諾できないことだった。私はまたこうも疑っていた。糸玉を解いていけば私が彼女から離れていくのが可能になり、彼女の意に反するので、そのためつい糸を繰り出すのを止めたり、自分のほうに手繰り寄せたりしてしまい、結果的に、私は思う存分に前に進むことを妨げられてしまうのではないか、と。〔*Th*, 1438〕

テセウスはこれらすべての試練から勝利者として脱出した。今や彼は知っている――自分自身が己を作り上げるのであり、彼の価値はその行為に存し、また「最後の審判では」行為はそれ自体において裁かれ、いわゆる超越的制度に照らして裁かれるのではないということを。テセウスは「もっともな理由」、サルトルが「自己欺瞞」と呼んだものを常に拒みつづけた存在である。「為すこと《フェール》、そして為すことで己を成すこと《ス・フェール》」、ジュール・ルキエ（実存主義の先駆者と位置づけられる十九世紀の哲学者）のこの公式は、実存主義者たちが注目し十全の意味を付与したものだが、『テセウス』が例証するように、それ以前からまさにジッド自身の公式だったのである。つまるところ、ジッドの相続者や甥を探し出す必要があるとすれば、第二次大戦の直前から早くもフランス文学が自らの資源を得た実存主義哲学の大潮流、これこそが間違いなく彼のなかにその最も寛大な先駆者を見出すであろう。彼自身もいつの日にかこの類縁が認知されることを疑っていなかった――

おそらく後になれば〔と、彼は『テセウス』執筆の時期に書いている〕、だれか注意深い読者が、最初は気にとめられないでいた私の一文を引き出して、今日「実存主義」の声明や宣言について揉み合っている騒動（これはなにもサルトルだけに責任があるわけではない）を前にして驚き、「だがジッドが彼より先にそれを言っているぞ……」と異議を唱えるようなことがあるだろう。〔JII, 1020〕

最後のメッセージであり、皮肉を帯びた「レシ」の傑作。今やジッドは優雅にして闊達な文体に到達し、それによってこの最終作品はフランス語散文による最高傑作の一つとなった。創作行為の完了および総括という重みによって『テセウス』は『オイディプス』を凌駕する。最終段階に至って『地の糧』の解放者はプロメテウスとふたたび手を結び、自らを明示し、その運命の意味を完全なものとしたのだ。彼はダイダロスの話を聞く――

いつまでも迷宮のなかにぐずぐずしていてはならぬ。また恐ろしい闘争の末にお前は勝利者となるだろうが、アリアドネの腕のなかにもぐずぐず止まっていてはならぬ。乗り越えて進むのだ。怠惰は裏切りだと考えよ。休息を求めるな、お前の運命が成就され、死のなかにそれを見出すまでは。このようにしてようやくお前は、見かけの死を越えて、人々の感謝によって再創造され生きつづけるであろう。乗り越えて進め、前へ進め、都市の勇敢な統合者として、お前の道を追い

求めよ。〔*Th*, 1437〕

そして今や彼は満足を表明しうる境地にある――

自分の運命をオイディプスの運命と比較して、私は満足を覚える。私は自らの運命を成就した。私は自分の後ろにアテネの都市を残す。私は妻や息子よりもなおいっそうこの都市を慈しんだ。私は自分の都市を造ったのだ。私の死後、私の思念はここに不滅に宿るだろう。私はいつでも受け容れる気持ちで孤独な死に近づいている。私は地上の善きものを味わった。私のあと、私のおかげで人々が自分はいっそう幸福で、いっそう立派で、いっそう自由になったと認めるのだと思うと私の心は温まる。未来の人間の幸福のために私は自分の仕事をなした。私は生き尽くしたのである。〔*Th*, 1453〕

最晩年は平穏で、ただ静かに終わりを待つばかりであった。「私には老いるのはごく自然なことに思われる。そして私は老いるのを恥ずかしいとは感じないように、死ぬことも恥ずかしくはないだろう……」。一九三八年の復活祭の日曜日にマドレーヌが他界したことは、心の奥底まで彼を苦しめたが、それでも自らの間近な死にたいする感情と同じく、己が歩んだ道、「運命的愛《アモール・ファティ》」にたいする自信が揺らぐことはない。そうしたジッドの性格を如実に示しているのが一九三九年二月の有り様《よう》だ。このとき彼はエジプトで、衝撃的な『今や彼女は汝のなかにあり』とまったく並行して、『エジプト日記』に「恋愛漁り」の破廉恥な話を綴っているのである。これはその後も次のように書き記す人物にとっては、欠かすことのできぬ話なのだ――「私は肉体のなかにまだ官能の火が残っているうちに墓に入りたい……」。現世にかんしては、まるで運命の女神が猶予を計り与えていたかのように、戦後になってオックスフォード〔大学名誉博士号〕、ノーベル賞、ラジオでのジャン・アムルーシュとの「対談」、『法王庁の抜け穴』上演にたいするパリをあげての賛辞など、数々の栄誉が頭上に降り注いだとき、ついにジッドは倫理裁判の再審に勝訴したと自ら考えうる状況にいたる。彼は何ものをも否認しなかった。世間が彼を認めたのである。まもなく親しい知人たちは皆こぞって、散らかり放題の「ヴァノー」で、絶えず肩掛けやセーター、ハーフミット、あるいは伝説化した珍妙なデコボコ帽子などを探し回る普段着の大人物の姿を描き出した……。そしてついに死が、小さく厳めしい部屋の狭い鉄製ベッドに訪れる。なおも手の届くところにはアシェット社の古い教科書版ウェルギリウスが置かれているが、彼はこれを手元から離さず、歩きながら読み、時には暗い路地で立ち止まり街灯の明かりを頼りに詩句を判読していたのだ……。偉大さと弱点とによって、また教養人にとっても「パリ＝マッチ」[3]にとっても、それはまさに〈栄光〉であった。ジッドは自らが物した一大戯曲に見合うかたちで舞台から姿を消すことに成功したのである。

「彼は自分を利するものすべてを手に入れた。揺りかごを覗き込んでくれた空想の妖精たち。金銭上の心配から解放してくれた資産。長期間の旅行をはじめとする突然の隠棲を許し、それによってさまざまな出来事から守ってくれた脆弱だが安定した健康。感嘆すべき数々の友情。取捨選択できるほど多くの栄誉。そして最後に、三十年前から戯れに予告されていた死、ジッドが微細に報告するように創作能力が若干低下してからのことではあるが、それでも惚けて舌が回らなくなったり言葉を失ったりする前に、時宜よろしく訪れたこの平穏な死。こういった特権はなかなか得がたいものだ。その利用の仕方も実に見事であり、今日となってみればこの生と死はまさに賞賛に値する。それは完璧なまでの成功なので、いかなる神の裁きもこのスキャンダラスな罪人《つみびと》の最期をただ辱めんとするものには非ず、マシス氏もそう思うに相違ない」(4)(ベルトラン・ダストルグ)。

終章　キュヴェルヴィルから……

時代遅れのアンドレ・ジッド……。今もなお彼はいかなる栄光も免れることのできない煉獄のなかにある。一九六〇年十二月に某週刊紙が行った「没後十年が経過した現在、ジッドの何が残っているか」[1]というアンケートで、質問を受けた若い作家たちの口から出たのが、嘲弄でさえなく、如才ない醒めた言葉が少しばかりだったのは驚くべきことだろうか。おそらくはまだ彼を弁護する時期にさえなっていないのだ。ほんの最近まで彼はサルトルやカミュの公認の師であり、三世代にわたる師であったが、もはや我々の世代の師ではないのである。

古典主義の最後の代表者として——古典主義にかんする彼の定義は実に見事なもので、その公式の数々は大当たりのあまり、もはや彼のものとはいえなくなってしまったほどである——「エクリチュールのゼロ段階」の時代にはもう通用しない雄弁術の規範に忠実だっただけに、今日の若者たちの目にはジッドがとりわけ大いなる「維持者」と映るのはほぼ異論の余地がないところだ。文体や技法の進展に多くの寄与をなし、五十年ほど前には文学形式の革新の前衛にあった者の残酷なまでに逆説的な運命……。そしてまた、暇つぶしをしていさえすればよい個人主義的な大ブルジョワの作品に関心を示すのは、現代には相応しからぬこととも思われてくる。彼自身としても、一九五〇年にもなって、遺作『かくあれかし』のなかに次のように書くことがいかに「時代遅れ」かということは分かっていたのだ――

人間と神との関係は人間同士の関係よりもはるかに重要で興味深いと、私には常に思えた。そして裕福な環境に生まれた私がさほど人間同士の関係を気遣う必要がなかったのはかなり自然なことだった。もし私の両親が生活の資を稼ぐのに苦労しなければならなかったとしたら、おそらく事情は違っていただろう。親から受け継いだ性質、それからピューリタン的養育が私の精神をほぼひたすらに倫理的問題だけに向けさせたのだ。〔*Asi*, 1005-6〕

厳密に社会的な次元ではいかに保守的であったにせよ、ジッドが一生を通じ、己の思想を表現し深めることで、自分が組み入れられた社会の基盤を覆そうとした点はしばらく前からもはや注目されなくなった。たしかに彼には、マルクス主義あるいは現代のさまざまな人格主義的潮流が言わんとするような共同体意識はなかった。彼が他者たちとの一体化に向かったのは、まったく心理的・情動的な理由によるのであり、人生の最後の最後まで彼の至上命題であった幸福の探求、官能の欲求にしても、当時の悲劇的状況にあまりに無頓着であると思われかねない……。年老いた中国人のようなポーカーフェイスをした最晩年の著名老人は、『アンドレ・ワルテル』の髪を伸ばし口髭を生やした詩人と同じく、すでに遠い別の時代に属していたのである。

では我々はキュヴェルヴィルのかの地から、一九五三年にマドレーヌの墓の横に並べられたあの墓から――ジッドの墓は彼の曖昧な沈黙を強調するかのように白く何も記されておらず、かたや傍らの墓には彼が彫らせた福音書の二節が並ぶ[2]――、今なおどのような教訓を汲みとれるのだろうか。一言で要約をし、この営為=作品《ウーヴル》を総括して、そこから何か教えを引き出さねばならないとすれば……いや、そんな問題ではない。まさしく次の点なのだ。ジッド、たとえ時宜を失しているやもしれぬ彼の思想がそこにあっては驚くばかりに熱を帯びて現代的・今日的であり続けているのだ。ジッド、それは生成・道程であり、活動し際限なく誕生する意識、すなわち存在する意識なのである――

> 私は主義主張を唱えることはしない〔と、彼は亡くなるほんの少し前に書いている〕。アドバイスを与えるのもお断りで、議論となると、すぐに退却してしまう。だが今日では暗中模索のすえ誰を信頼してよいか分からなくなってしまう人たちがいるということも承知している。そういう人たちに言おう。真実を求める者を信じ、真実を見つける人を疑いたまえ。すべてを疑いたまえ、だが自分自身は疑うなかれ、と。〔*Asi*, 1060〕

ジッドが我々に示してくれるのは、一つの方法《メトッド》であり、その方法が作動するさいの明晰かつ熱烈な実例=模範なのである。ジッドの死にさいし当然の務めとして彼に捧げた美しい賛辞のなかで、サルトルはいみじくも彼が「その思想を生きた」ことを称えている――「ヘーゲル曰く、〈あらゆる真理は生成したものである〉。〔…〕ジッドは〈己の真理になる〉ことを選択しただけに、かけがえのない実例=模範なのである。〔…〕そこから出発して、今日の人間は新しい真理となることができるのだ」[3]。したがって営為=作品の研究とはすべて人間の研究でしかありえない。それは体系による構築作業などではなく、アンドレ・ジッド自らの辿った道程、進展する意識のあらゆる紆余曲折に共感をもって付き従うことなのである。

したがって「彼の真理」とは、彼の歴史、彼の誠実な探究のことである。それは人生と同様に無尽蔵であったし、また人生と同様に結論がなかった。ある意味において、そしてこの営為＝作品にたいしどんな予断的態度も持たず真剣に考えれば、ジッドを「処理済みの一件」のように扱うことはできぬと言わねばならない。彼の相次ぐ体験＝実験をいずれも誤りと見なし、宗教的問題を「私的倫理観」へと演繹するのを笑止と判断することはできても、覚醒させ不安にさせる彼の役割を無価値・無効とは断じられないのだ。いかなる戦闘的分派にであれ彼を加入させることはもとよりできない。なぜならば彼はあらゆる党派を敵に回してただ自らのためにのみ闘ったのだから。また彼はその死についてさえ完結や結論といったものを避けた。もっぱら魂にかかわる疑問に長らく専心していた彼が、晩年には一元論的で唯物論的・無神論的な主張を述べることが多くなっていたのである。短い末期の苦しみが始まった一九五一年二月十八日、ジャン・ドレー博士が次のような最後の呟きを耳にしたとき、ジッドはいったい何を言わんとしていたのだろう――「常に、理性的なものと、そうでないものとの闘いです」[4]……。モーリヤックは慎重な姿勢を示しつつも、執拗な宗教的不安が「それまで空しくも求められていた徴《しるし》」〔*CMau*, 206〕をそこに見ようとした……。だが「信仰者というものは臨終の呟きを神秘的に解釈するのが巧みである」〔*Ec*, 765〕、そのようにジッドは一九四二年の『ゲーテ戯曲集』序文のなかで――そこではこの巨匠の最後の言葉「もっと光を」が耐え忍んだ多くの評釈がユーモアを交えて論評されている――、モーリヤックにたいし前もって答えておいたかのように思われる……。そしてマルタン・デュ・ガールはモーリヤックの解釈を即座に「敬虔な伝説」の誕生と見なして憤慨し、この「最後の言葉《ノヴィシマ・ヴェルバ》」にいかなる宗教的な意味も付与させるべきではないと考える。どのような断言のなかにもけっして固定化せず、己の真理を盲信し己の確信そのものに押収された人々にたいし常に闘いを挑むこと、これを原則としていた者を守らんとする人間としては意外な確信である。モーリヤックとマルタン・デュ・ガールとの中間にあってロベール・マレは著書『曖昧な死』のなかで巧みに述べている――「〈おそらく〉と言ったのが信仰者で、〈たしかに〉と言ったのが無信仰者だった。マルタン・デュ・ガールの口調は友人の一人が閉じこめられるのを避けるためなら、躊躇うことなく自分のほうに閉じこめてしまう人の口調のように思われた」[5]。

人間中心主義の具体的な顕れとして、アンドレ・ジッドの営為＝作品には、その欠陥にいたるまで今も疑いえない生命が息づいている。伝統に深く根ざしながらも徹底して革新的なこの営為＝作品は、人間の内在的な偉大さにたいする誠実で勇敢な意識を証言しているのだ。もしいつの日か自由がいくぶんなりとも弱小化するような事態になれば、――恩知らずな振る舞いに当たるか否かはともかく、だがジッドはそんなことを本当に気遣っただろうか――人はこの実例＝模範を想起せずにはいられまい。頂界線に誇らしく止まったのち、たとえやむなくそこを離れて選択し参加・所属する、すなわちまたしばらくはジッドを否認することになろうとも……。

訳注

第一章　息子

（1）この書評は一九二六年十二月二十三日の「ル・タン」紙に初出後、以下に収録された――Paul SOUDAY, *André Gide*, Paris : Simon Kra, coll. « Les Documentaires », 1927, pp. 109-21.

（2）*CMèr*, 626. なお原著がこの手紙を「三月十五日」とするのは、初出のジャン・ドレー『ジッドの青春』(DEL, II, 473) の誤記にもとづく。マルタン自身の校訂による『母との往復書簡集』にしたがって「三月十一日」と訂正する。

（3）この雑誌掲載テクストは近年、『文学における影響について』を併載して初版出版された――*Conseils au jeune écrivain. De l'Influence en littérature*. Préface de Dominique Noguez, Paris : Éd. Proverbe, 1992. 引用は同版では一七―一八ページ。

（4）「十一月二十一日」というのはジッド自身の記述によるが、本書冒頭の引用文にもあるように、正確には「十一月二十二日」とすべきところ。

（5）アンナ・シャクルトン（一八二六―八四年）。初めはジッドの母ジュリエットの家庭教師としてロンドー家に入ったが、やがて彼女の親友となったスコットランド生まれの女性。『狭き門』の登場人物フロラ・アシュバートンのモデル。

第二章　マドレーヌ

（1）パリ大学附属ジャック・ドゥーセ文庫が現蔵する初期断片稿（二十八葉、整理番号γ896）には、「詭弁」の語が二度にわたり青鉛筆で記されている。

(2) Paul BOURGET, *Essais de psychologie contemporaine*, Paris : Libr. Plon-Nourrit & Cie, éd. 1924, t. II, p. 258.

(3) Voir Paul ISELER, *Les Débuts d'André Gide vus par Pierre Louÿs*, Paris : Éd. du Sagittaire, 1937, p. 23.

(4) *Ibid.*, p. 90 の内容をまとめた原著者の表現。

(5) *Ibid.*, p. 75. 一八九〇年十二年二十一日の記述。

(6) 『主観』と題されたこの読書ノートそのものは一九六九年にジャック・コトナンによって全文が公刊された—— Jacques COTNAM, «Le *Subjectif*, ou les lectures d'André Walter (1889-1893)», *Cahiers André Gide I*, Paris : Gallimard, 1969, pp. 15-113.

(7) Henri MONDOR, *Les Premiers Temps d'une Amitié. André Gide et Paul Valéry*, Monaco : Éd. du Rocher, 1947, p. 4.

(8) *Ibid.*, p. 9.

(9) Voir *Nt*, 179.

(10) ダンテ『神曲』煉獄篇三十歌二〇行。ただしジッドは「周りに d'intorno」を（おそらくは誤って）「内に d'interno」と記している（*AW*, 56）。

(11) Roger MARTIN DU GARD, *Journal*, Paris : Gallimard, 1992-93, t. II, pp. 232-3.

(12) 原著が「八月」と記すのは『日記』プレイアッド旧版によっていたため。これを最近出来の新版に従って「九月」に訂正する。

(13) 原著はこの箇所を「『ナルシス論』『ユリアンの旅』執筆と同じ夏（一八九二年）」と記すが、『ナルシス論』執筆は前年の夏であるため、これを削除・訂正する。

(14) 「自分の影を売ることのできたあの男」とは、言うまでもなくアーデルベルト・フォン・シャミッソーの『ペーター・シュレミールの不思議な物語』の副題「自分の影を売った男」から借りた表現。

(15) Germaine BRÉE, *André Gide l'insaisissable Protée*, Paris : Les Belles-Lettres, 1953, p. 56.

第三章　アフリカ

（1）一八九五年七月二十一日付ジッド宛書簡。DEL, II, 419 ; Stéphane MALLARMÉ, *Correspondance*, Paris : Gallimard, t. VII [1982], p. 241.

（2）Maurice BARRÈS, *Un Homme libre*, in *Romans et voyages*, Paris : Robert Laffont, coll. «Bouquins», 1994, t. I, p. 102.

（3）ウェルギリウス『牧歌』第十歌三八行。この一文は『地の糧』第七書の銘句としてよく知られる〔*Nt*, 228〕。ちなみに『一粒の麦もし死なずば』では «Quid tunc si fuscus Amyntas ?» のかたちで引用されている〔*Sgm*, 283〕。

（4）Frank HARRIS, *La Vie et les confessions d'Oscar Wilde*, trad. Davray et Vernon, Paris : Mercure de France, 1928, t. I, p. 173.

（5）前出のように原著の「三月十五日」を「三月十一日」と訂正した。

（6）ラヴィジュリー卿が創設した会派の教会で、ビスクラには一八七三年に建設されたが間もなく廃れ、ジッドらが宿泊に使った頃は名のみが残っていた。

（7）Michel TOURNIER, «Cinq clefs pour André Gide», in *Le vol du vampire*, Paris : Gallimard, 1981, pp. 212-38.

（8）Justin O'BRIEN, *Les Nourritures terrestres d'André Gide et les Bucoliques de Virgile*, Boulogne-sur-Seine : Les Éd. de la revue Prétexte, 1953, p. 24.

（9）『全集』版（*ŒC*, II, 67）やプレイアッド版『作品集』（*RRS*, 158）での誤植のためにしばしば «On est sûr…» と引用されるが、『地の糧』の初版、およびジッド自身がテクストの点検・修正をおこなった一九二七年版が示す正しい原文は «On n'est sûr de ne jamais faire que ce que l'on est incapable de comprendre.» である。ただし、このかたちでも文意の把握は容易ではない。本文に示したのは、ジッドと親しかったドロシー・ビュッシーによる英訳からの重訳。

(10) ホラティウス『詩論』三六一行から引かれたこの一文が十七世紀以降、古典主義やロマン主義の美学的信条として人口に膾炙したのは周知のとおり。

(11) *ŒC*, XV, 532. 文中『サウル』からの引用は *S*, 105。ただし作品では「快い」は charmant ではなく délicieux で、charmant はエンドルの巫女の科白中の形容詞（cf. *S*, 100）。

第四章　天国と地獄

(1) 原著がここを「一九〇一年十月」とするのはジッドの誤記にもとづく（一九〇四年十一月の『日記』〔*JI*, 430〕を参照）。『背徳者』が実際に完成したのは、マルタン自身がその主著『ジッドの成年期』で指摘・訂正したように、同年の「十一月二十五日」である（voir Claude MARTIN, *La Maturité d'André Gide. De «Paludes» à «L'Immoraliste» (1895-1902)*, Paris : Klincksieck, 1977, p. 518）。

(2) Jacques RIVIÈRE, *Études*, Paris : Éd. de la N.R.F., 1911, pp. 239-40 (éd. collective d'Alain Rivière, Paris : Gallimard, coll. «Les Cahiers de la NRF», 1999, p. 516) ; et cité par Paul ARCHAMBAULT, *Humanité d'André Gide*, Paris : Bloud et Gay, 1946, p. 119.

(3) ARCHAMBAULT, *ibid.*, p. 120

(4) BRÉE, *op. cit.*, p. 192.

(5) ARCHAMBAULT, *op. cit.*, p. 122.

(6) *JI*, 988. 括弧内引用は「ローマの信徒への手紙」第七章九節。

(7) Charles DU BOS, *Le Dialogue avec André Gide*, Paris : Au Sans Pareil, 1929, p. 136.

(8) *JI*, 1100. 一九一九年一月二十日の記述。『日記』プレイアッド旧版では一九二三年と一九二四年のあいだに挿入された「断章」に分類・収録されていた。

(9) GIDE, *L'Affaire Redureau*, Paris : Gallimard, 1930, p. 107 ; *Ne jugez pas*, Paris : Gallimard, 1969, p. 142. 初出は「新フランス評論」誌一九二八年六月一日号。

⑽ *L'Affaire Redureau*, p.109 ; *Ne jugez pas*, p.143.

⑾ René-Marill ALBÉRÈS, *L'Odyssée d'André Gide*, Paris : La Nouvelle Édition, 1951, p. 170.

⑿ Pierre KLOSSOWSKI, *Un si funeste désir*, Paris : Gallimard, 1963, pp. 53-4. 「ジッドとデュ・ボスと悪魔」と題されたこの論文の初出は「レ・タン・モデルヌ」誌、一九五〇年九月号、五六四―五七四ページ。

⒀ ***JI***, 1033, 1041, 1043 et 1048-9. 日付は順に五月五日、十月一日、十月二十八日、十一月三十日。

⒁ ***JI***, 1049. 文中のイニシャルCは従来ジャン・コクトーのことと推測されており、原著もそれにならっていたが、『日記』プレイアッド新版によってマルク・アレグレの従姉カエ・クリュゲール Cahé Krüger を指すことが判明した。これに従って原注を修正する。

⒂ 「自らの名を明かせぬ愛」とは、同性愛を指したアルフレッド・ダグラスの表現で、フランソワ・ポルシェが自著のタイトルに用いた（ただしポルシェ自身はワイルドからの借用とする）。引用文は同書中の一節（François PORCHÉ, *L'Amour qui n'ose pas dire son nom*, Paris : Bernard Grasset, 1927, p. 188）。

⒃ 十月二十五日付「レ・ヌーヴェル・リテレール」誌に掲載された論文 «Le contemporain capital : André Gide» による。なお、この論文タイトルはルーヴェールの著書『世捨て人と悪党』（*Le Reclus et le Retors. Gourmont et Gide*, Paris : G. Crès & Cie, 1927, pp. 121-40）に収録のさい「詐欺師アンドレ・ジッド André Gide imposteur」に変更された。

⒄ «Conversation avec un Allemand», in ***SV***, 76. なおこの「ドイツ人」は、『パリュード』や『背徳者』『狭き門』『サウル』などを早くからドイツ語に翻訳し、ジッドの高い評価をえたフェリクス・パウル・グレーヴェのこと。

⒅ 一九二三年三月三十一日付「レ・ヌーヴェル・リテレール」誌に初出のインタビュー記事のタイトル。記事の一部はベローの著書『物憂げな顔の十字軍』（*La Croisade des Longues Figures*, Paris : Éd. du Siècle, 1924）に収録された。なお同書中でベローが自身の記事を「一九二二年」とするのは明らかな誤記。これにしたがってマルタン原著に「一九二一年から二二年にかけて」とあるのを「一九二一年から二三年にかけて」

と訂正する。

(19) ベローが執筆した論文のタイトル。*Ibid.*, p. 22.

(20) *Ibid.*, p. 24.

(21) この一文はベロー前掲書に再録されず。

(22) 初出は一九四九年一月二日付「ル・フィガロ・リテレール」紙。のちシュランベルジェの著書『覚醒』に収録された（*Éveils*, Paris : Gallimard, 1950, p. 184）。

(23) 「新フランス評論」誌のリヴィエール追悼特集号（一九二五年四月）に掲載されたモーリヤックの論文のタイトル。

(24) マシスのジッド批判論文は後にその著書『アンドレ・ジッド』（略号 MAS）にまとめられた。この引用の出所は同書一〇八ページ。

(25) Voir *ŒC*, XII, 553-5. 一九二四年一月二十五日付マシス宛書簡。ただし結局は引用されず。

(26) 『ドストエフスキー』初版（プロン＝ヌリ社、一九二三年）の標題ページに記された銘句。この銘句は全集版を含め後続版の大半で削除されている。

(27) *Pro*, 304.『鎖を離れたプロメテウス』第一章の章題が「私的倫理観の記録」。

(28) シャルル・ビネ＝サングレ（一八六八―一九四一年）は心理学研究者で、このときすでに『イエスの狂気』（四巻本）を世に問うていた。ジッドが指しているのは同書第三巻『その遺伝・体質・心理』。

(29) Voir *FM*, 1044 et 1088. 第一部第十二章の「エドゥアールの日記」（*ibid.*, 1012）にも登場する。

(30) Claude MAURIAC, *Conversations avec André Gide*, Paris : Albin Michel, 1951, pp. 107-8 (Nouvelle éd. chez le même éditeur, 1990, p. 98).

(31) Jacques LÉVY, *Journal et Correspondance. Fragments précédés d'une étude sur «Les Faux-Monnayeurs» d'André Gide et l'expérience religieuse*, Grenoble : Éd. des Cahiers de l'Alpe, 1954, p. 42.

(32) *JFM*, 113. ただしマルタンはチボーデ原著により若干の語句を補っている。

(33) *JII*, 1066. 一九四八年九月三日の記述。なお、ジッドはこの時点では七十八歳であり、「八十歳」はいわゆる「数え年」での年齢。

(34) Roger MARTIN DU GARD, *Notes sur André Gide (1913-1951)*, Paris : Gallimard, 1951, p. 46. ちなみに、この『アンドレ・ジッドにかんするノート』の元になった『日記』では「ロシア中毒」と記されていた（*Journal*, op. cit., t. II, p. 294）。

第五章　テセウス

(1) Jacques RIVIÈRE, *De la sincérité envers soi-même*, Paris : Gallimard, éd. 1943, p. 22.

(2) *André Gide et notre temps*, Paris : Gallimard, 1935, p. 23. 初出は「真理のための同盟」誌の同年四—五月号。

(3) 大型判の大衆写真週刊誌。ジッド逝去をうけて一九五一年三月三日号は表紙を彼の写真で飾り、五ページの特集記事を組んだ。

(4) Bertrand D'ASTORG, «Mort d'André Gide», *Esprit*, avril 1951, p. 617 ; repris dans ses *Aspects de la littérature européenne depuis 1945*, Paris : Éd. du Seuil, 1952, p. 181.

終章　キュヴェルヴィルから……

(1)「アール *Arts*」紙、一九六一年一月四—十日号（出来は前年十二月）のアンケート小特集に冠せられたタイトル。

(2) 正確には「マタイによる福音書」第五章九節「平和を実現する人たちは幸いである。彼らは神の子と呼ばれるであろう」、および「ヨハネの黙示録」第十四章十三節中の一文「今から後、主に結ばれて死ぬ人たちは幸いである」。

(3) Jean-Paul SARTRE, «Gide vivant», *Les Temps Modernes*, mars 1951, p. 1541 ; repris dans ses *Situations*,

IV, Paris : Gallimard, 1964, p. 89.

(4) Jean DELAY, «Dernières années», *La Nouvelle Revue Française*, novembre 1951 (n° spécial «Hommage à André Gide 1869-1951»), p. 370.

(5) Robert MALLET, *Une mort ambiguë*, Paris : Gallimard, 1955, p. 169.

ジッド研究の現状（一九九三年十一月、日本における講演）

クロード・マルタン

初めて日本の地を踏みました今、私の脳裏には学生時代の若き日のことが格別な喜びとともに自ずと浮かんで参ります。思いおこせば一九五〇年代の半ば、カルチエ・ラタンの学生たちはみな日本映画に夢中になり、黒澤や溝口、小津の作品をあたうかぎり観たいと願ったものでした。私が日本文学に目を向け、谷崎、三島、川端といった巨匠たちの小説を読むようになったのは、もう少し後になってからのことです。日本の映画ならびに文学を発見したという私の個人的な体験は、その実、とりたてて珍しいことではなかったように思われます。第二次世界大戦が終わった後、フランス人は日本の芸術創造に関心を、そして賞賛の念を抱くにいたっておりました。私の日本芸術への開眼は、こうした世の潮流においてむしろ月並みなものであったと申せましょう。

ところがこの日本では、明らかにこれよりずっと早い時期からフランス文化、とりわけフランス文学が人々によく知られていました。ジッドにかんして言えば、日本はドイツや英語圏の国々と並んで、最も多くの作品が翻訳された国であり、しかもその状況が六十年以上も前から続いているのです。ジッドの全集が五つも六つも世に出ており、それぞれ訳者や出版社が異なる――このような国は世界でも他に例がありません。フランス本国にして、全集は戦前に刊行されたものが一つあるきりで、未だ不完全なままだというのに、これはどうしたことでしょうか。映画もまた然り、ジッドの作品を元につくられた映画は二本を数えるのみ、いずれも『田園交響楽』を脚色したものですが、その一つは日本映画なのです。[1] 私自身がこれを見る機会を一度も得られなかったことが残念至極に思われます。

私の友人に東京生活が長く、日本のことを熟知しているとおぼしき人物がおります。かつてこの友人が間違いないと私に断言したところによれば、『田園交響楽』は日本では年頃の娘たちへの贈りものとされる書物の典型だということでした。その理由を彼の口からは聞かせてもらえませんでしたから、私としましては、はたしてそれが事実なのかどうかぜひ知りたいところです。と申しますのも、ジッドは実にフランス的な作家だからです。彼の裡には様々な道徳的・文学的価値が具現されていますが、それらは極東の文明に特有な疑念や不安、矛盾、転倒などとは異質のものであるように思われるからです。それにもかかわらず、と言うべきか、あるいはそれゆえにこそ、なのでしょうか、ここ日本ではかくも広くジッドが読まれております。このことは以前から承知しておりましたが、このほど訪れた韓国でも同じ状況であることが分かりました。

要するにここ日本では、ジッドの作品がフランス文学の最重要作家の一人として相応に普及し、多大な影響力をもっているらしいのです。経済・社会・文化面で進んだ国々ですと、これはいずこも同じ状況と言えましょう。そこでフランスはもちろん、他の多くの国々においても見受けられるジッドの今日的価値を示す事象を、これから手短に概観してみたいと思います。フランス人に特有のものとみえる、ある種の偏愛に抗えずに私が「ジッド友の会」を設立したのは今からちょうど二十五年前のことです。この手の団体はみなそうですが、「ジッド友の会」の目ざすところは、敬愛する著者の作品および作家としての人物像に関わる理解や研究を促進する活動全般を――とりわけ出版が重要になりますが――実現ないしは奨励することです。今日までに千五百名ほどの会員が集まりました。大半はやはりフランス語圏の人々ですが、五大陸にまたがる四十あまりの国々からも会員が加わっています。定期刊行物としては二誌、すなわち季刊の「会報」と年刊の「カイエ」がありますが、これらを累積しますと今までにおよそ二万五千頁を世に送り出した計算になります。このように申しますと何やら宣伝めいて聞こえるかもしれませんが、こうした数字を引き合いに出しますのは、何よりもまず今日ジッドがもつ確かな威光というものに明白な指標を示したいからなのです。また、世界各地から届く著書・研究誌・論文、ジッドに多少とも関連のあるシンポジウムや展覧会の案内、作品の新訳などを私が手にすることなく過ぎる週はないほどだ、という事実をご説明したかったことが第二の理由ですが、率直に申しますと長らく沈黙したままの大陸が一つありまして、どういうわけか南米がそうなのです。残念ながら私はそれほど多くの外国語に通じておらず、すべてに目を通すことはできませんが、それでもこうしたものに触れているおかげで、先ほどお話ししましたような全景を捉えやすくなるという次第です。

ジッドの死から、すなわち一九五一年二月十九日から数えてやがて四十三年になろうとしています。この間に我々は、彼にかんする新しいもの、それまで「未刊」であったものとして何を読むことができたでしょうか。実はわずかばかりのものだけでした。ジッドは自作の出版を急ぐ作家でしたし、自分の死後出版に携わるものと思われた人々に不信の念を抱いており、引き出しの中には重要なものは何ひとつ残しておかなかったのです。没後は数篇の短いテクストが見つかったのみで、その大半が資料的あるいは伝記的に重要ではあっても、真の文学的価値に富むものではありませんでした。

とはいえ例外的なものが二つありました。一つは早くも一九五六年の時点で「新フランス評論」誌に公表された『若き作家への助言』で、これはジッドの文学観・文学倫理をみごとに要約するものといえるでしょう。もう一つは『気難しき人』で、わずか十五頁ほどの小品ながら、実に興味深く、完成度の高い著作です。執筆は一九二〇年代ないしは三〇年代にさかのぼるのですが、ごく最近になって草稿が見つかり、来月にも印刷公表の運びとなりました。とある人物のきわめて強烈な肖像ともいうべき作品で、この人物はジッドの描きだす人間群像のなかでも最も特徴的な人間のひとりかと思われます。[2] ですが以上の著作を挙げてしまえば、もはや今後に新たな大発見は期待できますまい。

かたや、きわめて大きな広がりをもち、今後ますます発掘されていく分野があります。それはジッドの「書簡集」の領域で、関与する研究者や刊行者の担う使命はまだまだ大きいのです。次のことはぜひ知っておかねばなりません。ジッドは類い稀なる見事な手紙の書き手ではないかもしれませんが（たとえばロジェ・マルタン・デュ・ガールの書簡は豊かさにおいてジッドを凌ぐことが多く、その一通一通が選文集に編まれるほどの珠玉の断片といえます）、まちがいなく二十世紀で最も多くの手紙を綴った作家であり、おそらくフランス文学の歴史を通じてもその地位は変わらないことでしょう。ずっと以前から私は既刊・未刊を問わず存在が確認された全書簡の――これらがすなわち「総合書簡集」と呼ばれるものを構成するわけですが――目録作成に従事しております。それはおよそ六十年にわたり、二千人以上の文通相手と交わされた、実に二万五千通もの書簡なのです。つまり、ヴォルテールやジョルジュ・サンドの書簡集のごとき名高い記録的なモニュメントと比べても、ジッドの書簡集はもうすでにこれらを遙かに凌駕していることになります。この五年間に大部な、きわめて大部な書簡集が相次いで刊行されました。まずは若き日のジッドと母との往復書簡集（一九八八年）――これは作家の文壇デビューや通過儀礼的な初期の北アフリカ旅行などを含む重要な時期のものです。次いで、ジッドとともに「新フランス評論」誌の創刊メンバーとしても活躍した、とりわけ親しい作家たちとの長期にわたる文通が活字化されました。すなわちジャック・コポーとの往復書簡集が一九八七―八八年に、アンドレ・リュイテルスとのやりとりが九〇年に、そしてつい最近の九三年六月にはジャン・シュランベルジェとの文通が公になったのです。若きジッドがアンリ・ド・レニエやピエール・ルイスらの詩人たちと交わした書簡もまもなく刊行されることでしょう。さらに一九一九年から二五年まで「新フランス評論」誌の編集長だったジャック・リヴィエールとの往復書簡集も公刊が待たれています。[3]このように石を一つひとつ積むようにして記念碑的な書簡集が築かれつつあるのですが、その礎はジッド自身の手によって、つまりフランシス・ジャムやポール・クローデルとの往復書簡集の出版を生前に許可することで据えられていたのです。ピラミッドは天高くそびえつつありますが、完成までの道のりは遠く、残された仕事は志願する編纂者がどこから手をつけたものか苦慮するほどのものです。ジッド研究においてこの領域がもつ重要性、その役割と意義と言ったほうがあるいは正確かと思われますが、これらについては後ほど改めて触れることにしたいと思います。

多少ともジッドと親しかった知人たちによる証言は、当然のことながら彼の死につづく数年の間に数多くなされました。四十年が過ぎ去った今となっては、この種の本や記事が出るのは当時よりはるかに稀なことになっています。と申しますのも、証言する知人たち自身も世を去っていきますし、多くの人々はとうの昔に思い出を打ち明けてしまっているからです。それゆえ二十年前の著名な『プチット・ダムの手記』[4]の公刊以後、特筆すべきものは何ひとつありません。ちなみにこの手記は次のような理由のため、たちまち有名になりました。著者マリア・ヴァン・リセルベルグはジッドの親友であり、アパルトマンの同じ階に住む隣人でもあった女性です。彼女は一九一八年十一月十一日、自分が収集できるジッドの言動や考えを毎日一つ残らず書きとめようと決意しました（彼女は作家の葬儀の翌日まで遺漏なくこれをやりとげます）。すなわちジッドを取り巻く人々や作品の源泉、作家としての態度表明、私生活などが事細かに記されたのです。かくてこの日誌はその量的規模（四巻からなる大冊で、二千頁近いものです）のゆえのみならず、鋭敏な観察や厳密な文章表現、追従のない明快な知性と感情を備えているゆえに、一個の「文学作品」たりえたばかりか、文学史上の比類なき事件ともなっているのです。彼女の著作はボズウェルがジョンソンについて、またエッカーマンがゲーテについて書いた作品に比されましたが、これらをはるかに凌ぐものと言えるでしょう。それはもう、これほどの重要性をもつ著作が新たに世に出ることを私たちは期待するわけには参りません。ですが、私的に保管されている文書類をくまなく探せば、ジッドを知っていた人々が書き残した回想録や日記がきっとまだ埋もれていることでしょう。それらが見出されれば、私たちのジッド像はいっそう完璧なものとなるのです。[5]

さて、厳密な意味での文学批評と呼ばれる研究の話に移りましょう。たいへん興味深く、しかもまだごく部分的にしか着手されていない領域は「受容史」研究の分野です。たとえば私の韓国人の教え子のひとりであるキム・ジュン＝ゴン氏は、韓国におけるジッド受容史を扱った博士論文の公開口頭審査をもうまもなく受ける予定です。また、ウッジ大学のアレクサンデル・ミレツキ氏（事故で亡くなられたとの悲報に接したばかりです）によって数年前に「ポーランドにおけるジッド」[6]が書かれました。同種の研究がさらに二、三、始められています。しかし、たとえばイタリアやドイツには網羅性の高いすぐれたジッドの書誌（それぞれアントワーヌ・フォンガロ氏、ジョージ・ピストリウス氏によるもの）[7]はありますが、まだ受容史の研究は見られません。しかもイギリス、スペイン、アメリカ合衆国、カナダあるいは日本におけるジッド受容についての総括は行われておりません（もっとも日本についてはあまり自信をもって断言できないのですが）。さらにここで比較文学的研究にも目を向けてみますと、これも受容史研究と同様、依然としてごく少数にとどまっています[8]（おそらく自国の作家と異文化の作家との比較研究にはいまだにきわめて扱い難いところがあり、ややもすれば根拠のない議論に陥りがちなためではないかと思われます）。

いま一つ、広大でほとんど手つかずのままになっている研究分野があります。それは「校訂版」の領域です。思うに、作品生成の最も微細なところにまで分け入り、可能なかぎりすべてに照明をあてながら「校訂版を出す《エディテ》」こと以上に作品に資する優れた方法があるでしょうか。私の知るかぎり、わずかに四点の校訂版が公刊されているにすぎぬというのが現状です。『ナルシス論』『田園交響楽』および『ペルセポネ』の批評校訂版に加え、昨年ひとりの日本人研究者、吉井亮雄氏により『放蕩息子の帰宅』の見事な校訂版が出されました[9]。私の承知するところでは、目下進行中の校訂版もおそらくただ一つ、カーン大学のジッド研究者アラン・グーレ氏によって準備されている『法王庁の抜け穴』があるのみです。このグーレ氏はかつて『抜け穴』について「方法論的研究書」を上梓されましたが、同書はジッドの個別作品に捧げられたなかで今もなお最上の著作です[10]。それはそうと、ジッドの手になる草稿は数多く現存し、公共の図書館や個人のコレクションなどで参照することができます。それゆえ私は、各国の若い研究者たちがやがてこの素晴らしい冒険に乗り出すことを期待しております。それはきわめて多角的に探索や問題提起を行いつつ、あらゆる批評的なアプローチ法を用いて、作品創造の行程に秘められた謎を見抜く、それが叶わないまでもせめて謎の輪郭をはっきりさせるための貴重な冒険なのです。[11]

近年、つまりこの十年ほどの間に刊行されたその他の研究書についてはどうかと申しますと、伝記的ないし歴史的な目的の著述はとりあえず別にしまして、これら研究書に見られるある特徴が長いあいだ私は気になっているのですが、それをどう説明したものか本当に分からないのです。たしかに次のような事実は認めざるをえません。たとえばジッドのまさしく同時代人であり、彼に比肩しうる大作家としてプルーストやヴァレリーを考えてみますと、「新批評」にせよ、あるいは文学作品の解釈を革新したと主張する最新の文学理論の流派にせよ、大御所も信奉者たちも久しい以前から彼らに触発されてきたわけです。ところがジッドはと申しますと、ごく控えめにしかこれらの新しい解釈格子をとおして読み解かれることがありませんでした。例外的には主にアメリカで発表された数篇の雑誌論文、『日記』のエクリチュールにかんするエリック・マルティの華々しい（だが異論の余地が多い）一九八五年の著書や、構造主義に着想を得つつもその専門用語を避けて書かれた、ピエール・マッソンによる優れた学位論文『アンドレ・ジッド、旅とエクリチュール』（一九八三年）があります。[12] しかし圧倒的に大多数のジッド研究はテーマ研究に属しており、精神分析の道具立てにもとづくケースが多く、また若干の研究が社会分析的な方法に依拠しているという状況です。一九八六年に刊行されたアラン・グーレの大著『アンドレ・ジッドの作品における虚構と社会生活』がこれに当たります。[13] 率直に申しまして、私は記号論的批評や物語論的批評による成果にたいし、個人的には当惑や失望を覚えることがしばしばでしたが、だからといってこれらの新たな視座により、できるだけ広く、あらんかぎりの科学的知見を駆使してジッドの作品が読み解かれるのを心から願ってやまぬことに変わりはありません。

それでもやはり今のところ、ジッドにかんする書物の大半が広義での評伝というものに属していることは、すでに申し上げたとおりです。これはジッド研究史の当初から変わらぬことで、一九一八年以来さまざまな言語で書かれたおよそ四五〇冊の本はもっぱら作家その人を対象としてきたのです。むろん今なおそのなかの傑作という地位を占めているのは、ジャン・ドレーが三十五年前（一九五六—五七年）に作家の二十五歳までを扱った『ジッドの青春』により築いた金字塔です。しかもこれは厳密にいえば「心理学的伝記」であり、ドレーが案出し定義したこの用語は以来広く受けいれられています。この著作こそは議論の余地なき名作、そうです、フランスの批評のなかで筆頭格の書物でありましょう。[14]これにたいして近年刊行された二冊の本のごときは、それこそ異論の余地なくジッド評伝のうち最も粗悪にして最も取るに足りない部類に入るものです。一つは完全なる伝記だなどと僭称するもので、ジャーナリストのエリック・デショットがジッドにたいし奇妙な嫌悪感を抱いて性急に仕上げた本（一九九一年）、もう一つはサラ・オーセイユの書いたつまらぬ聖女伝『マドレーヌ・ジッド』（一九九三年）です。[15]いずれも三百頁を超えるこれらの著書には、売らんかなの出版社が嗅ぎつける大衆の期待というものの何たるかを明白に示す、というだけの価値しかありません。

こうした伝記的探究のもつ重要性について少しばかりここでお話ししておきましょう。関連上、評伝や心理学的伝記にとって明らかに主要な資料体である書簡集の重要性についても再度ふれることになります。今日にいたるまで、総体的な「ジッドの生涯」を書く試みは、一九七〇年に第一巻が刊行されたきり続きが出なかったピエール・ド・ボワデッフルによる評伝のように頓挫してしまうか、[16]あまりにも「短かく不十分」（フランス語ではともに「クール」）で、期待はずれの著作になってしまうか、そのどちらかでした。先行研究がまだ十分ではなかったことがその主な原因でしょう。しかしながら、一八六九年から九五年までを扱ったジャン・ドレーの前掲書、それに続く七年間の全面的再現を六百頁にわたって試みた拙著――自分のことを引き合いに出すのは恐縮ですが――『ジッドの成年期』（一九七七年）、さらにオーギュスト・アングレスの大著『アンドレ・ジッドと「新フランス評論」初期グループ』（一九一四年までが対象。一九七八―八六年刊、全三巻、うち第二巻・第三巻は死後出版）などが上梓され、いまやジッドの人生のうち最初の四十五年間は、非常によく知られるところとなりました。[17] さらに残りの三十五年間については、知られざる部分は相対的に少ないといえます。

今日では作家であれ何であれ、数多の著名人の生活が人々に把握されているように、ジッドの長きにわたる作家生活もよく知られるところとなりました。しかしいったいなぜ生活を深く知ることがかくも重要なのでしょうか。ジッドの場合には、このことがプルーストやバルザック、あるいはコルネイユを読み、理解するときに比べてはるかに重要になるのはどうしたことでしょう。ここ三十年ほどのあいだ、フランスでの流行は（日本での事情については分かりませんが）、フォルマリズムというテロリズムの支配下におかれていたので、芸術家の評伝はどんなものもとにかく不評でした。プルーストの『サント=ブーヴに反論する』の粗雑な誤読や（私が言わんとするのは、多くの人々がプルーストから引きだしたと思い込んでいる視野の狭い頑固な結論のことです。この結論を導くにあたって彼らは、プルーストが作品の背後に隠れて、入念に偽装した己の「秘密」を読者や批評家が作品中に見いださないようにと腐心していたことなどは考慮していないのです）、ギュスターヴ・ランソンの模倣者たちによる行き過ぎた主張が引き合いに出され、幼少期や、創造的霊感・希求の歴史、さまざまな出会い、生き方の選択といった、いわば芸術家の人生を知ることから得られる利益がことごとく否定されてしまっていたのです。今日ではその利益が見直され、今度は逆に回想録や日記、未整理の資料、心理学者たちが言うところの〈体験〉が流行していますが、ここにもまた当然のことながら行きすぎたところがあります。書店はこうした書物で一杯になっています。実践的な試みと理論的探究の実験室であった〈ヌーヴォー・ロマン〉も同様の流れに沿っています。ヌーヴォー・ロマンはかつてアメリカの諸大学でもてはやされましたが、それ以前に大衆、つまり作品を読む真の読者層と生ある文学との悲しい乖離を引き起こしてしまっていたのです。もはやこの手の小説が大当たりすることはなくなり、人生や冒険に満ちてはいるが、美の革新などには気のない（少なくとも表向きそうとしか見えない）、最も伝統的な、小説らしい小説が大挙して立ち戻ってくるのを我々は目の当たりにしています。この状況を私は手放しで喜びはしませんが、これがジッド研究にとって好都合なことに思われるのはなぜなのでしょうか。

それは私の見るところ、ジッドが個々に見事なしかじかの作品を物した作家、という以上の存在だからです（そしてこのことが彼を、唯一無二とはいえないまでも、かなり特異で例外的なパーソナリティにしているのです）。彼は一個の「人物形象《フィギュール》」、つまり一個の総体なのです。そこでは文学的な創造行為や伝統的な意味での「作品」だけでなく、人生のあらゆる行為（交友、対立、論争、旅行、政治社会参加など）もまた同等のレベルで体験されており、それゆえこれらは互いに不可分な関係にあるといえます。それはなぜか。ジッドは早くも思春期においてすでに、矛盾した感情や希求が同居する人間を己の裡に認めていました。彼は後年これを自分の出自の二重性によって説明することを好み、さらに自分が十一月二十一日〔実際には二十二日〕、つまり地球が「蠍座の影響を脱して射手座の影響下に入る」日に生まれたことに気づくと（そう述べつつ「占星術をたいして信じはしないけれども」と彼は明言していますが）、「あなたの信じる神が特別の思し召しで、二つの血、二つの地方、二つの宗派の結実として、私を二つの星のあいだに生まれさせたもうたからといって、それが私のせいだろうか」〔*JII*, 172〕と叫んだのでした。友である詩人フランシス・ジャムに宛ててジッドは次のように書き送っています――「君は僕が複雑な人間であることを知っている。すなわち僕という人間が家系の交差点に生を受け、宗教の十字路に座し、自分のなかにノルマンディーから南へ、南仏から北へと行きかう多様な方向性があるのを感じており、そしてあまりにも多くの存在理由を胸中に抱いているために、〈ただ単にそこにいる〉という存在理由だけはついに持ちえない、ということを」。この引用文をもう少し続けて読ませていただきますが、ジッドはここから次のように結論づけるのです――「シンプルな芸術作品を書くために僕にできる唯一の方法は、まず僕のあらゆる複雑さを別の作品のなかに放り込んで厄介払いすることだ」〔*CJam*, 199〕。最後に彼の回想録『一粒の麦もし死なずば』の冒頭から抜粋した文章を読ませていただきます。ここでジッドは父方・母方という両家の対照的な相違や、ノルマンディーにラングドックという両親それぞれの出身地方に言及し、それらが「両親の相反する影響を私の裡で一つに結び合わせている。たいていの場合、自分は芸術作品に向かわざるをえないのだと私は確信していた。なぜならば、芸術作品によってのみ、あまりにも違いすぎるこれらの要素を調和させえたからである。さもなくば、それらは私の裡で争いを続けたり、少なくとも押し問答し続けることになった」〔*Sgm*, 89〕と述べています。

したがってアンドレ・ジッドの本質的ドラマとは、不可能な選択、あるいは選択の拒否によるドラマだということになります。『地の糧』のなかでメナルクは次のように語ります――「選択の必要性が私にはいつも耐えがたかった。選ぶということは、選定することではなく、むしろ選定しなかったものをはねつけることのように私には思われた。〔…〕選ぶこと、それは残りのすべてを永遠に、永久に諦めることであり、このおびただしい〈残り〉のほうが一つにまとまってしまったどんなものよりも常に好ましかった」〔*Nt*, 183〕。つまり彼の人生のとば口における問題とは、すべてを同時に――いちどきにであれ、順繰りにであれ――選択する方法を見いだすことだったのです。ジッドの心は一貫性をもつことには向けられえず、不協和音のオーケストレーションを、人生を前にしての相矛盾するいくつもの態度を統合することを追い求めていたのでした。彼はまた別の箇所で書いています――「私の精神は何をおいてもまず秩序立てる者として働く。だが私の心のほうは、何ものをも放逐すまいとして苦しむのだ」[18]。

　文学的創造によって、すなわち最も対極的な諸体験を具現する多種多様な作中人物をつくりだすことによって、創造者たる小説家は自らの生を想像の次元で増殖させることができますし、また、別の生き方を選んだために実現しえなかった生き方を代理人を通じて体験できるのです。そのようにして芸術作品のなかでならば同時に実行できることを、実生活においては一つ、また一つと小説家は実践していくことになるでしょう。終始一貫してひたすら己の欲望に、最大限広く豊かに開花しようとする欲求に忠実であろうと腐心するのです。もちろんそんなことをすれば、作品中であれ実生活においてであれ、読者の目にも道徳家たちの目にも、支離滅裂でとらえどころがなく統一性を欠いた人間であるかのように映る恐れがあります。実際にジッドはこのことで絶えず非難を浴びました。ですが、それは統一性と単一性との混同というものです。ジッドはアリサでもなければミシェルでもない、ラフカディオでもなければ『田園交響楽』の牧師でもないのです。つまり、想像の世界においてジッドは同時にこれらの人物それぞれなのであり、潜在的には完全にそのどれかになりえたのです。ジッドが好んで引用した、友人である批評家アルベール・チボーデの一節は次のようなものでした――「本物の小説家は可能性としての自分の人生がとりうる無数の方向から作中人物をつくりだす。似非《えせ》小説家は己の実人生のただ一本の線で作中人物をつくりだす。真の小説とは可能性の自伝のごときものである」[19]。

したがってジッドの作品の特徴は、同時に彼の人生の特徴でもあり、次のように説明することができます。すなわち、「作品」には相容れない無数の側面が見られる（「自分はジッドのことを知りません。そこで彼を知るために、どの一冊を読めばいいでしょうか」という質問を私はよく受けるのですが、このような問いに答えるのは不可能というものです。プルーストについて同じように尋ねられたのならば躊躇する余地などあろうはずもありませんし、モーリヤックやセリーヌにしても何らかの書名で答えることが可能です。しかしジッドの場合、かりに私が『狭き門』と答えでもすれば、あたかも私が『背徳者』や『法王庁の抜け穴』を「真のジッド」にあらずと言ったかのように聞こえてしまいます）。同様に「生」のほうもまた、倫理・宗教・美学・政治といった諸次元において互いに矛盾するいくつもの選択や誓約から構成されているのです——たとえこれらすべての体験に共通するのが（しかもそれは彼の作中人物たちによって生きられた諸々の体験に共通する特徴でもあります）、一つの批評的な教訓にいたるという点であったとしても。ジッドをその著作の全体性、「作品」の全体性に還元・単純化することが、なぜ彼の手足を、すなわち一個の「人物形象」の手足をもぎ取るような行為となるのか、これで明白になったことでしょう。ジッドという形象にあっては書物、公的・私的な誓い、論争、友情などが、同一次元で等しく重要性を帯びながら、互いに前後して生じたり、相互に結びついたり反目したりし、そして互いに修正し合っているのです。ことこの作家にかんするかぎり、本当にジッドを読もうと思うのであれば、すべてを読まねばならないわけです。

アンドレ・マルローは一九三五年の『新しき糧』について次の評言を残しました——「当代の作家

は活動を始めるやただちに自分の全集をつくりはじめる。そしてほとんどそればかりを書いているのだ」[20]。ジッドのためには、この寸言に最大限の意味を付与し、著作や言動など、作家が行いそして生みだすすべてが「作品」なのだと理解せねばなりません。すべてが意味をつくりだし、「人物形象」の新しい部分はどれも他の部分の意味をつくりかえます。それゆえジッドが死んだという事実は、彼にとって大変な損害なのです。私は冗談を言っているのではありません。私が言おうとしているのは、死せるジッドは「最重要の同時代人」とかつて称されたような存在ではない、もはやそうなりえないということです。この「同時代性」とは何を意味していたのでしょうか。それはただ単に、少なくとも両次大戦間の二世代にとってジッドが、参照するのが当然の、無視できない不可避な判断基準であったということです。ですが、どこまでそうだったか、というレベルを考えてみますと、フランス文学史上はユゴーにサルトルという二作家だけがジッドに比肩しうることになりましょう。思想・文学・政治にかかわる当時のあらゆる出来事について、人々は常にジッドの反応や見解を待ちました(ジッドと激しく対立するのを覚悟の上でのことでしたが、それでも人々は彼との関係において自らを位置づけていたのです)。結局のところ最も奇異に思われるのは、ジッドが予測不可能であると常に見なされていた点です。ジッドとは生ける同時代人、自由な精神であり、計画とも決定とも無縁な存在でした。アンリ・ミショーはある日、青春とは何かと訊ねられ、次のように答えています——「青春とは、これから起ころうとしていることがまだ分からない時期のことだ」。ジッドは一九三九年には七十代の老人でしたが、我が身に起きるであろうことを相変わらず知らずにいました。それを知っていたことなど一度たりともなかったのです。他の人々、つまりジッドの同時代人たちは彼よりさらに無知でした。だからこそ彼らは曲がり角に来るたびにジッドを待ち受けたわけです。そしてジッドが状況に応じて態度を変えたことは間違いありません。

ジッドの死は彼の冒険に終止符を打ち、それを凝固させ、永久に固定することで、ジッドに二重の損失を与えているということをつけ加えておきましょう。人々が彼に起こるであろうことをもはや自問してみないばかりではありません。何より我々は、もう彼を必要としていないような気がしてしまうのです。世界、風俗、文学、宗教、その他もろもろが変化し、進歩しました。そしてジッドがその人生と作品を通じてずっと先導してきた闘争はどれも勝利によって締めくくられ、今日ではありふれたことになっているではありませんか。『地の糧』によって肉体の解放が説かれることなど、今となっては必要がありません。道徳至上主義や教条主義、痛苦主義《ドロリスム》等に堕落してしまった首かせのような宗教が『田園交響楽』によって批判されることも、ジッドによるドストエフスキー解釈のおかげで深層の心理が明らかになることも、同様に今や必要ないのです。司法制度を問題にするために『重罪裁判所の思い出』を、同性愛者が疎外されないようにするために『コリドン』を、植民地主義と戦うために『コンゴ紀行』を我々が繙くこともももうありはしません。『ソビエト旅行記』によってスターリン主義が暴かれることも、『贋金つかい』によって小説の概念そのものが覆されることも不要となりました。つまり今日、こうしたことすべてがもはや必要とされてはいないのです。たとえ多くの場合、実際には何ひとつ獲得されていなかったことが明らかであっても、また獲得されたものにたいしさらに新たな獲得や補完がなされるべきであったとしてもです。しかしジッドが自らのおさめた勝利のゆえに、かえって時代遅れになった感があることはやはり明白なのです。

私はここまでお話ししたなかで何度も「体験」（実験）という語を使ってきました。じっさいアンドレ・ジッドの作品（というよりも今いちど、「人物形象」と申しましょう）は、本質的に一連の批評的実験です。彼はモンテーニュが言うのと同様に、試みることに時間とエネルギーを費やしました。彼個人の生のなかやフィクションの生を通じて、人生にたいして取りうる多様な「態度」を試すことにとり組んだのです。かつてモーリス・ブランショがその洞察力に富む論文の一つを「アンドレ・ジッドと体験＝実験の文学」[21]と題したのは、まさに的を射たことでありました。

ふたたびこの話題に戻りますが、だからこそまた数多くのさまざまな友人たちとの間に交わされたジッドの書簡がきわめて興味深く重要なものとなるのです。たとえば、同一の問題についてであれ、ジッドが文通相手に応じて違った精神を採用し、別の顔をとるといったことがしばしば同時に見受けられます。クローデルと対峙するときのジッドは、マルタン・デュ・ガールと語り合う時の彼と同じ人物ではない。ヴァレリーとゲオン、シュアレスとコポーを相手にする場合も同じことです。人はだれでもそうしたものだと皆さんはおっしゃるでしょうか。たしかにそうです。しかしながらジッドにとって友情を温める、文通を続けるということは、すなわち一つひとつ別個の道を辿ること、個々の友人とともに、個々の友人のおかげで、ある一つの方向にむかって進むことなのです。さもなくばそれら個々の方向はいずれもがジッドのなかで単なる萌芽のままで終わってしまったことでしょう。これは「婚姻によって」、ないしは「代理人によって」生きることです。ジッドがよく口にしていたように「友情を営む」ことは、愛の営みと同様に他者とともに、そして他者のおかげで何かをつくりだす行為なのです。したがって彼にとって手紙の書き手であることは、小説家であるのと同じくらい創造的な歩みであったことになります。

数日前のことですが、私は韓国のある大学で学生たちにジッドの話をしなければなりませんでした。彼らは文学における主体と客体の問題について討論したいと申し込んできたのです。さて、私がこの場で素描を試みて参りましたジッドのイメージ、それは彼の作品における主体の文学、つまり非常に主観的かつ自己分析的《エゴチスト》であり、自我（潜在的かつ発現可能なありとあらゆる自我）の文化に属している文学の姿をはっきりと示すものです。しかしながら、長いあいだジッドの読者を驚かせてきたのは、外部、すなわち生活や世界や事物などに向けられた彼の視線なのだということも申し上げておきたいと思います。『地の糧』に満ちあふれている数々の描写を思いだしていただくだけで十分でしょう――「ナタナエルよ、君に私が見てきた最も美しい庭園のことを話すとしよう」……。しかし今は第一書の冒頭を飾るきわめて重要な一文を特に思いおこすことにいたしましょう――「見つめられる事物にではなく、見つめる君の眼差しにこそ重要性を宿らしめよ」〔*Nt*, 155〕。

この箴言は、人がジッドのうちに見いだしうるあらゆる事物の意味を根底から覆してしまいます。ジッドはプルーストの側にいるのであって、断じてロブ＝グリエと同族ではないのです。

訳注

（＊）右に訳出したのは、一九九三年十一月四日、広島女学院大学の招聘により来日中であったクロード・マルタン氏が広島大学文学部において行った講演である（フランス語原文は、翌年十月発行の「広島大学フランス文学研究」第十三号に掲載された）。本書初版の公刊により若くしてその類い稀な力量を認められたマルタン氏は、以後斯界の第一人者として精力的に研究成果を発表すると同時に、適宜機会をとらえてはジッド学の動向と爾後の展望・指針を示してきた（voir «État présent des études gidiennes (1951-1963)», *Critique*, n° 206, juillet 1964, pp. 598-625 ; «Toujours vivant, toujours secret...», *Études littéraires*, vol. 2, n° 3, décembre 1969, pp. 289-303 ; «Les Études gidiennes en 1975... et après ?», in *André Gide 6*, Paris : Lettres Modernes Minard, 1979, pp. 269-84)。本講演もその一環として行われたものであり、すでに十年近くが経過しているとはいえ、同氏による最も新しい「研究現状」であるだけに今なお資料的な価値は高い。また、とりわけ我々日本の読者層にむけて語られたものとしても興味は尽きない。補遺として本書に併載する所以である。なお以下の訳注では、講演者の挙げる業績等について原著レフェランスを示すとともに（ただし注3を除く）、ごく選別的にではあるが、近年の主要な成果に言及した。

（1）フランスでの映画化は一九四六年（監督ジャン・ドラノワ、主演ミシェル・モルガン）。日本での翻案映画化はこれに先立つ一九三八年、山本薩夫の監督、田中千禾夫の脚本によるもので、原節子がジェルトリュードに当たる雪子の役を演じた。

（2）『若き作家への助言』については本書第一章の訳注3を参照。『気難しき人』(*Le Grincheux*, Fontfroide : Éd. Fata Morgana, 1993) にかんしては、ピエール・マッソンが要をえた書評を発表している (voir *Bulletin des Amis d'André Gide*, nº 102, avril 1994, pp. 331-4)。なお本講演以後、いずれも小品ではあるが、いくつかの未刊テクストが世に出た。なかでも一九〇七年夏の同性愛体験を綴った『森鳩』(*Le Ramier*, Paris : Gallimard, 2002) は、ジッド的な性愛美学の証言としてとりわけ注目に値する著作である。

（3）煩瑣なれば逐一レフェランスを掲げることはしないが、本講演以後、ここ十年ほどのあいだに相当数の往復書簡集が公にされている。それらジッドの文通相手とはすなわち、クリスチアン・ベック、ロルフ・ボングス、フェリクス・ベルトー、ロベール・ルヴェック、シャルル＝ルイ・フィリップ、ルイ・ジェラン、アンリ・ド・レニエ、フランツ・ブライ、ジャン＝リシャール・ブロック、ジャン・ポーラン、エリ・アレグレ、ジャック・リヴィエール、ジョルジュ・シムノン、フェリクス・パウル・グレーヴェ、ジャン・マラケー、ルネ・クルヴェル、ピエール・ド・マッソ、エドゥアール・デュコテらである。なお、量的に大きな往復書簡集としては、マルセル・ドルーアン、ピエール・ルイス、ウージェーヌ・ルアールらとのものが残っているが、いずれも遠くない将来の公刊を目指して編纂・校訂の作業が進んでいる。

(4) [Maria VAN RYSSELBERGHE,] *Les Cahiers de la Petite Dame. Notes pour l'histoire authentique d'André Gide*, Paris : Gallimard, 4 vol., 1973-77.

(5) むろん『プチット・ダムの手記』には質量ともに遠く及ばないが、近年公表された関連証言として、作家の初代私設秘書を経て「新フランス評論」で秘書を務めたピエール・ド・ラニュックス（本書にも登場するジッドのピアノ教師マルク・ド・ラ・ニュックスの孫）の回想と、ジッドから大きな影響を受けた若き友人ロベール・ルヴェックの日記が挙げられる——Pierre de LANUX, «Mes années auprès d'André Gide et les débuts de la N.R.F. (1907-1911)», *Bulletin des Amis d'André Gide*, n° 108, octobre 1995, pp. 553-80 ; Robert LEVESQUE, *Journal inédit* (cahiers I-XXXIII), *ibid.*, n°s 59-66, 72, 73, 76, 81, 94-96, 98-111, 113, 117-118, 128-129, 133-134 et 137.

(6) Aleksander MILECKI, «André Gide en Pologne», *Bulletin des Amis d'André Gide*, n° 72, octobre 1986, pp. 9-24 et n° 81, janvier 1989, pp. 41-63.

(7) Antoine FONGARO, *Bibliographie d'André Gide en Italie*, Florence : Ed. Sansoni Antiquariato, et Paris : Libr. Marcel Didier, 1966 (nouvelle éd. considérablement augmentée, Florence : Institut Français de Florence, 2000) ; George PISTORIUS, *André Gide und Deutschland. Eine internationale Bibliographie*, Heidelberg : Carl Winter Universitätsverlag, 1990.

(8) 比較文学的研究の近年の成果として目につくものを単行書にかぎって挙げれば——Axel PLATHE, *Klaus Mann und André Gide. Zur Wirkungsgeschichte französischer Literatur in Deutschland*, Bonn : Bouvier Verlag, 1987 ; Walter C. PUTNAM, III, *L'Aventure littéraire de Joseph Conrad et d'André Gide*, Saratoga, Calif. : ANMA Libri & Co., 1990 ; Jonathan FRYER, *André & Oscar. Gide, Wilde and the gay art of living*, Londres : Constable, 1997 ; Claude FOUCART, *André Gide et l'Allemagne. À la recherche de la complémentarité (1889-1932)*, Bonn : Romanistischer Verlag, 1997 ; id., *Le temps de la «gadouille» ou le dernier rendez-vous d'André Gide avec l'Allemagne (1933-1951)*, Bern, etc. : Peter Lang, 1997.

(9) *Le Traité du Narcisse*, éd. Réjean Robidoux, Ottawa : Éd. de l'Université d'Ottawa, 1978 ; *La Symphonie pastorale*, éd. Claude Martin, Paris : Lettres Modernes Minard, 1970 ; *Proserpine. Perséphone*, éd. Patrick Pollard, Lyon : Centre d'Études Gidiennes, 1977 ; *Le Retour de l'Enfant prodigue*, éd. Akio Yoshii, Fukuoka : Presses Universitaires du Kyushu, 1992.

(10) Alain GOULET, *«Les Caves du Vatican» d'André Gide. Étude méthodologique*, Paris : Larousse, 1972.

(11) アラン・グーレによる『法王庁の抜け穴』生成批評版は最近CD-ROMのかたちで発表された――*Édition génétique des «Caves du Vatican» d'André Gide*, par André Gide Editions Project, Paris : Gallimard, 2001. また、本講演以後に出たその他の校訂版としては『カンダウレス王』『ユリアンの旅』がある――*Le Roi Candaule*, éd. Patrick Pollard, Nantes : Centre d'Études Gidiennes, 2000 ; *Le Voyage d'Urien*, éd. Jean-Michel Wittmann, Nantes : Centre d'Études Gidiennes, 2001. さらにはシェフィールド大学のトーマス・ライゼンが『背徳者』生成批評版を、またナンシー第二大学のクララ・ドゥバールが『オイディプス』校訂版をすでに完成し、追って公刊の予定である。

(12) Éric MARTY, *L'Écriture du jour. Le «Journal» d'André Gide*, Paris : Éd. du Seuil, 1985 ; Pierre MASSON, *André Gide. Voyage et écriture*, Lyon : Presses Universitaires de Lyon, 1983.

(13) Alain GOULET, *Fiction et vie sociale dans l'œuvre d'André Gide*, Paris : Lettres Modernes Minard, 1986.

(14) レフェランスは出典略号一覧の DEL を参照。この記念碑的著作を批判的に補完する注目すべき研究として、本講演の翌年には以下が出版されている――Marianne MERCIER-CAMPICHE, *Retouches au portrait d'André Gide jeune*, [Lausanne] : L'Âge d'Homme, 1994.

(15) Éric DESCHODT, *Gide. «Le contemporain capital»*, Paris : Perrin, 1991 ; Sarah AUSSEIL, *Madeleine Gide ou De quel amour blessée*, Paris : Robert Laffont, 1993.

(16) Pierre de BOISDEFFRE, *Vie d'André Gide (1869-1951). Essai de biographie critique. I. André Gide avant la fondation de la «Nouvelle Revue Française» (1869-1909)*, Paris : Hachette, 1970. ジッド生誕百年を機に

書かれたこの評伝は、前半部が公刊されるやクロード・マルタンらの厳しい批判を浴び（voir Claude MARTIN, «Pour une *Vie d'André Gide*», in *André Gide 2*, Paris : Lettres Modernes Minard, 1971, pp. 116-29)、これがために続刊は発表されずに終わった。

(17) マルタン著書のレフェランスは第四章の訳注1を参照。アングレス著書のレフェランスは以下のとおり――Auguste ANGLÈS, *André Gide et le premier groupe de «La Nouvelle Revue Française»*, Paris : Gallimard, 3 vol., 1978-86. なお、クロード・マルタンは本講演と相前後して、ジッドの生涯全体をカバーする評伝の執筆に着手し、すでに一九九八年にその前半部を発表（*André Gide ou la vocation du bonheur. I (1869-1911)*, Paris : Fayard, 1998)、後半部も追って公刊の予定である。同書完結のあかつきには、当然のことながらジッド評伝の決定版として位置づけられることになろう。

(18) GIDE, *Un esprit non prévenu*, Paris : Éd. Kra, 1929, p. 34 ; repris dans *Divers*, Paris : Gallimard, 1931, p. 59.

(19) 本書第一七五頁を参照。

(20) André MALRAUX, [compte-rendu des *Nouvelles Nourritures*], *La Nouvelle Revue Française*, n° 267, décembre 1935, p. 935.

(21) Maurice BLANCHOT, «André Gide et la littérature d'expérience», *L'Arche*, n° 23, janvier 1947, pp. 87-98 ; repris dans *La Part du feu*, Paris : Gallimard, 1949, pp. 208-20.

アンドレ・ジッド年譜

一八六三年　パリ大学法学部教授ポール・ジッド（一八三二年、ユゼス生まれ）とジュリエット・ロンドー（一八三五年、ルーアン生まれ）、ルーアンのサン＝テロワ教会堂で結婚。
一八六七年　二月七日、ルーアンでジッドの母方の従姉マドレーヌ・ロンドー誕生。
一八六九年　十一月二十二日，パリのメディシス通り十九番地（現在のエドモン・ロスタン広場二番地）で、ポール・ジッド夫妻の一人息子として、アンドレ・ジッド誕生。
一八七七年　アサス通りのアルザス学院に入学するが、ほどなくして授業中に「悪癖」を見咎められ三カ月の停学処分を受ける。通学は不規則・不定期なものとなり、家庭教師宅での個人教育の比重が増す。
一八八〇年　夏、幼い従弟エミール・ヴィドメルの死を契機に最初の「戦慄 Schaudern」に襲われる。十月二十八日、父ポール死去。
一八八二年　十二月末、ルーアンの「ルカ通りでの〈戦慄〉」――ジッドは伯母マチルド・ロンドーの不倫とマドレーヌの苦悩を知り、それを機に従姉への愛を自覚する。
一八八七年　十月、アルザス学院に復学（修辞学級）。ピエール・ルイスを知る。
一八八八年　十月、アンリ四世校の哲学級。レオン・ブルムを知る。
一八九〇年　三月一日、伯父エミール・ロンドー死去。ジッドはマドレーヌの傍らで彼の臨終に立ち会う――「私には、この喪のあいだに二人の婚約が認められたように思われた……」〔*Sgm*, 241〕。夏、アヌシー湖畔のマントン＝サン＝ベルナールに籠もり、『アンドレ・ワルテルの手記』を執筆。十二月、モンペリエでポール・ヴァレリーと初めて出会う。
一八九一年　一月八日、「遺作」の体裁で匿名自費出版した『アンドレ・ワルテルの手記』の豪華紙刷りをマドレーヌに献じて求婚するも、彼女はこれを拒絶。二月、モーリス・バレスを介してマラルメを知り、ローマ通りの「火曜会」の常連となる。『手記』のほかに、ルイス主宰の「ラ・コンク」誌、アルベール・モッケル主宰の「ラ・ワロニー」誌に詩篇を発表。さらに『ナルシス論』を雑誌掲載。十一月、オスカー・ワイルドとパリで頻繁に会う。

一八九二年　春、ミュンヘン滞在。四月末、第二の「遺作」として『アンドレ・ワルテルの詩』を匿名で出版。夏、アンリ・ド・レニエとブルターニュ旅行。十一月、ナンシーで兵役に就くも、結核と診断され免除となる。

一八九三年　『愛の試み』『ユリアンの旅』を出版。友人のウージェーヌ・ルアールを介してフランシス・ジャムを知る。十月十八日、友人の画家ポール＝アルベール・ローランスとマルセイユで乗船、チュニジア、次いでアルジェリアに向かう。旅先で結核の初感染による療養生活。十一月、スースで初めての同性愛体験。

一八九四年　一月—二月、ビスクラでウレッド・ナイルの娼婦メリアムを同行のローランスと共有する。春、イタリア経由で帰国。十月—十二月、スイス・ジュラ山中の小村ラ・ブレヴィーヌに籠もり『パリュード』を執筆。

一八九五年　一月—五月、ふたたびアルジェリア旅行。かの地でアルフレッド・ダグラスを連れたワイルドと再会。五月三十一日、母ジュリエット死去。六月十七日、マドレーヌと婚約。これに先立ち診察を受けた某医師から、自分の同性愛的傾向は結婚すれば自然に消失するとの保証を得る……。十月七—八日、キュヴェルヴィルの役場およびエトルタの教会堂で結婚。次いでスイス、イタリア、チュニジア、アルジェリアに新婚旅行。

一八九六年　四月末に帰国。翌月、母方の別荘があったラ・ロック＝ベニャールの村長に選出される。

一八九七年　ヴァンジョン医師（筆名アンリ・ゲオン）と出会う。高等師範学校出身、哲学教授資格者の友人マルセル・ドルーアンがジッドの義妹ジャンヌ・ロンドーと結婚。「レルミタージュ」誌への定期的寄

一八九八年　稿が始まる（これは一九〇六年の同誌廃刊まで続く）。『地の糧』『文学および倫理の諸点にかんする考察』を出版。

一八九九年　一月―五月、マドレーヌとスイスおよびチロルを旅行。「レルミタージュ」誌に「『根こそぎにされた人々』について」を発表。

一九〇〇年　春、ふたたび夫婦してアルジェリア旅行。中国に赴任中のポール・クローデルと文通を始める。『ピロクテテス』『エル・ハジ』『鎖を離れたプロメテウス』を出版。

一九〇一年　ラ・ロックの別荘を売却。マドレーヌとの三度目のアルジェリア旅行、かの地でゲオンが合流する。「レルミタージュ」誌に発表していた時評を一巻にまとめ『アンジェルへの手紙』として出版。

一九〇二年　『カンダウレス王』

一九〇三年　『背徳者』

一九〇五年　ドイツ（ワイマール）、次いでアルジェリアに旅行。『プレテクスト』『サウル』を出版。ジャック・コポーとの交友が始まる。

一九〇六年　中国から一時帰国したクローデルによるカトリック改宗の誘いかけが強まる。

一九〇七年　『アミンタス』を出版。オートゥイユのヴィラ・モンモランシーに建造した家に転居。

一九〇八年　一月、画家のモーリス・ドニとベルリンに旅行。ポール・フォール主宰の「詩と散文」誌に『放蕩息子の帰宅』を発表。

「ラ・グランド・ルヴュ」誌に「書簡集からみたドストエフスキー」を発表。「レルミタージュ」誌廃刊後、後継として「アンテ」誌の復刊を画すも捗々しからず。これに代えて、友人五名（ドルーアン、コポー、ゲオン、アンドレ・リュイテルス、ジャン・シュランベルジェ）およびウージェーヌ・モンフォールと「新フランス評論」誌を創刊。ただし即座にモンフォール一派と意見衝突し、翌年二月、ジッドたちは独自に同誌を再創刊。

一九〇九年　「新フランス評論」誌に『狭き門』（単行本はメルキュール・ド・フランスから刊行）や数々の論

文・時評を発表。

一九一〇年　『オスカー・ワイルド』。八月―九月、ポール・デジャルダン創設の「ポンティニー旬日懇話会」に初回から参加。

一九一一年　『シャルル＝ルイ・フィリップ』（フィギエール）、『新プレテクスト』（メルキュール・ド・フランス）にくわえ、「新フランス評論」に新設された出版部門から『イザベル』を刊行。『コリドン』私家版。

一九一二年　三月、ゲオンとイタリア旅行（フィレンツェ、ピサ）。五月、ルーアンの重罪裁判所で陪審員をつとめる。『バテシバ』を出版。

一九一三年　十月、コポーを中心に「新フランス評論」の姉妹組織としてヴィユー＝コロンヴィエ座を創設。ロジエ・マルタン・デュ・ガールとの交友が始まる。

一九一四年　三月、「新フランス評論」誌に掲載した『法王庁の抜け穴』（五月に単行出版）のなかの「男色風な一節」をめぐってクローデルと決裂。四月―五月、ゲオンおよびエミール・マイリッシュ夫人とイタリア、ギリシア、トルコを旅行。十月から一年半にわたって、シャルル・デュ・ボス、マリア・ヴァン・リセルベルグらと、ベルギー避難民救済の組織「仏白の家」の活動に従事・専念する。タゴール『歌の捧げもの《ギーターンジャリ》』仏語訳、『重罪裁判所の思い出』を出版。

一九一六年　長く深刻な宗教的危機。マルク・アレグレとの恋愛関係が始まる。

一九一七年　八月、マルクとスイス滞在。

一九一八年　六月十八日、マルクとイギリスに向けて発ち、当地に四カ月滞在。キュヴェルヴィルに戻ったジッドは、十一月二十一日、彼が幼少年期からマドレーヌに宛てた手紙がすべて彼女によって焼却されたことを知る――「まるで彼女が私たちの子供を殺してしまったかのように苦しい」〔*EN*, 962〕。コンラッド『台風』および『ホイットマン選集』の仏語訳を出版。

一九一九年　『田園交響楽』

一九二〇年　『一粒の麦もし死なずば』私家版（翌年には、やはり私家版の第二巻）。

一九二一年　シェイクスピア『アントニーとクレオパトラ』仏語訳、および二種類の「選文集」を出版。

一九二二年　二月―三月、ヴィユー＝コロンヴィエ座でドストエフスキーにかんする連続講演を行う。夏をコート・ダジュールで、ヴァン・リセルベルグ夫妻およびその娘エリザベートと過ごす。タゴール『アマルと王の手紙』仏語訳。匿名で『汝もまた……?』の少部数限定版を出版。

一九二三年　一月―二月、エリザベートとイタリア旅行。四月十八日アヌシーで、ジッドとエリザベートとのあいだにカトリーヌ誕生（ジッドは彼女をマドレーヌの死後に養子にする）。プーシキン『スペードの女王』およびブレイク『天国と地獄の結婚』の仏語訳、『ドストエフスキー』を出版。

一九二四年　『アンシダンス』、『コリドン』普及版。

一九二五年　蔵書の一部を競売に付した後、『贋金つかい』を脱稿したジッドは、七月十四日、マルク・アレグレとともにコンゴおよびチャドへの長旅に出発。

一九二六年　二月、『贋金つかい』出来《しゅったい》。五月、フランスに帰国。大認可企業の搾取と植民地政策の不当を告発するキャンペーンを開始。『贋金つかいの日記』、『一粒の麦もし死なずば』普及版、『汝もまた……?』普及版。

一九二七年　『コンゴ紀行』

一九二八年　『チャド湖より帰る』。八月、ヴァノー通り一番地乙《ビス》のアパルトマンに転居。マリア・ヴァン・リセルベルグ、通称「プチット・ダム」の隣人となる。これ以後マドレーヌはほとんどキュヴェルヴィルを離れなくなる。

一九二九年　一月、アルジェ旅行。五月、シャルル・デュ・ボスの『アンドレ・ジッドとの対話』が出版される。『女の学校』『モンテーニュ論』『偏見なき精神』

一九三〇年　ドイツとチュニジアに旅行。『ロベール』『ポワチエ不法監禁事件』『ルデュロー事件』

一九三一年　『オイディプス』（雑誌初出は前年）、『ディヴェール』を出版。サン＝テグジュペリ『夜間飛行』に序文を付す。

一九三二年　徐々にソビエト共産主義に関心と共感を寄せはじめる。『アンドレ・ジッド全集』の刊行が「新フランス評論」により開始される（ただし第二次世界大戦の勃発により、一九三九年刊の第十五巻をもって中止）。

一九三四年　一月、アンドレ・マルローとともにベルリンに赴き、ディミトロフら政治犯の釈放をゲッベルスに要求。二月、反ファシスト作家委員会に参加。七月―八月、中央ヨーロッパを旅行。『ペルセポネ』『日記抄、一九二九―三二年』を出版。

一九三五年　一月、パリでデジャルダンらの「真理のための同盟」により公開討論会「アンドレ・ジッドと現代」が開催される。六月、「文化擁護のための国際作家会議」で議長をつとめる。『新しき糧』を出版。

一九三六年　六月、政府招聘によりソビエト連邦を訪問。赤の広場でマクシム・ゴーリキーの追悼演説を行う。同行した友人ウージェーヌ・ダビの急死により旅程を切り上げ、八月下旬に帰国。十二月、スペインへの不介入政策に反対する知識人声明に署名。『ジュヌヴィエーヴ』『新・日記抄』『ソビエト旅行記』

一九三七年　『ソビエト旅行記修正』の公刊およびその反響とを機に共産主義と決裂。

一九三八年　一月―三月、ふたたび仏領アフリカを旅行。四月十七日（復活祭の日曜日）、マドレーヌ死去。『今や彼女は汝のなかにあり』の執筆を開始（翌年二月に脱稿）。

一九三九年　ギリシア、エジプト、セネガルを旅行。『日記、一八八九―一九三九年』を「プレイアッド叢書」から刊行（存命作家としては初の同叢書入り）。

一九四〇年　戦時下ジッドは、いったんはペタン元帥の方針を是認したものの、六月二十三日に放送された元帥の「新たな告諭に茫然となり」、翻って「ド・ゴール将軍の声明を衷心から支持」〔*JII*, 702-3〕する。

一九四一年　三月末、ドリュ・ラ・ロシェルの編集によって対独協力の方針を明確にする「新フランス評論」誌と決別。五月、ニースでのアンリ・ミショーにかんする講演をヴィシー政府の御用団体「在郷軍人奉公会」によって妨害される（講演内容は『アンリ・ミショーを発見しよう』と題して七月に

一九四二年　出版)。

一九四三年　五月、チュニスに向けて出発。当地ではテオ・レイモン・ド・ジャンティル宅に滞在。ゲーテ『戯曲集』(プレイアッド叢書) に序文を付す。

一九四四年　五月、アルジェを去り、チュニスに到着、友人のウールゴン家に四カ月滞在。六月、ド・ゴール将軍と会食。『……なるがゆえに』『架空会見記』を出版。

一九四五年　二月、アルジェで「ラルシュ」誌創刊 (アルベール・カミュ、モーリス・ブランショ、ジャン・アムルーシュらと)。四月、仏領アフリカへ旅行の後、アルジェに戻る。シェイクスピア『ハムレット』仏語訳、『日記抄、一九三九—四二年』出版。

一九四六年　五月、フランスに帰国。十二月、ロベール・ルヴェックと、イタリア、エジプト、レバノンを巡る四カ月の旅行に出発。『青春』を出版。

一九四七年　四月、ベイルートで講演「文学的回想と現今の問題」を行った後、パリに戻る。八月、娘カトリーヌが青年作家ジャン・ランベールと結婚。九月、ジャン・ドラノワ監督、ミシェル・モルガン主演の映画『田園交響楽』のパリ初上映を鑑賞。『帰宅』『テセウス』を出版。

一九四八年　六月、オックスフォード大学名誉博士号を授与される。十一月、ノーベル文学賞受賞。ジャン＝ルイ・バローと共同でカフカ『審判』の翻案。『戯曲全集』(全八巻) の刊行開始。

一九四九年　『ジッド＝ジャム往復書簡集』『序言集』『交友録』『追悼集』、『法王庁の抜け穴』演劇版、『ショパンにかんするノート』

一九五〇年　一月—四月、ジャン・アムルーシュとのラジオ対談。『フランス詞華集』(編著)、『ジッド＝クローデル往復書簡集』『秋の断想』

『日記、一九四二—四九年』『参加の文学』『シャルル・デュ・ボスとの往復書簡集』。マルク・アレグレ監督『アンドレ・ジッドとともに』の撮影開始 (公開はジッド没後の五二年)。十二月十三日、コメディー・フランセーズで『法王庁の抜け穴』初演。

一九五一年　一月、エリザベートとモロッコ旅行を計画。二月十九日、肺充血によりジッド死去。二月二十二日、ドルーアン家の要請で牧師の司式によりキュヴェルヴィルの墓地に埋葬（墓はその後、五三年十月にマドレーヌの墓の傍らに移される）。葬儀のあり方にたいしジッドの友人たち、とりわけマルタン・デュ・ガールは強く反発する。九月、『今や彼女は汝のなかにあり』普及版が遺作として出来。

一九五二年　遺作『かくあれかし、あるいは賭はなされた』が刊行される。五月、ローマ法王庁がジッドの全著作を禁書処分に付す。

訳者あとがき

本書は、クロード・マルタン著『アンドレ・ジッド』の日本語訳である。原著は一九六三年にパリのスューイユ出版から「永遠の作家」叢書の一冊として公刊され（そのさいのタイトルは『彼自身によるアンドレ・ジッド』）好評のうちに版を重ねたが、九五年になって同じ叢書から本文に数段落を加筆した新版が出た（Claude MARTIN, *Gide*, Paris : Éd. du Seuil, coll. «Écrivains de toujours», 1995）。邦訳にあたってはこの新版を底本としている（ただし後述するように年譜等の補遺にかんしては若干の改編をほどこした）。

ジッド研究においてクロード・マルタン（一九三三年、リヨン生まれ）がなした偉大な功績は、『狭き門』や『贋金つかい』の作家にいくらかでも関心を寄せる者ならばだれもがよく知るところである。彼が早くからその力量を高く評価されていたことは、大家・碩学が居並ぶ「永遠の作家」叢書の執筆陣に二十代半ばにして加わったという一事からも明らかだが、この優れたデビュー作を皮切りとする以後の精力的な研究活動はまさに不世出のジッド学者の足跡にふさわしい。まずリセ勤務をへてリヨン大学に着任後、パリ大学博士論文として完成した『田園交響楽』校訂版（一九七〇年にミナール社から公刊）は、作品生成の秘密を鮮やかに照らし出すとともに、その厳密・精緻な文献実証によって学術版作成のための一つのモデルともなった。またジッド書簡の重要性に注目するマルタンは、将来の「総合書簡集」出版に向けて目録作成、テクスト収集をねばり強く続けるいっぽう（現在までに彼が確認した書簡の総数は約二万五千通、その記述量はプレイアッド版の本文組版に換算して約一万九千ページになる）、ジッドがアンドレ・ルーヴェール、ジュール・ロマン、フランソワ＝ポール・アリベール、母ジュリエット、アンドレ・リュイテルスらと交わした大部な往復書簡集の編纂・校訂を自ら率先して行い、後続の書簡集刊行者たちに範を示した。以上に並行して一九六八年には、作家の生誕百年に先がけ「アンドレ・ジッド友の会」を設立し、季刊の「会報」、年刊の「カイエ」をはじめとする各種刊行物の編集に敏腕をふるっている。この会が今日、フランスの同種サークルのなかでも最大の規模にまで成長・発展したのは、ひとえに彼の超人的な活躍の賜物といってさしつかえない。

著書や校訂版など、マルタンの業績は単行出版されたものだけでも数十点にのぼるが、なかでもひときわ光り輝くのは一九七七年刊の『ジッドの成年期』（クリンクジック社）であろう。ジャン・ドレーの名著『ジッドの青春』のいわば続編として構想・執筆された同書は、対象期間こそ『パリュード』から『背徳者』にいたる七年と短いものの、著作の生成や受容はいうに及ばず、日々の出来事や頻繁な旅行、精神的危機や交友・軋轢、さらに諸々の社会的活動など、あらゆる要素を統合することで、ジッドという「生きた人物形象《フィギュール》」の「全面的な伝記」を試みたものである。じっさい近現代のフランスにおいて、おそらくジッドほど実人生と創作とが分かちがたく結びついた作家はいないのではないか。なるほど、ただ単に自伝的要素を素材として利用したというだけならば、程度の差こそあれ、あらゆる作家についていえることだろう。だが利用の多寡が問題なのではない。ジッドが文学史上固有の地位を主張しうるのは、ある文学的戦略を早くから選択し、以後ゆらぐことなくそれを実践しつづけたからだ。すなわち、自己を禁忌とする逆説的なナルシシズムを育み、これに縛られ導かれて、ついには禁忌と執着とが混淆し、現実と虚構とが分別しがたい自伝空間を生きる、そして行為と書物とが捻れあい織りなす「生」の総体そのものをひとつの「作品」として提示する、という戦略である。この戦略の具体相を『ジッドの成年期』は鮮やかに描き出す。豊富な未刊資料にもとづき新たな情報と視点を提示する六百ページの記述はまさに実証研究の精華といってもけっして過言ではない（もちろん、ここでいう「実証研究」とはサント＝ブーヴ的な意味合いでの「人と作品」とは決定的に次元を異にする）。作家のスキャンダラスな言動の是非を論じるといった党派的態度はさすがにもう姿を消してはいたが、学術性の面ではいまだしの感のあったジッド研究は、この著書によって確実に新たな段階へと移行したのである。

だが右に述べたようなマルタンの研究方針そのものはすでに本書『アンドレ・ジッド』においてはっきりと確立されていた。叢書につきものの紙幅の制約にもかかわらず、伝記的事実と主要著作との相互関係への目配りには遺漏がなく、その論述は的確にポイントをおさえて間然するところがない。あるいは一九三〇年代以降の記述が相対的に少ないという印象を与えるかもしれないが、それにしてもけっして量的なバランスを欠くものではない。いや、この稀代のエゴチストにおける幼年期から青年期にかけての自我形成の重要性を思えば、それはむしろ当然の配分であったといわねばなるまい（ジッドの後半生全般にかんする詳細な情報は、現在マルタンが準備中のファイヤール社版ジッド評伝下巻によってもたらされることになろう）。いずれにせよ本書は、その学術的な水準や信頼性の高さにおいて、同程度の分量で書かれた類書を圧倒するものであり、これからジッドを学ぼうとする人はもちろんのこと、専門研究者にとってもまたやはり折にふれては繙くべき必須の文献である。

日本語版の特徴や、原著との異同について簡略に述べておこう。まずは引用文の出典——。付注や出典表記はできるかぎり抑えるという叢書の基本方針にしたがったためだが、原著では引用文の出所はほとんど明記されていない。ときおり『日記』の年月日が示されたりすることはあるが、それ以外は皆無といってよい。もとより論述は明快であり、引用の出典の有無にかかわらず十分に理解できるものだが、フランス語を解する読者、とりわけフランス文学専攻の学徒のうちにはジッドの原文にもどって諸作品に目を通したいという向きもあるのではないか。そう考えて、調べのつくかぎりで略号とページ数を掲げ出典を示した。この処置によっていくらかなりとも彼らの研究や論文執筆に資するところがあればと切に願う。

また、原著新版には相当に詳しい年譜および書誌が補遺として付されているが、この補遺にかんしては著者の了解のもとに次のような改編をおこなった。まず年譜については、記述量をやや減らすことを目的に、ボルダス社版『フランス語文学辞典』(*Dictionnaire des littératures de langue française*, **Paris : Bordas, 1984**) に収録されているマルタン作成のジッド書誌に準拠した (ただし、本書の論述に直接かかわる事項については訳者が適宜加筆している)。また書誌はすべて割愛した。フランス語の書名が長々と並ぶのは、フランス語の知識をもたない読者にとってはもとからこれといった意義を見いだせないし、逆にフランス語を解する読者の場合は原著も併せて参照することがとうぜん予想されるからである。この原文書目の代替として、著者が一九九三年の来日時におこなった講演を訳出することで、近年の「ジッド研究の現状」を知っていただこうと考えた。読者諸氏におかれては、意のあるところをお汲みとりいただき、以上の改編を諒とされたい。

ギリシア・ローマ神話に由来するジッド作品の登場人物名については基本的にギリシア名・ラテン名のカタカナ表記を採用した。いっぽうウェルギリウス『牧歌』からとった「メナルカス」や「ティテュルス」、また作品名ともなった「コリュドン」「アミュンタス」の場合は、現在でも邦訳等においてフランス名が広く流布していることを考慮し、それぞれ「メナルク」「ティティル」「コリドン」「アミンタス」と表記した。

なお、この日本語版作成にあたっては二人の若き俊英に拙訳稿の点検をお願いすることができた。大変な面倒であるにもかかわらず、柳光子（愛媛大学）、髙木信宏（九州産業大学）の両氏は、訳者の願いをこころよく聞き入れてくださり、訳文を丹念に校閲してくださった。訳者の学力不足や不注意による誤りを少なからず正すことができたのはひとえにお二方のおかげである。この場をかりて厚くお礼申しあげる（蛇足ながら、なおも誤りの残るとすれば、当然のことにそれはもっぱら訳者の責に帰する）。

また九州大学出版会編集部には諸事万端にわたり細やかなご配慮をいただいた。優れた編集者たちとともにこうして一本を公にできるのは大きな喜びである。深謝。

二〇〇三年三月

訳者記

「レ・ヌーヴェル・リテレール」誌 *Les Nouvelles littéraires* : 215.
「レルミタージュ」誌 *L'Ermitage* : 144.
ロブ＝グリエ（アラン）Alain ROBBE-GRILLET : 236.
ロベルティ（ウージェーヌ）Pasteur Eugène ROBERTY : 14.
ロベルティ（マチルド）〔エミール・ロンドー夫人〕Mathilde ROBERTY : 25.
ローランス（ポール＝アルベール）Paul-Albert LAURENS : 92, 97-8, 134.
ロリナ（モーリス）Maurice ROLLINAT : 54.
『神経症』*Les Névroses* : 54-5.
ロンドー（ヴァランチーヌ）Valentine RONDEAUX : 38, 40, 134.
ロンドー（エドゥアール）Édouard RONDEAUX (1789-1860) : 15.
ロンドー（エドゥアール）Édouard RONDEAUX (1871-1959) : 40.
ロンドー（エミール）Émile RONDEAUX : 38, 50.
ロンドー（シャルル）〔ド・モンブレー〕Charles RONDEAUX de Montbray : 14.
ロンドー（ジャンヌ）Jeanne RONDEAUX (Mme Marcel DROUIN) : 38, 40.
ロンドー（ジョルジュ）Georges RONDEAUX : 40.

ワ

ワイルド（オスカー）Oscar WILDE : 99-104, 114, 154, 162, 215.
『ウィンダミア卿夫人の扇』*Lady Windermere's Fan* : 101.
『深淵より』*De Profundis* : 102.
『ドリアン・グレイの肖像』*The Picture of Dorian Gray* : 101.
『とるに足らぬ女』*A Woman of No Importance* : 101.
ワルクネル（アンドレ）André WALCKENAER : 52.

ラ

ライゼン（トーマス）Thomas REISEN : 239.

ラヴィジュリー Cardinal LAVIGERIE : 213.

ラヴラ（ジャック）Jacques RAVERAT : 143.

ラシーヌ（ジャン）Jean RACINE : 102.

ラニュックス（ピエール・ド）Pierre de LANUX : 238.

ラ・ニュックス（マルク・ド）Marc de LA NUX : 56, 238.

ラ・ファイエット夫人 Mme de LA FAYETTE

『クレーヴの奥方』*La Princesse de Clèves* : 167.

ラ・フォンテーヌ（ジャン・ド）Jean de LA FONTAINE : 187.

ラブレー（フランソワ）François RABELAIS : 30.

ラベイ・ド・ラ・ロック（フランソワ）François LABBEY DE LA ROQUE : 35.

「ラ・ルヴュ・ブランシュ」誌 *La Revue Blanche* : 57.

「ラ・ルヴュ・ユニヴェルセル」誌 *La Revue universelle* : 161.

ラルボー（ヴァレリー）Valery LARBAUD : 13.

「ラール・リテレール」誌 *L'Art littéraire* : 86.

ラング（ルネ）Renée LANG : 125.

ランソン（ギュスターヴ）Gustave LANSON : 228.

ランボー（アルチュール）Arthur RIMBAUD : 133, 162.

ランボー（アンリ）Henri RAMBAUD : 182.

リヴィエール（ジャック）Jacques RIVIÈRE : 132, 134, 157, 160-1, 186, 216, 223, 237.

リザール Dr LIZART : 34.

リシュパン（ジャン）Jean RICHEPIN : 54.

リュイテルス（アンドレ）André RUYTERS : 160, 223.

リヨン M. LYON : 57.

ルアール（ウージェーヌ）Eugène ROUART : 237.

ルイス（ピエール）Pierre LOUŸS : 52, 56-8, 60-1, 63, 66, 223, 237.

『アフロディーテ』*Aphrodite* : 57.

ルヴェック（ロベール）Robert LEVESQUE : 237-8.

ルーヴェール（アンドレ）André ROUVEYRE : 157, 181-2, 215.

『世捨て人と悪党』*Le Reclus et le Retors* : 215.

「ルヴュ・ブランシュ」誌 →「ラ・ルヴュ・ブランシュ」誌

「ルヴュ・ユニヴェルセル」誌 →「ラ・ルヴュ・ユニヴェルセル」誌

ルキエ（ジュール）Jules LEQUIER : 199.

ルグラン（モーリス）Maurice LEGRAND : 57.

ルコント・ド・リール Charles-Marie LECONTE DE LILLE : 56.

「ル・サントール」誌 *Le Centaure* : 94.

ルージュモン（ドニ・ド）Denis de ROUGEMONT : 73.

『恋愛と西洋』（『愛について』）*L'Amour et l'Occident* : 73.

ルソー（ジャン＝ジャック）Jean-Jacques ROUSSEAU : 73, 165.

ルター（マルティン）Martin LUTHER : 165.

「ル・タン」紙 *Le Temps* : 211.

ルナール（ジュール）Jules RENARD : 186.

「ル・フィガロ」紙 *Le Figaro* : 62.

「ル・フィガロ・リテレール」紙 *Le Figaro littéraire* : 216.

レヴィ（ジャック）Jacques LÉVY : 174.

「レ・タン・モデルヌ」誌 *Les Temps Modernes* : 215.

レニエ（アンリ・ド）Henri de RÉGNIER : 223, 237.

BONNIÈRES : 62.
ホフマン　E. T. A. HOFFMANN : 27.
ホメロス　HOMÈRE : 46.
『オデュッセイア』*Odyssée* : 17.
ホラティウス　HORACE : 214.
『詩論』*Art poétique* : 214.
ポーラン（ジャン）Jean PAULHAN : 237.
ポルシェ（フランソワ）François PORCHÉ : 215.
ボワデッフル（ピエール・ド）Pierre de BOISDEFFRE : 227.
ボングス（ロルフ）Rolf BONGS : 237.

マ

マシス（アンリ）Henri MASSIS : 161-6, 184, 194, 203, 216.
『アンドレ・ジッド』*André Gide* : 144, 162-6, 216.
『審判』*Jugements* : 166.
マッソ（ピエール・ド）Pierre de MASSOT : 237.
マッソン（ピエール）Pierre MASSON : 226, 237.
マホメット　MAHOMET : 165.
マラケー（ジャン）Jean MALAQUAIS : 237.
マラルメ（ステファヌ）Stéphane MALLARMÉ : 56, 58, 62-3, 90, 99, 169.
マリー Anna LEUENBERGER, *dite* Marie : 32.
マリタン（ジャック）Jacques MARITAIN : 154.
マルクス（カール）Karl MARX : 191-2, 206.
『資本論』*Le Capital* : 192.
マルタン（クロード）Claude MARTIN : 211, 214-6, 236, 240.
『ジッドの成年期』*La Maturité d'André Gide* : 214, 228.
マルタン・デュ・ガール（ロジェ）Roger MARTIN DU GARD : 74, 160-1, 167, 173-4, 180, 208-9, 222, 235.
『アンドレ・ジッドにかんするノート』*Notes sur André Gide* : 217.
『ジャン・バロワ』*Jean Barois* : 160.
『チボー家の人々』*Les Thibault* : 161.
『日記』*Journal* : 74-5, 217.
マルティ（エリック）Éric MARTY : 226.
マルロー（アンドレ）André MALRAUX : 232-3.
マレ（ロベール）Robert MALLET : 209.
『曖昧な死』*Une mort ambiguë* : 209.
ミショー（アンリ）Henri MICHAUX : 233.
ミレツキ（アレクサンデル）Aleksander MILECKI : 224.
メリアム　Mériem ben Atala : 98-9, 104.
モハメド　Mohammed [de Biskra] : 99.
モーラス（シャルル）Charles MAURRAS : 162.
モリエール　MOLIÈRE : 17.
モーリヤック（クロード）Claude MAURIAC : 172.
モーリヤック（フランソワ）François MAURIAC : 14, 19, 160, 173, 190, 208-9, 216, 232.
『神とマンモン』*Dieu et Mammon* : 173.
『ジェニトリクス』*Génitrix* : 19.
モルガン（ミシェル）Michèle MORGAN : 237.
モロトフ　MOLOTOV : 190.
モンテーニュ（ミシェル・ド）Michel de MONTAIGNE : 186, 195, 235.

ヤ

山本薩夫 : 237.
ヤング（アーサー）Arthur YOUNG : 78.
ユイスマンス（ジョリス・カルル）Joris Karl HUYSMANS : 63.
ユゴー（ヴィクトル）Victor HUGO : 54, 62, 233.
吉井亮雄 : 225.
『ヨブ記』*Livre de Job* : 17.

ビュッシー（ドロシー）Dorothy BUSSY : 213.
ピンダロス PINDARE : 61.
「フィガロ」紙 → 「ル・フィガロ」紙
「フィガロ・リテレール」紙 → 「ル・フィガロ・リテレール」紙
フィリップ（シャルル＝ルイ）Charles-Louis PHILIPPE : 13, 160, 237.
フェヌロン FÉNELON : 46.
フェラーリ（ウージェーヌ）Pasteur Eugène FERRARI : 122.
フォーリエル（クロード）Claude FAURIEL : 73.
フォンガロ（アントワーヌ）Antoine FONGARC : 224.
フォントネル FONTENELLE : 24.
ブライ（フランツ）Franz BLEI : 237.
ブランショ（モーリス）Maurice BLANCHOT : 235.
「アンドレ・ジッドと体験＝実験の文学」« André Gide et la littérature d'expérience » : 235.
フラン＝ノアン FRANC-NOHAIN → ルグラン（モーリス）
プリュドム（シュリ）Sully PRUDHOMME : 57.
ブルーアルデル（イポリット）Dr Hippolyte BROUARDEL : 25, 107.
ブールジェ（ポール）Paul BOURGET : 55, 58.
『現代心理学試論』*Essais de psychologie contemporaine* : 55.
『残酷な謎』*Cruelle Énigme* : 58.
プルースト（マルセル）Marcel PROUST : 154-5, 160, 172, 226, 228, 232, 236.
『サント＝ブーヴに反論する』*Contre Sainte-Beuve* : 228.
『ソドムとゴモラ』*Sodome et Gomorrhe* : 155.
ブルトン（アンドレ）André BRETON : 157.
ブルム（レオン）Léon BLUM : 57.
ブレ（ジェルメーヌ）Germaine BRÉE : 86, 133.
ブーレ夫人（シャルル）Mme Charles BEULÉ : 62.
フロイト（ジークムント）Sigmund FREUD : 154.
ブロック（ジャン＝リシャール）Jean-Richard BLOCH : 237.
フローベール（ギュスターヴ）Gustave FLAUBERT : 61, 63, 159.
『聖アントワーヌの誘惑』*La Tentation de Saint Antoine* : 63.
フロマンタン（ウージェーヌ）Eugène FROMENTIN
『ドミニック』*Dominique* : 167.
「文学」誌 *Littérature* : 157.
ベアトリーチェ Beatrice PORTINARI : 42, 73.
ヘーゲル Georg Wilhelm Friedrich HEGEL : 207.
ベック（クリスチアン）Christian BECK : 237.
ベルトー（フェリクス）Félix BERTAUX : 237.
ベロー（アンリ）Henri BÉRAUD : 158-9, 161, 215-6.
『物憂げな顔の十字軍』*La Croisade des Longues Figures* : 215.
ホイットマン（ウォルト）Walt WHITMAN : 103.
ボーエル（アンリ）Henry BAUER : 55.
ボシュエ Jacques-Bénigne BOSSUET : 46, 187.
ボズウェル（ジェイムズ）James BOSWELL : 224.
「ポタッシュ＝ルヴュ」誌 *Potache-Revue* : 57.
ボードレール（シャルル）Charles BAUDELAIRE : 48, 62, 162.
ボニエール（ロベール・ド）Robert de

ルヌ」誌
チボーデ（アルベール） Albert THIBAUDET : 174, 216, 231.
『小説にかんする考察』 *Réflexions sur le roman* : 174.
ディーツ（エルマン） Hermann DIETZ : 57.
ディドロ Denis DIDEROT
『修道女』 *La Religieuse* : 167.
「デイリー・クロニクル」紙 *Daily Chronicle* : 101.
デショット（エリック） Éric DESCHODT : 227.
テーヌ（イポリット） Hippolyte TAINE : 22, 65, 67.
デマレ（アルベール） Albert DÉMAREST : 55, 61, 66.
デュコテ（エドゥアール） Édouard DUCOTÉ : 237.
デュプエー（ピエール＝ドミニック） Pierre-Dominique DUPOUEY : 133.
デュ・ボス（シャルル） Charles DU BOS : 38, 134, 137, 139, 154.
ドゥドト（ソフィー） Sophie D'HOUDETOT : 73.
ドゥバール（クララ） Clara DEBARD : 239.
トゥルニエ（ミシェル） Michel TOURNIER : 106.
「アンドレ・ジッドを理解するための五つの鍵」 « Cinq clefs pour André Gide » : 106.
ドストエフスキー（フョードル） Fiodor M. DOSTOÏEVSKI : 146, 162-5, 174, 176, 178, 180, 234.
ドラノワ（ジャン） Jean DELANNOY : 237.
ドルーアン（マルセル） Marcel DROUIN : 57, 160, 237.
ドレー（ジャン） Jean DELAY : 18, 26, 49, 61, 85, 105, 208, 211, 227-8.
『ジッドの青春』 *La Jeunesse d'André Gide* : 18, 49, 85, 105-6, 211, 227.

ナ
ニーチェ（フリードリヒ） Friedrich NIETZSCHE : 125, 159, 163, 165.
『ツァラトゥストラはかく語りき』 *Ainsi parlait Zarathoustra* : 125.
「ヌーヴェル・リテレール」誌 →「レ・ヌーヴェル・リテレール」誌
ノルダゥ（マックス） Max NORDAU : 124.

ハ
ハイネ（ハインリヒ） Heinrich HEINE : 57.
『歌の本』 *Buch der Lieder* : 57.
パウロ Saint PAUL : 136-7, 165.
ハクスリー（オルダス） Aldous HUXLEY : 170.
『対位法』 *Contrepoint* : 170.
パスカル（ブレーズ） Blaise PASCAL : 46.
パピーニ（ジョヴァンニ） Giovanni PAPINI : 149.
『悪魔』 *Le Diable* : 149.
原節子 : 237.
パリシィ（ベルナール） Bernard PALISSY : 159.
「パリ＝マッチ」誌 *Paris-Match* : 202.
バルザック（オノレ・ド） Honoré de BALZAC : 61, 228.
バレス（モーリス） Maurice BARRÈS : 22, 61-2, 64, 66, 123-4, 157.
『自我礼拝』三部作 *Le Culte du moi* : 66.
『自由人』 *Un Homme libre* : 66, 96, 123.
『根こそぎにされた人々』 *Les Déracinés* : 22-3, 123, 125.
『蛮族の眼の下』 *Sous l'œil des Barbares* : 123.
ピエール＝カン（レオン） Léon PIERRE-QUINT : 135.
ピストリウス（ジョージ） George PISTORIUS : 224.
ビネ＝サングレ（シャルル） Charles BINET-SANGLÉ : 165, 216.
『イエスの狂気』 *La Folie de Jésus* : 216.

147.
『ロベール』*Robert* : 196.
『ロベールあるいは一般の利益』*Robert ou l'Intérêt général* : 192.
『若き作家への助言』*Conseils au jeune écrivain* : 21, 222, 237.
「私の母」« Ma mère » : 18-9.
ジッド（カトリーヌ）Catherine GIDE : 153.
ジッド（シャルル）Charles GIDE : 30, 104.
ジッド（ジュリエット・ロンドー）Juliette RONDEAUX GIDE : 14, 18-22, 30, 34, 50-1, 55, 68, 104-7, 211.
ジッド（ポール）Paul GIDE : 16-8, 22, 25, 30.
ジッド（マドレーヌ・ロンドー）Madeleine RONDEAUX GIDE : 16, 26, 34, 38-54, 63, 67-9, 73, 80, 84-5, 103, 105-13, 130, 134, 136, 149, 152-3, 172, 186, 198, 201, 206.
シニョレ（エマニュエル）Emmanuel SIGNORET : 151.
シムノン（ジョルジュ）Georges SIMENON : 237.
シャクルトン（アンナ）Anna SHACKLETON : 35-6, 62, 211.
シャミッソー（アーデルベルト・フォン）Adelbert von CHAMISSO : 212.
『ペーター・シュレミールの不思議な物語』*Merveilleuse Histoire de Pierre Schlémihl* : 212.
ジャム（フランシス）Francis JAMMES : 133, 139, 223, 230.
シュアレス（アンドレ）André SUARÈS : 235.
シュオッブ（ルネ）René SCHWOB : 143.
『アンドレ・ジッドの真実のドラマ』*Le vrai drame d'André Gide* : 143.
シュランベルジェ（ジャン）Jean SCHLUMBERGER : 39, 106, 108-9, 134, 159-60, 216, 223.
『覚醒』*Éveils* : 216.
『マドレーヌとアンドレ・ジッド』*Madeleine et André Gide* : 39, 46, 52-3, 106, 109, 152.
ショーペンハウアー Arthur SCHOPENHAUER : 60-1.
『意志と表象としての世界』*Le Monde comme volonté et comme représentation* : 60.
ジョンソン（サミュエル）Samuel JOHNSON : 224.
「新フランス評論」（雑誌および出版）*La Nouvelle Revue Française* : 21, 146, 157-61, 190, 214, 216, 222-3, 238.
「真理のための同盟」誌 *Union pour la vérité* : 217.
スターリン STALINE : 190, 234.
スタンダール STENDHAL : 74.
『恋愛論』*De l'Amour* : 74.
スーデー（ポール）Paul SOUDAY : 12, 17.
スピノザ Baruch SPINOZA : 68, 192.
『倫理学』*Éthique* : 68.
スーポー（フィリップ）Philippe SOUPAULT : 157.
セシ Cécy [de Tunis] : 97.
セリーヌ（ルイ＝フェルディナン）Louis-Ferdinand CÉLINE : 232.
『千一夜物語』*Mille et Une Nuits* : 17.
ソクラテス SOCRATE : 165.
ゾラ（エミール）Émile ZOLA : 61.

タ

ダグラス（アルフレッド）Alfred DOUGLAS : 102-3, 215.
ダストルグ（ベルトラン）Bertrand D'ASTORG : 202-3.
田中千禾夫 : 237.
「タン」紙 →「ル・タン」紙
ダンテ DANTE : 42, 73, 212.
『神曲』*La Divine Comédie* : 212.
「タン・モデルヌ」誌 →「レ・タン・モデ

「『ゲーテ戯曲集』序文」« Introduction au *Théâtre* de Goethe » : 60, 208.
『コリドン』*Corydon* : 139, 154-7, 234.
『コンゴ紀行』*Voyage au Congo* : 187-9, 234.
『サウル』*Saül* : 121-2, 129, 155, 214-5.
「柘榴のロンド」« La Ronde de la Grenade » : 94-6, 121.
「雑報時評」« Chronique des faits divers » : 146.
『参加の文学』*Littérature engagée* : 192.
『重罪裁判所の思い出』*Souvenirs de la cour d'assises* : 147, 172, 234.
『主観』*Subjectif* : 212.
『ジュヌヴィエーヴ』*Geneviève* : 153.
『新感情教育』*La Nouvelle Éducation sentimentale* : 61.
『狭き門』*La Porte étroite* : 25, 35, 42-5, 53, 85, 130-2, 167-8, 187, 211, 215, 232.
『選文集』*Morceaux choisis* : 140, 157.
『ソビエト旅行記』*Retour de l'U.R.S.S.* : 190, 192-3, 234.
『ソビエト旅行記修正』*Retouches à mon Retour de l'U.R.S.S.* : 190, 193.
『地の糧』*Les Nourritures terrestres* : 48, 57, 59, 63, 93-6, 111, 113-26, 129, 133, 137-8, 150, 168, 189, 191-2, 200, 213, 230-1, 234, 236.
『テセウス』*Thésée* : 185, 195, 197-201.
『田園交響楽』*La Symphonie pastorale* : 150-1, 167-8, 220, 225, 231, 234.
『ドストエフスキー』*Dostoïevski* : 144, 147, 162-5, 171, 176, 216.
『ナルシス論』*Le Traité du Narcisse* : 77-9, 129, 212, 225.
『汝もまた……？』*Numquid et tu...?* : 134, 137-8, 140-1, 183, 191.
『贋金つかい』*Les Faux-Monnayeurs* : 25-7, 30, 47-8, 114, 139, 147-9, 152, 154, 161-2, 166, 169-83, 185, 187, 234.
『贋金つかいの日記』*Journal des Faux-Monnayeurs* : 141-2, 154, 169-70, 175, 181-3.
『日記』*Journal* : 12-4, 23, 25, 28-9, 33, 35, 38, 49, 53, 55, 77-8, 100, 103, 111-2, 122, 126, 129, 133-44, 150-3, 156-7, 167-9, 172-3, 175, 178, 180, 183, 185-7, 191-4, 200, 212, 214-5, 226, 229.
『日記抄』*Pages de Journal* : 190.
「『根こそぎにされた人々』について」« À propos des *Déracinés* » : 124.
『背徳者』*L'Immoraliste* : 89, 98, 110-5, 125, 129-30, 155, 167-8, 187, 214-5, 232, 239.
『母との往復書簡集』*Correspondance avec sa mère* : 211, 222.
『パリュード』*Paludes* : 83, 90-2, 129, 167-8, 176, 215.
「バルコニー」« Balcon » : 87.
『一粒の麦もし死なずば』(「回想録」) *Si le grain ne meurt* : 9-20, 22-8, 30-2, 34-8, 40-2, 46-8, 54-8, 60-2, 66-7, 70, 76-7, 80, 89-90, 92-4, 97-9, 102-5, 107-8, 110-1, 127, 139, 143, 154-5, 172-4, 180, 213, 230.
『文学における影響について』*De l'Influence en littérature* : 211.
『ペルセポネ』*Perséphone* : 225.
『法王庁の抜け穴』*Les Caves du Vatican* : 114, 145-7, 155, 161, 167-9, 225, 232, 239.
『法王庁の抜け穴』戯曲版 : 202.
『放蕩息子の帰宅』*Le Retour de l'Enfant prodigue* : 125, 130, 138, 225.
『ポワチエ不法監禁事件』*La Séquestrée de Poitiers* : 147.
『森鳩』*Le Ramier* : 237
『ユリアンの旅』*Le Voyage d'Urien* : 79, 83-6, 96, 129, 167, 212, 239.
「『ラミエル』序文」« Préface » à *Lamiel* : 24.
『ルデュロー事件』*L'Affaire Redureau* :

クリュゲール（カエ）Cahé KRÜGER : 152, 215.
クルヴェル（ルネ）René CREVEL : 237.
グーレ（アラン）Alain GOULET : 225-6, 239.
グレーヴェ（フェリクス・パウル）Felix Paul GREVE : 215, 237.
クロソウスキー（ピエール）Pierre KLOSSOWSKI : 148-9.
「ジッドとデュ・ボスと悪魔」« Gide, Du Bos et le démon » : 215.
クローデル（ポール）Paul CLAUDEL : 133, 139-40, 144, 160, 223, 235.
ゲオン（アンリ）Henri GHÉON : 134-6, 139, 149, 151, 160, 235.
ゲーテ Johann Wolfgang von GOETHE : 58-60, 126, 159, 187, 224.
『トルクァート・タッソ』*Torquato Tasso* : 60.
『ファウスト』*Faust* : 58-60.
コクトー（ジャン）Jean COCTEAU : 24, 172, 215.
コトナン（ジャック）Jacques COTNAM : 212.
コポー（ジャック）Jacques COPEAU : 134, 154, 157, 160, 223, 235.
ゴーリキー（マクシム）Maxime GORKI : 190.
コルネイユ（ピエール）Pierre CORNEILLE : 228.
ゴンクール兄弟 Edmond et Jules de GONCOURT : 61.
コンスタン（バンジャマン）Benjamin CONSTANT
『アドルフ』*Adolphe* : 167.

サ
サルトル（ジャン＝ポール）Jean-Paul SARTRE : 195, 199-200, 205, 207, 233.
『蠅』*Les Mouches* : 195.
サンド（ジョルジュ）George SAND : 222.
「サントール」誌→「ル・サントール」誌
シェイクスピア SHAKESPEARE : 175.
『ハムレット』*Hamlet* : 175.
ジェラン（ルイ）Louis GÉRIN : 237.
ジッド（アンドレ）André GIDE
『愛の試み』*La Tentative amoureuse* : 71-3, 76-7, 85, 170.
『秋の断想』*Feuillets d'automne* : 18.
『新しき糧』*Les Nouvelles Nourritures* : 157, 186, 191-2, 232.
『アミンタス』*Amyntas* : 93.
「あるドイツ人との会話」« Conversation avec un Allemand » : 158.
『アンシダンス』*Incidences* : 158.
『アンドレ・ワルテルの詩』*Les Poésies d'André Walter* : 67, 79-83, 85-6, 89, 129.
『アンドレ・ワルテルの手記』*Les Cahiers d'André Walter* : 33-4, 39, 46-7, 49-53, 55, 57-8, 60-3, 65-71, 73, 76-8, 80, 84-5, 89, 96-7, 129, 186, 206.
『イザベル』*Isabelle* : 167-8.
『今や彼女は汝のなかにあり』*Et nunc manet in te* : 39-41, 49, 74, 106-10, 130, 152-3, 201.
『エジプト日記』*Carnets d'Égypte* : 201.
『オイディプス』*Œdipe* : 195-7, 200, 239.
『オスカー・ワイルド』*Oscar Wilde* : 100-2.
『女の学校』三部作 *L'École des femmes* : 196.
『かくあれかし』*Ainsi soit-il* : 105, 149, 171-2, 206-7.
『カンダウレス王』*Le Roi Candaule* : 129, 239.
『鎖を離れたプロメテウス』*Le Prométhée mal enchaîné* : 91, 126-7, 129, 146, 167-8, 216.
『気難しき人』*Le Grincheux* : 222, 237.
『キリストに背くキリスト教』*Le Christianisme contre le Christ* : 137.

索　引

この索引には「本論」および「ジッド研究の現状」に記載された人名・作品名を挙げる。作品名は人名の下位項目として扱うが、ジッドにかんする近年の研究書・論文は原則として採録の対象から除外する。また「訳注」のなかの人名・作品名については日本語で表記されたもののみを掲げる。

ア

アトマン　Athman [de Biskra] : 104.
アミエル　Henri-Frédéric AMIEL : 55, 186.
　『日記』*Journal* : 55.
アムルーシュ（ジャン）Jean AMROUCHE : 202.
アラゴン（ルイ）Louis ARAGON : 157.
アラン＝フルニエ　ALAIN-FOURNIER
　『グラン・モーヌ』*Le Grand Meaulnes* : 37.
アリ　Ali [de Sousse] : 97.
アリストテレス　ARISTOTE : 195.
「アール」紙　*Arts* : 217.
アルシャンボー（ポール）Paul ARCHAMBAULT : 133.
　『アンドレ・ジッドの人間性』*Humanité d'André Gide* : 133.
アルベレス（ルネ＝マリル）René-Marill ALBÉRÈS : 147.
「アール・リテレール」誌 →「ラール・リテレール」誌
アレグレ（エリ）Pasteur Élie ALLÉGRET : 14, 150, 237.
アレグレ（マルク）Marc ALLÉGRET : 75, 150-2, 172, 191, 215.
アングレス（オーギュスト）Auguste ANGLÈS : 228, 240.
アンデルセン　ANDERSEN : 27.
ヴァラン夫人　Mme de WARENS : 73.
ヴァレリー（ポール）Paul VALÉRY : 54, 56, 63-5, 78, 226, 235.
ヴァン・リセルベルグ（エリザベート）Élisabeth VAN RYSSELBERGHE : 153.
ヴァン・リセルベルグ（マリア）Maria VAN RYSSELBERGHE : 223-4.
　『プチット・ダムの手記』*Les Cahiers de la Petite Dame* : 223, 238.
ヴィット＝ギゾー（フランソワ・ド）François de WITT-GUIZOT : 46.
ヴィドメル（エミール）Émile WIDMER : 24.
ウェルギリウス　VIRGILE : 114, 202, 213.
　『牧歌』*Bucoliques* : 114, 213.
ヴェルレーヌ（ポール）Paul VERLAINE : 53, 63.
　『雅な宴』*Fêtes galantes* : 53.
ヴォルテール　VOLTAIRE : 222.
ウルソフ公爵夫人　Princesse Prascovia OUROUSSOF : 62.
エッカーマン（ヨハン・ペーター）Johann Peter ECKERMANN : 224.
エリオット（ジョージ）George ELIOT : 77.
「エルミタージュ」誌 →「レルミタージュ」誌
エレディア（ジョゼ＝マリア・ド）José-Maria de HEREDIA : 58, 62.
オーセイユ（サラ）Sarah AUSSEIL : 227.
オブライエン（ジャスティン）Justin O'BRIEN : 114.

カ

カミュ（アルベール）Albert CAMUS : 205.
キム（ジュン＝ゴン）KIM Jung-Gon : 224.
キヨ（モーリス）Maurice QUILLOT : 57.
クィーンズベリー　Marquis de QUEENSBERRY : 102.

著者略歴

クロード・マルタン

1933年生まれ．文学博士．リヨン第2大学教授，副学長をへて現在，同大学名誉教授．ジッド友の会会長．類い稀なる学識を誇り，早くからジッド研究の第一人者として活躍する．著書に『「田園交響楽」校訂版』(1970)，『ジッドの成年期』(1977)，『ジッド評伝』（上巻，1998）など．ジッド書簡の公刊にも力をそそぎ，母ジュリエット，ジュール・ロマン，フランソワ＝ポール・アリベール，アンドレ・リュイテスらとの往復書簡集を編纂校訂．

訳者略歴

（よしい・あきお）

1953年生まれ．東京大学文学部卒業，京都大学大学院文学研究科博士課程単位修得退学．パリ＝ソルボンヌ大学文学博士．フランス近現代文学専攻．現在，九州大学大学院人文科学研究院教授。著書：ジッド『放蕩息子の帰宅』仏文校訂版（九州大学出版会，1992．第1回日本フランス語フランス文学会奨励賞受賞）．

Claude Martin : *GIDE*
© Éditions du Seuil, 1963, 1995
Japanese translation rights arranged with Éditions du Seuil
through Japan UNI Agency, Inc., Tokyo.

アンドレ・ジッド

2003 年 6 月 20 日　初版発行

著　者　クロード・マルタン
訳　者　吉　井　亮　雄
発行者　福　留　久　大
発行所　(財)九州大学出版会
〒812-0053　福岡市東区箱崎 7-1-146
九州大学構内
電話　092-641-0515 (直通)
振替　01710-6-3677
印刷・製本　研究社印刷株式会社

© 2003 Printed in Japan
ISBN 4-87378-783-1

André Gide,
Le Retour de l'Enfant prodigue
(éd. critique)

吉井亮雄 著

菊判・266頁
定価 8,500円（税別）

現存の確認された手稿類や版本のすべてを比較照合し，厳密な校訂によって重要作品『放蕩息子の帰宅』の信頼すべきテクストを確立．新発見の第一級資料をはじめとする豊富な未刊文献を駆使して，作品の生成過程を完璧に追跡する．未発表書簡を多数収録．

第１回日本フランス語フランス文学会奨励賞受賞

九州大学出版会